# L'oncle gynécologue

Roman

# Écrire l'Afrique
## Collection dirigée par Denis Pryen

Romans, récits, témoignages littéraires et sociologiques, cette collection reflète les multiples aspects du quotidien des Africains.

### *Dernières parutions*

Philippe GÄRTNER, *Poussière d'ivoire, Roman*, 2018.
Jean-Christophe ROUVET, *Un jeune Toubab au Sahel, Nouvelles*, 2018.
Patrick Serge BOUTSINDI, *Le voyage d'un Africain en Lorraine*, 2017.
Issa Yeresso SANGARE, *La télévision ivoirienne (RTI) de 1963 à 2011, Média de développement ou instrument du pouvoir ?*, 2017.
Babacar dit KHALIFA NDIAYE, *Les babouches du rat*, 2017.
Boubacar BA, *Un périple pour l'amour d'une mère, La valeur de la parole donnée*, 2017.
Vincent ROBIN-GAZSITY, *Enfermé à Libreville, Sept jours en Chinafrique*, 2017.
Yannick DUPAGNE, *Deux mois à Bumba, Récit d'un enseignant bénévole en République démocratique du Congo*, 2017.
Marcel NOUAGO NJEUKAM, *Et le prophète Odjokoro parla!, Roman*, 2017.
Boubacar Hama BEÏDI, *Le bruissement des souvenirs. Récit d'un instituteur nigérien*, 2017.
Patrick Serge BOUTSINDI, *Les amants de Bar-le-Duc*, 2017.
Paule FIOUX, *Foudres d'Afrique. Les impostures d'une révolution*, 2017.
Guikou BILET ZAFLA, *Un enfant du village, nouvelles*, 2016.
Gaston M'BEMBA NDOUMBA, *Escale à Brazzaville*, 2016.
Moussa CISSE, *Tombouctou à tout prix. Récit d'une passion pour le Mali*, 2016.
Joachim OLINGA, *Les métis de ma mondialisation*, 2016.
Gaston M'BEMBA NDOUMBA, *Escale à Brazzaville*, 2016.
Mamadou DANTÉ, *Moi, l'étranger... Le Mali en mémoire*, 2016.
Aimé NOUTCHÉ, *La route de l'exil, La veste du demandeur d'asile*, 2016.

Caroline NUMUHIRE

L'oncle gynécologue

Roman

© L'HARMATTAN, 2018
5-7, rue de l'École-Polytechnique, 75005 Paris
http://www.editions-harmattan.fr
ISBN : 978-2-343-14468-9
EAN : 9782343144689

Je dédie ce livre d'abord à mes deux meilleurs professeurs du monde, le dr. Léopold Masumbuko Wa-Busungu K.G. et le dr. Thimothy Njoroge, ma source de sagesse et de précieux conseils.

Je le dédie ensuite à ma première lectrice et ma meilleure amie, Arlette Umwali, dont la présence et l'affection m'accompagnent dans chaque instant de ma vie.

Je le dédie encore à mes chers parents : à ma chère mère, mon modèle de grand cœur, de générosité et de résilience, qui a fait de moi une femme forte et battante. À mon cher père, dont la présence constitue notre fierté, nous tes enfants, Patrick, Mapicu, Nene, Ngabire et moi-même dont la complicité fait fondre nos cœurs à l'unisson à la maison.

Je le dédie également à toute ma famille, à la grand-mère, aux tantes Berthe, Emerthe, Marguerite, Immaculata et Ignace-Marie ; à l'oncle Emmanuel, à tous mes cousins et cousines ainsi qu'à tous les enfants dont la présence soudée constitue une bénédiction pour moi.

Je le dédie aussi à toi, Felix, pour nos années-lumière dont tu es l'éternel bouclier d'Océane.

Je le dédie une fois de plus à Sandrine, ma poulette adorée, pour nos nuits de complicité, notre sens commun de l'humour et notre confiance en notre amitié.

Je le dédie toujours à mes meilleurs amis : Florine, Claire U., Theodore, Lyse, Mireille, Grâce, Rucekeri, Aimée, Daniel, Nicole, Karen, Aïsha, Lucie, Valentin, Florian, Richard, Emmanuel L., Emmanuel (Nudi), Olivia, Belinda, David N. B., Alida, Léopoldine, Peter Butler et à tous ceux qui font vibrer et rayonner ma vie.

Je le dédie enfin à ***Extremely Bright Friend*** aux épaules d'un géant, à Julie Carney, mon modèle inoubliable, à David Bwakali, mon premier éditeur, ami et mentor dans le chemin de la plume ; aux Pères Sixte et Philibert, dont l'amitié et la critique m'aident à persévérer dans l'excellence ; à ma classe-promotion de 2007 à l'IFAK ; à ma classe *hot lions* ISAE, à ma famille de ***Global Health Corps*** et à vous tous qui, de près ou de loin, m'aimez véritablement de tout cœur.

# Table des matières

Kayitesi, l'économiste psychopédagogue ..............11
Hugo, le meilleur des meilleurs ..............19
La princesse Cendrillon ..............25
L'hospitalisation d'Hugo ..............28
L'opération ..............37
La bombe atomique en amour ..............46
La vie comme elle va ..............51
La mort dans l'espoir ..............54
Les risques de l'amour ..............57
Le convive de marque ..............59
Le paradis ..............65
Mon éducation particulière ..............71
Le plus beau trésor ..............75
La passion réciproque ..............79
Chris, le devin blagueur ..............81
Judith, l'assistante sociale ..............84
L'oncle-gynécologue ..............89
Le procès 1 ..............101
Le procès 2 ..............109
Chez mon grand-père ..............120
La vie à trois ..............133
La patronne ..............141
L'anniversaire de Junny ..............158

Le coma d'Hugo ................................................................. 165
Le retour au bercail ........................................................... 174
Au chevet du père de Marcelline ...................................... 182
L'hommage à Hugo ........................................................... 189
Le cadeau magique ............................................................ 205

# Kayitesi, l'économiste psychopédagogue

— « Toi, Carmel, petite fainéante, lève-toi et réchauffe-moi du potage », dit ma mère.

C'était trois jours après mon dernier examen de fin de semestre. Je comptais me reposer calmement, mais ma mère ne me permit pas de faire la grasse matinée. Chaque jour, avant d'aller au travail, elle s'assure que je suis bien debout. Or, comme d'habitude après son départ, je retourne toujours au lit pour me réveiller à midi.

Sur la grande étendue de ses campagnes, un paysage verdâtre couvrait, tel un manteau d'hiver, le Rwanda, fièrement dénommé le Pays de mille collines. Malgré son enclavement, ce pays fait la fierté de sa population pour bien des raisons : son thé et son café jouissent d'une réputation mondiale relative à leur excellence de goût et d'arôme. Ses gorilles au dos argenté, parfois doré, attirent des milliers de touristes chaque année, en toute saison, faisant du Rwanda un pays au tourisme quotidien quasi perpétuel. Sa culture est la meilleure du monde aux yeux de son peuple. La danse traditionnelle « *Umushayayo* » a remporté plusieurs fois des trophées en Afrique et ailleurs dans le monde. Cette danse, exclusivement réservée aux femmes, vous emporte dans une cadence lente aux mouvements gracieux qui en accentuent l'élégance des gestes et l'exhibition du corps des femmes rwandaises. Elle célèbre la mobilité des animaux religieusement respectés et culturellement glorifiés au Rwanda. Tel est le cas de l'*inyambo*, cette vache aux cornes en forme d'un arc, dont la valeur sociale, économique et nuptiale déborde des frontières nationales.

Au Rwanda, les hommes se démarquent aussi dans « *Umuhamirizo* » où les « *Intore* », c'est-à-dire les élus, reproduisent certaines scènes dignes de combats et de batailles. Cette danse masculine est destinée aux jeunes garçons qui veulent développer leurs qualités de guerriers. La vache est au pays un animal symbolique. La posséder est un signe de richesse, surtout à la campagne où chaque famille rêve d'en avoir plusieurs. Mon grand-père en élève tout un troupeau à la périphérie de la capitale Kigali. Il s'en occupe comme un patrimoine familial et y veille jalousement comme un ange gardien. Ses vaches sont une partie de lui-même. Il ne jure que par elles.

De plus, de tout temps, la plus incroyable richesse du Rwanda reste la merveilleuse beauté des femmes. Les Rwandaises sont régionalement réputées pour la morphologie de leur corps et la finesse de leur visage. Qu'elles soient « *Inzobe yanyoye* », c'est-à-dire une peau claire qui a bu le lait de vache ou « *Igikara gisize* », c'est-à-dire une peau noire enduite du beurre de vache, elles ne manquent pas de charme. Aujourd'hui encore, cette beauté millénaire incite beaucoup de chanteurs de la région à rendre honneur à la femme rwandaise.

Cette année-là, je complétais mes 21 ans et ma tête trônait sur 1 mètre 72. J'avais une peau noire semblable à celle de bon nombre de jeunes filles africaines, mais avec un teint clair et un poids normal de 65 kg. Pour tout dire, j'avais tout ce qu'il faut à une jeune fille pour être belle et séduisante. En plus de cette beauté idyllique, j'avais donc mes parents, mes trois frères, mes deux sœurs, une vaste famille, des amis, un chien et un chat. Nous résidions à Kigali la capitale. Mes parents étaient matériellement aisés et pouvaient m'offrir ce dont j'avais besoin, excepté les grandes ou les petites folies comme les habits chics, un téléphone portable au prix excessif, les coûteuses leçons de natation ou un ordinateur portable.

Comparée aux grandes capitales d'Afrique orientale ou centrale, Kigali est une petite ville qui héberge, comme elles, les places importantes du pays : la présidence, l'assemblée parlementaire, la primature et les différents ministères. On y trouve aussi plusieurs bâtiments administratifs parmi lesquels les ambassades et des bureaux d'organismes nationaux et internationaux. C'est à Kigali où il y a également les meilleurs hôpitaux, les somptueux hôtels, les chics restaurants, les grandes écoles du pays, sans oublier les quartiers résidentiels aussi chics que modestes et, évidemment, les bidonvilles. Ma famille habitait à Kacyiru, un des beaux quartiers de cette ville.

Dans les années 1980, la Caisse sociale du Rwanda et la Caisse hypothécaire avaient construit, à Kacyiru, des maisons résidentielles de modèle identique pour leurs hauts cadres et fonctionnaires. Chaque famille qui en bénéficiait obtenait une maison de deux à trois chambres à coucher, une salle de bain, un salon et une cuisine. Certaines familles nombreuses recevaient même une maison jumelée avec un rez-de-chaussée et le premier étage ayant chacun autant de chambres. Toutes ces maisons étaient construites en briques cuites rouges, couvertes d'un toit d'ardoises et d'un pavement gris.

À cette époque-là, le gouvernement avait aussi fait construire, à Kacyiru, des maisons pour les hauts cadres du ministère de l'Agriculture. Or, les plus grandes élites du pays se faisaient bâtir des maisons très luxueuses à Kiyovu, l'un des plus beaux vieux quartiers de Kigali. Kacyiru et Kiyovu étaient donc deux quartiers chics de la capitale rwandaise d'alors. Les familles qui n'avaient pas de maison dans ces deux quartiers ou qui venaient tout juste de rejoindre cette classe sociale créaient une nouvelle cité sur le beau et spacieux plateau de Remera vers l'aéroport de Kanombe.

À notre époque, d'autres nouveaux et beaux quartiers sont en train de pousser comme des champignons à Nyarutarama, à Kicukiro, à Kagugu, à Kimironko ou à Kibagabaga. Autrement dit, Kacyiru et Kiyovu ne sont plus les seuls quartiers aux maisons de luxe. Malgré cette concurrence, l'ancienneté et la proximité de ces deux quartiers avec le centre de la ville de Kigali continuent toujours à inspirer du respect et de la considération.

Ma famille vivait donc dans l'une des grandes et luxueuses maisons construites dans les années 1980, mais récemment rénovées. Une assez belle maison choisie pour avoir plu à ma mère, exigeante dans ses goûts. La maison était construite en briques cuites et couverte de tôles bleues solides. C'est une vaste maison de six chambres à coucher, une salle de bain, un salon et une cuisine. Chaque pièce est colorée en blanc, excepté le plafond taillé en bois.

Notre mère se vantait devant qui voulait l'entendre que ce bois de qualité était spécialement importé des forêts luxuriantes de la République démocratique du Congo voisine. Quand on entre chez nous, un grand jardin meublé de plusieurs espèces de fleurs vous accueille. Des vases en béton d'où se répand l'odeur enivrante des fleurs roses entourent notre maison dont le sol aux alentours est couvert de carreaux beiges parsemés de petites fleurs marronnes, très discrètes. Le sol avait été complètement changé, car notre mère trouvait que le béton n'était plus à la mode. Il fallait donc le remplacer par des carreaux qui, selon mon père, lui ont coûté toute une fortune.

Devant la porte d'entrée, un joli lustre, certainement importé de Dubaï, vous sourit d'en haut. La porte d'entrée est tellement large que de grosses voitures américaines peuvent y entrer sans encombrement. Les serrures de différentes portes de la maison, à l'exception des annexes, sont de l'élégante marque italienne Orlando Paris. Les grillages des portes et des fenêtres sont forgés en anneaux métalliques solides. On se demanderait s'ils assurent seulement la protection de la maison contre les éventuels voleurs ou s'ils servent aussi de décoration ou de deux à la fois. Connaissant bien les exigences de ma mère, je soupçonnais une combinaison des deux.

Sur la terrasse, deux fauteuils de notre ancien salon se disputaient l'espace avec trois vases de fleurs. À l'intérieur de la maison, notre salon respire et sent le luxe par excellence. Des fauteuils en cuir beige et aux accoudoirs marron, achetés au Manumetal, entourent une table en verre. Dans l'angle opposé à l'entrée se trouvent un grand téléviseur Sony et tous ses accessoires. Notre aisance matérielle impressionne nos visiteurs et ébranle les membres de notre famille qui viennent de la campagne et qui ont chez eux le pavé en terre battue et dont les sièges ne sont que de simples bancs en bois.

Au mur gauche du salon, on aperçoit un grand tableau sur lequel brille une photo de notre famille au complet. Cette photo avait été prise peu après la naissance de nos derniers-nés. Elle devait être envoyée à notre tante maternelle Noëlle, la petite sœur de notre mère qui vit en Belgique. Notre mère avait dû en faire un double, car elle trouvait cette photo extrêmement belle. Elle la fit alors développer en grand format. À côté, on aperçoit également une photo de notre père serrant la main du président délégué général de la Banque africaine de Développent lors d'une conférence au Ghana en 2003. À gauche, on aperçoit enfin une image de la Sainte Vierge, une peinture de vaches « *Inyambo* » faite par Albert Mutijima, un peintre rwandais de grande renommée dont les toiles se vendent par dizaines.

Notre mère regardait avec satisfaction le bol fumant qui contenait du potage fait de carottes, d'épinards, de pommes de terre, d'ail et d'ognons broyés dans une passoire. Comme d'habitude, elle ne me remercia pas de ce service que je venais de rendre à la famille avec une satisfaction personnelle. Chez nous, quand un enfant a grandi, il doit prendre soin de ses parents en faisant le ménage et la cuisine pour eux, en leur servant à manger, en lavant et repassant leurs habits, en faisant différentes commissions, etc. C'est un signe de reconnaissance de l'éducation parentale et une marque de respect envers eux, selon notre culture traditionnelle. Malgré la présence des domestiques dans la famille, ma mère voulait que ses filles apprennent les différents travaux domestiques et ces éléments culturels très importants dans la vie d'une bonne fille appelée en kinyarwanda « *Umuwali w'umutima* ».

Personnellement, je n'appréciais jamais la manière dont notre mère m'accablait de travail pendant mes vacances où je devais toujours faire les lits de mes jeunes frères et sœur, ranger les huit placards de la maison, épousseter tous les meubles du salon et de la salle à manger, faire la cuisine, la vaisselle et servir le repas à tout le monde. Bref, de multiples tâches qui ne me laissaient pas largement le temps de regarder la télévision, de faire des promenades avec des amis, ni de leur rendre visite dans le quartier.

Je venais tout juste de terminer ma première année à l'université après mes études secondaires au lycée de Kigali où j'avais passé six ans. Il m'arrivait souvent de repenser à mon école secondaire, à mes professeurs, à mes condisciples qui au cours du temps étaient devenus des amis, particulièrement Hugo Muhizi. Je me souvenais souvent vaguement de ce « beau vieux temps » et de la bonne camaraderie qui me manquaient à cause de multiples occupations dont ma mère m'accablait. Hugo faisait partie de ce beau vieux monde dont je me rappelle depuis dix ans. Je savais que je ne retrouverais plus jamais notre classe réunie en uniforme kaki et blanc dans les trois rangées de six pupitres chacune.

Notre mère était déjà prête pour sa journée de travail quand je lui apportai son agenda qu'elle avait oublié la veille dans ma chambre. En le prenant, elle fit une grimace qui m'indiquait son indignation d'avoir oublié son agenda dans ma chambre. Elle pensait peut-être que je l'avais consulté. Or, l'éducation que j'avais reçue d'elle ne me permettait pas de fouiller dans les affaires d'autrui. Ma mère était habillée d'une jupe noire plissée et d'un chemisier beige brodé de fleurs autour du cou. Elle avait une beauté discrète sans maquillage et était d'une élégance remarquable. Comme tout bijou, elle portait une chaînette en or, une montre-bracelet au poignet droit et, bien sûr, une alliance à l'auriculaire gauche.

Astrid Kayitesi, comme elle s'appelait, était une femme à la fois forte et sévère qui exerçait sur ses enfants de l'autorité qui leur inspirait de la crainte absolue. Psychopédagogue, puis économiste de formation, elle voulait que ses enfants soient strictement éduqués et instruits dans les meilleures écoles et universités du pays. Elle était donc très stricte dans sa façon de nous éduquer et ne nous manifestait presque jamais la moindre marque de tendresse.

Très autoritaire, c'est elle seule qui décidait de tout dans la maison : la disposition des meubles, le menu du jour, les peintures, les achats, etc. Mon père la laissait faire au point qu'on aurait dit qu'il ne tolérait pas les querelles domestiques. Quand on contrariait ma mère, cela aboutissait inévitablement à des disputes. J'avais toujours pensé qu'elle avait un don exceptionnel de s'énerver et d'énerver les autres, croyant toujours avoir raison partout, en tout. C'est elle qui avait toujours le dernier mot dans la maison. Notre père n'intervenait que dans les cas extrêmes, entre autres, quand les garçons se montraient têtus et désobéissants envers notre mère qui n'arrivait plus à les mater.

Étant le troisième enfant de la famille, j'avais une part de responsabilité dans le ménage depuis que notre aînée, Ruth n'était plus permanente à la maison, en raison de ses études également à l'université. C'est une sœur à laquelle je voulais ressembler parce que notre mère semblait fière d'elle. Or, moi, je n'avais pas encore droit à cet honneur. Quoi que je fisse, notre mère trouvait toujours quelque chose à redire.

Ruth, elle, était très sérieuse et rigide, selon moi. Elle était cependant très ponctuelle et méticuleuse. Elle et moi n'étions pas très proches. Elle avait six ans de plus que moi. Pendant que je grandissais en famille, elle passait neuf mois sur douze dans un internat. Je ne pouvais la voir que pendant les vacances. Je grandissais donc sans elle qui me considérait toujours comme une petite fille.

En revanche, mon frère aîné Chris, mon aîné et moi sommes complices. C'est à lui que je demande souvent de sages conseils et de l'argent de poche. Chris était beau. Il mesure 1 mètre 85 et a un corps bien bâti, résultat des longues journées de week-end qu'il passe habituellement dans un terrain de football ou de basketball. Il a hérité des gros yeux de mon père. Sa beauté séduit toujours les filles. Son visage est à la fois masculin et fin comme celui d'une jeune fille. Il laisse pousser une petite moustache qui part du haut de sa lèvre supérieure et descend autour de sa bouche et de son menton. Sa barbe qu'on appelle « *Zéro faute* » forme une circonférence rectangulaire. Je crois que mon frère la laisse pousser pour accentuer sa virilité. C'est un frère qui a un cœur généreux et une personnalité accueillante. Une fois par semaine, il fait du bénévolat à l'hôpital de Kibagabaga et de la sensibilisation de la population au don de sang. Il est de ces gens avec qui il est très facile de se lier d'amitié. Ce qui m'étonne chez lui, c'est son don naturel de s'occuper des petits-enfants.

Il déteste son prénom Christophe qu'il préfère abréger par Chris. Il est étudiant à l'Institut supérieur de journalisme et de télécommunication. Son orientation personnelle n'a pas plu à notre mère qui voulait que son fils aîné puisse étudier dans un domaine plus « important » comme l'architecture, la gestion ou le génie civil. Ces domaines d'études débouchent, selon notre mère, sur des carrières bien rémunérées. Pour le cas de Chris donc, notre mère n'avait pas pu avoir le dernier mot. Prêt à les financer, notre père avait décidé que « son » fils suive les études de son propre choix.

Depuis une année déjà, Chris est animateur dans une radio locale, la Radio Jeunesse. Il lui arrive aussi d'être souvent absent à la maison à cause de ses occupations professionnelles et étudiantes qui remplissent lourdement ses heures. Je suis donc la seule aînée à la maison et je dois naturellement m'occuper, selon ma mère, des cadets. Mon jeune frère Fabrice m'aide de temps en temps. Malgré la lourdeur des travaux, j'aime tendrement nos derniers-nés, les deux jumeaux de huit ans.

## Hugo, le meilleur des meilleurs

J'ai beaucoup d'amis de tout âge. Je m'entends facilement avec les autres, mais les plus intimes sont ceux de mon âge. Hugo reste le meilleur des meilleurs. Nous nous connaissons depuis dix ans, mais notre amitié solide dure déjà six ans. Quand nous sommes ensemble, nous avons l'habitude de parler, de parler, de parler tellement que nous avons l'impression de passer des années entières à parler. Il me dit être heureux quand nous sommes ensemble et que je suis sa seule confidente à laquelle il me parle des choses jusque-là inavouées à d'autres personnes. Il m'aime beaucoup et je l'aime beaucoup. La seule chose qui compte est cet attachement réciproque. J'ai l'impression que nos deux cœurs sont connectés pour toujours.

Quand Hugo veut s'entretenir avec une autre fille, il me demande quelle tenue porter et quels mots lui dire. Je lui conseille, selon mes goûts, et je lui dis ce qui me plaît. J'ignore cependant s'il suit réellement mes conseils. Je suis toujours curieuse avec un brin de jalousie. Je le regarde souvent avec curiosité et un peu de malice pour tenter de découvrir ce qu'il pense de moi.

Je me demande quel effet cela fait de se laisser draguer par des garçons. Mes amies me reprochent toujours de repousser les garçons avant même qu'ils me demandent mon nom. Or, Hugo me dit tout, sans omettre aucun détail. Il connait bien ma curiosité pour connaître la teneur de ses entretiens avec d'autres filles. Quand il est éconduit par une fille, il est vraiment triste ; mais je le console immédiatement après. Quand il est vexé par une réponse négative d'une demoiselle, je me moque de lui. Et quand la fille est consentante, il la lâche sur le champ et la traite de proie facile. Dès qu'il m'en parle, je le gronde et lui interdis de jouer avec les sentiments d'autrui. Il me dit vouloir s'amuser pour se faire plaisir, mais je trouve cela méchant. Alors, il me déclare solennellement en me taquinant : « *Nkunda wowe gusa* », c'est-à-dire « Je n'aime que toi ». On en rit, on en ricane. Je ne doute jamais de son amitié, j'en suis persuadée. Le fait qu'il ne me cajole pas me laisse indifférente. Je préfère que lui et moi restions des amis, de vrais amis.

Après les études secondaires, Hugo avait obtenu une bourse pour aller étudier la biotechnologie au Maroc, mais il lui fallait attendre une année sabbatique. Ce qui fait d'Hugo un ami hors du commun, c'est sa personnalité et la force de son caractère. Il est à la fois sévère et doux, comme une main de fer dans un gant de velours. Il est également compréhensif et juste. Il sait m'écouter et me conseiller mieux que quiconque. Lorsque je m'engage sur un mauvais chemin, il n'hésite pas à me faire savoir ce qu'il pense réellement et il fait tout pour me remettre sur le bon chemin. Il est prêt même à donner quelques fessées bien méritées, mais sans méchanceté. Ce qui me plaît encore chez lui, c'est sa taille qui est presque comme la mienne. Il me dépasse seulement de quelques centimètres. Pour lui parler face à face, je ne suis pas obligée de me pencher pour l'écouter. De même, son vieux prénom Hugo m'amuse beaucoup. Son père le lui avait donné en l'honneur de l'écrivain Victor Hugo dont il vénérait les ouvrages. Hugo est souvent souffrant, je le taquine habituellement en lui affirmant, par exemple, que son corps manque de résistance. Je n'hésite pas à le traiter d'enfant à la santé fragile. Il a un an de plus que moi, mais parfois je veux me comporter comme sa grande sœur, c'est-à-dire capable de lui prodiguer de sages conseils, particulièrement en ce qui a trait à sa santé.

Un jour, Hugo est venu à la maison pendant que, mes frères et moi, nous nous relayions devant une vieille table plaquée en face de la cuisine pour repasser nos habits propres et ceux de nos parents entassés dans un grand panier en paille. Ce panier était coloré par endroits de vert et de rose. La vieille table, aux pieds branlants, était couverte d'un drap vert. C'est sur cette table que nous faisions le repassage, à tour de rôle. C'était au tour d'Hugo de prendre le fer à repasser après une pause qu'il avait prise. Je lui lançai une chemise rose appartenant à mon père. M'appuyant légèrement sur un angle de la table, je surveillais comment Hugo dépliait parfaitement la chemise de mon père. Si un habit n'était pas bien repassé, ma mère me grondait d'abord et m'obligeait sèchement à le repasser par la suite. Heureusement pour moi, Hugo repassait très bien les habits que je lui lançai, un après l'autre. Il savait régler le courant et asperger intelligemment chaque habit, selon la qualité et la nature de son tissu. Pendant qu'il repassait nos habits, Hugo me parlait de violents maux de tête dont il souffrait souvent. Ces maux revenaient de façon fréquente, malgré les différents médicaments que son médecin lui recommandait de temps en temps. Mon poids sur la table fit grincer la partie sur laquelle je m'appuyais. Au même moment, Hugo se libéra du fil du fer à repasser qui s'était enroulé autour de lui et me demanda :

— « Tu viens à la fête, ce samedi ? »

— « Je ne sais vraiment pas. L'idée m'enchante, mais je ne sais pas si ma mère va accepter de me libérer de tous les travaux domestiques dont elle m'accable au quotidien. Et je ne veux pas vraiment la contrarier. Tu sais que ma mère n'aime guère les fêtes des jeunes. Pour elle, chaque fois qu'un groupe de jeunes se réunit quelque part, elle pense qu'ils veulent s'amuser et toujours faire des bêtises. J'ai tenté de lui expliquer qu'il s'agit d'une fête entre nos anciens condisciples, mais elle ne m'a jamais comprise. Je lui ai même répété que la quasi-totalité de ma classe terminale du secondaire se réunira au restaurant « Quelque Part » pour nous retrouver et, évidemment, partager et échanger nos nouvelles. Malheureusement, ma mère ne change jamais d'idées et reste toujours imperturbable dans ses prises de position. »

Malgré le comportement bizarre de ma mère, ce qui est très amusant à Kigali, ce sont les noms de restaurants « VIP » qui sont généralement exotiques et résonnent toujours en langues étrangères comme le français, l'italien, le japonais ou l'anglais. C'est le cas de La Lune, du Camelia, du Sakae, de La Havana, du Sole Luna, d'Hellénique, d'Heaven ou de Chez Robert. Ces appellations semblent interpeler de prime abord la cliente étrangère, spécialement les Blancs dénommés localement les *Bazungus*. Habituellement, les tenanciers de ces établissements sont des étrangers ou des Rwandais qui possèdent une quelconque connaissance des langues étrangères. C'est dans ces restaurants qu'on sert la cuisine occidentale et orientale qui rappelle l'Europe, l'Asie, l'Amérique ou l'Australie. Or, les restaurants « ordinaires » tenus par les Rwandais ordinaires sont presque toujours spécialisés à servir de la nourriture locale aux clients rwandais. Ils portent habituellement des noms rwandais comme Kimaranzara, Ryoherwa, Umurava, etc. À toute règle une exception, car à Giporoso, un des carrefours de Remera, et sur l'artère principale conduisant au seul aéroport international du Rwanda, se trouve un restaurant rwandais ordinaire, mais avec un nom en anglais : « Come Again ». Ce restaurant est bien réputé pour la viande de porc, *akabenzi*, qu'on y sert et qui coûte nettement moins cher que dans ceux d'autres coins de Kigali.

J'enviais donc Hugo et tous les autres anciens condisciples à qui leurs parents accordent souvent la permission d'aller rencontrer leurs amis sans que cela soit synonyme de carte verte au libertinage. Pour moi, ces parents font simplement confiance à leurs enfants. Ce qui n'est pas le cas pour moi, à cause de ma mère qui croit qu'aller à certaines fêtes me conduira tout droit vers la délinquance. Elle aurait peut-être raison si j'allais dans n'importe quelle fête. Or, je ne suis pas du tout fêtarde et je ne participe que rarement à quelques fêtes d'anniversaire, de baptême ou de confirmation de mes amis que l'on pouvait d'ailleurs compter sur les doigts d'une seule main. Je suis tout le temps clouée à la maison où je plie sous le sempiternel poids des travaux domestiques et ménagers que ma mère me donne à volonté, comme si j'avais l'âge de la remplacer dans ses responsabilités. J'eus quand même le temps de faire un rapport détaillé à ma mère au sujet de mon ami Hugo. Je lui parlais du quartier où cet ami vivait, de ses parents que j'ai rencontrés, de l'heure à laquelle je désirais partir et de celle de mon retour. Ma mère fit semblant de m'écouter. Comme à l'accoutumée, elle me dit d'attendre qu'elle en parle à son mari, mon père, ce simple figurant dans notre maison où le dernier mot revenait toujours à ma mère, la gestionnaire de tout. J'expliquais alors à Hugo comment la mère n'avait pas encore donné son accord pour notre sortie d'aller rencontrer nos anciens condisciples au restaurant « Quelque Part » :

— « Tu sais, Hugo, cela me fatigue énormément de donner à ma mère toutes les précisions sur tout ce que je dois faire avec des amis. Parfois, il m'arrive de les inventer pour la distraire et chercher à la tranquilliser ». Hugo fit la moue. Je compris qu'il se révoltait en quelque sorte du comportement de ma mère qui ne voulait pas me laisser un peu de temps pour aller me distraire avec mes condisciples. Il me sourit tristement en haussant les épaules. Hugo n'y pouvait rien. Moi-même je n'y pouvais rien. Ma mère était très possessive et acariâtre ; mais, en fin de compte, je compris un peu qu'elle voulait « me protéger », à sa façon.

Hugo ne l'entendait pas de cette façon. Il pensait, en effet, que c'était comme si j'avais donné à ma mère la permission de contrôler ma vie. Il avait réellement raison, car il ne connaissait pas le caractère d'Astrid Kayitesi, ma mère, la Dame de fer de notre maison. Alors, il me parla comme pour me convaincre :

— « Nos parents nous protègent aussi, mais ne nous privent pas pour autant de notre liberté. Je ne comprends pas comment ta mère ne veut pas que tu puisses aller à la rencontre de tes condisciples. On dirait que tu es dans un couvent ! Et même au couvent, les religieuses ou les prêtres ont aussi le droit de faire de petites sorties avec les personnes qui leur sont très proches et chères. »

— « Ta mère a de la chance que tu ne sois pas une étourdie comme la plupart des filles actuelles qui, attirées par l'amour et l'aventure, sautent parfois les hautes clôtures de leur habitation pour aller vers une destination que seul le diable sait. Ces filles passent souvent la nuit en dehors de leur maison et reviennent très tôt le matin, sans que leurs parents découvrent le moindre indice de leur culpabilité. »

Hugo prit une pause, tourna le réglage du fer à repasser jusqu'à ce que le feu rouge s'éteigne. Quelques instants après, il reprit la parole et déclara :

— « Beaucoup de parents ignorent souvent quand et comment leur fille peut tomber enceinte. Ils ignorent également quand et comment elle peut attraper des maladies sexuellement transmissibles comme la blennorragie, la syphilis ou le VIH/SIDA. »

Je fis la moue et hochai la tête pour lui signifier que je partageais entièrement son point de vue. Cependant, lui et moi savions que je n'avais pas besoin de sauter par-delà la clôture de notre maison pour aller dans une boîte de nuit. Un bon livre me suffirait pour passer une agréable nuit, avec ou sans Hugo qui voulut reprendre le repassage. Je découvris d'énormes gouttes de sueur perler ses cheveux à leur racine. Il en coulait sur son front qui devint humide. J'eus alors peur. Hugo s'en rendit compte et affirma qu'il suait abondamment à cause de la chaleur de la saison et du fer à repasser.

Il eut un sourire embarrassé au moment où il tira une serviette en papier de sa poche. Il s'essuya et ralluma le fer à repasser que je lui arrachai presque de force. Il finit par abandonner. J'étais inquiète, mais Hugo m'assura que tout allait bien. Pour lui faire plaisir, je lui apportai un verre d'eau. Assis sur un tabouret au pied de la table, il vida ce verre d'un seul trait.

# La princesse Cendrillon

Debout dans l'entrebâillement de la porte de ma chambre, ma petite sœur Linda annonça joyeusement en criant :

— « Eh ! La princesse Cendrillon est prête à se rendre au bal ! » Elle le dit théâtralement en imitant la poupée animée de la publicité vantant les robes de fillettes. Je feignis de ne pas l'avoir entendue arriver et crier. Pourtant, ses pas bruyants craquaient dans la maison comme le battement frénétique du tambour. Avant de me retourner du lit, j'affichai une expression d'étonnement et fis un demi-tour pour admirer Linda :

— « Oh ! Magnifique que tu es, petite princesse », dis-je sincèrement émerveillée. « Approche, approche vite que je t'embrasse, ma petite princesse ». Elle marcha princièrement vers moi dans un bruit effréné de ses souliers qui faisaient « toc… toc… toc ». Mes yeux quittèrent le petit visage de Linda jusqu'à ses pieds. Je lui souris gentiment. Elle portait les escarpins de notre mère avec la robe en mousseline que lui avait récemment offerte sa marraine. Toute la semaine, Linda ne jurait que par cette robe. La connaissant bien, je devinai que la robe pourpre serait sa tenue préférée jusqu'à ce qu'on lui en offre une autre. Presque englouties dans les chaussures blanches, les menus pieds de Linda occupaient la partie avant et le talon était légèrement penché en arrière. Elle les ôta et se cala confortablement sur mes jambes, me faisant face. Elle me regarda avec ses grands yeux pleins d'innocence. Je lui souris tendrement et je lui fis des mimiques. Dans moins d'une minute après, j'obtins le résultat attendu : la fillette riait à gorge déployée. Les minauderies du gorille l'amusaient toujours autant.

— « Qui a osé porter les chaussures de ma mère ? », lui demandai-je d'un air sévère après qu'elle eût cessé de rire.

Linda baissa les yeux sur ses pieds nus, son regard trahissait sa culpabilité. Elle hésitait à me répondre et se contenta de répéter :

— « Je... je... je... je... »

J'avais réussi à l'intimider et elle tentait de se justifier. Elle ignorait toutefois qu'elle m'était irrésistible. Je n'arriverai jamais à lui en vouloir. Il en est de même d'Alex, son jumeau. Pour la rassurer, je lui dis :

— « D'accord ! Je ne te dénoncerai pas, à condition que tu acceptes que nous puissions jouer et chanter l'hymne de *glouglou*. » Linda hocha la tête en signe d'acceptation. Ses tresses dansèrent presque avec le mouvement. Sans perdre de temps, nous montâmes sur le lit que j'avais presque fini de faire. Quand Linda finit d'ôter sa robe, je me mis à la chatouiller en chantonnant l'hymne de *glouglou*. Elle poussait des cris aigus qui m'incitaient à recommencer.

— « Eh ! Vous là, ne pouvez-vous pas crier moins fort ? », suggéra rageusement Chris.

— « Que fais-tu à la maison maintenant à huit heures du matin, toi ? », demandai-je presque affolée. Il me répondit qu'après avoir déposé notre père à son travail, il était revenu à la maison. Pendant son temps libre, Chris servait de chauffeur à toute la famille. Et j'ajoutai :

— « Ne travailles-tu pas aujourd'hui ? »

— « Non ! C'est la journée internationale de la jeunesse. Le ministre de la Jeunesse et des Sports de notre pays fera un discours officiel à la radio. Ce discours remplacera donc mon émission. »

Pendant que Chris me parlait, notre frère cadet, Alex, apparut en pyjama derrière lui. Il frottait tellement ses yeux que je compris qu'il ne s'était pas encore bien réveillé. Chris regagna sa chambre. Alex se joignit à Linda et à moi et la partie de *glouglou* recommença de plus belle. Alex et Linda s'amusaient bruyamment. Au même moment, mes pensées se retournèrent vers Chris. La veille, il avait fait une émission sur le nouveau fléau du pays : les « Sugar Daddies et Mamies ». Il s'agit des personnes adultes ou âgées qui proposent d'avoir des relations sexuelles avec de jeunes garçons ou de jeunes filles en leur offrant force cadeaux et beaucoup d'argent. Abusant de la vulnérabilité de ces jeunes aux conditions de vie souvent très précaires et voulant à tout prix jouir de leur jeune corps, ces Sugar Daddies et Mamies sont prêts à tout : solliciter, forcer ou kidnapper ces jeunes, peu importe, pourvu qu'ils et elles attrapent leur proie et s'en réjouissent à volonté. Pendant l'émission que j'avais suivie du début à la fin, j'étais intriguée par l'intonation de la voix de Chris. Il m'avait semblé émotionnellement tellement impliqué dans ce fléau qu'il se retrouva un peu sur la défensive face à une multitude d'intervenants internes et externes au studio de la radio. De même, ce matin, Chris vient de crier pour nous parler, alors que d'habitude, il est de nature calme et respectueuse envers les autres personnes, particulièrement les femmes. Je compris donc que quelque chose n'allait pas chez mon frère Chris.

## L'hospitalisation d'Hugo

Hugo fit un bilan général de sa santé. Il commença par le service d'ophtalmologie, mais le médecin qui l'examina ne parvint pas à diagnostiquer la cause de ses troubles de vision. Hugo n'avait aucune anomalie. De plus, il arrivait à lire toutes les lettres que lui montrait le médecin qui, une fois convaincu des résultats de ses diagnostics, lui prescrit uniquement de la tétracycline pour désinfecter ses yeux. L'ophtalmologue se gratta son crâne chauve qui brillait comme un miroir. Il aurait aimé conseiller à ce jeune homme de faire passer son cerveau au tomodensitomètre, mais il se ravisa de justesse pour ne pas l'alarmer outre mesure. Il lui recommanda seulement de revenir le voir s'il avait toujours mal aux yeux. Hugo avait des vertiges et perdait parfois l'équilibre. Il était donc obligé de s'appuyer contre un mur, sur une chaise ou sur n'importe quoi. Sinon, il tombait brutalement comme « un sac plein de patates », selon sa propre expression. Ses vertiges devinrent tellement fréquents qu'il craignait de quitter la maison pour ne pas tomber en plein chemin.

Un jour, arrivée à la maison après le travail, sa mère le trouva inconscient au bas de son lit. On le transporta d'urgence à l'Hôpital Roi Fayçal, un établissement plutôt réservé aux riches et aux personnes assurées par les compagnies privées. Les bénéficiaires de la Mutuelle de santé ne pouvaient pas se faire soigner dans cet hôpital où les coûts exigés dépassaient de loin leur couverture médicale. Pour le dire autrement, la Mutuelle de santé était réservée à la classe moyenne et aux pauvres.

Après des examens, dont une tomodensitométrie du cerveau, les médecins détectèrent une tumeur au cerveau. Le docteur Kettern était un homme âgé et avait la peau si bronzée qu'elle témoignait de la marque du soleil des pays tropicaux. Cet homme semblait porter tout le poids du monde sur ses larges épaules voûtées. Il regarda la mère d'Hugo. Son regard intelligent et désolé inspirait à la fois de l'espoir et de la désolation. Il était un peu désemparé : il ne savait ni quoi faire ni quoi dire. Face à une situation comme celle-ci, les mots n'avaient pas d'importance. Il fallait plutôt agir et tenter de faire quelque chose pour sauver une vie. Le docteur Kettern devait détester pareille situation où il n'avait plus d'espoir à offrir, car il ne pouvait rien garantir avec certitude. Pour Hugo, comme pour nous tous, ce fut une catastrophe, un début d'anéantissement.

Devant moi, Hugo jouait mièvrement comme un jeune homme sans souci. Il considérait sa tumeur comme une simple boule de cellules parasites insignifiantes. Il ne voulait pas croire à ce qui lui arrivait, à ce qui nous arrivait. Je sentais au fond de lui une grande tension. Je fus près de lui aussi souvent que possible. Je priais beaucoup. Je ne pouvais faire que cela face au désespoir qui me talonnait. J'essayai de m'informer tant que je le pus. J'appris que la tumeur au cerveau était une maladie peu commune au Rwanda. Je fus presque découragée lorsque j'appris que les survivants d'une telle tumeur étaient si rares qu'on pouvait à peine les compter sur les doigts d'une main. J'avais cependant une grande foi en Dieu. En dépit de ma foi, j'éprouvais incroyablement de la peur au fond de moi-même. Je ne m'attendais à aucune solution miraculeuse en dehors de l'opération chirurgicale qu'Hugo finirait par subir, tôt ou tard. Ces deux mots sonnaient déjà dans mes oreilles comme une menace, la fin de la vie d'Hugo, la fin de ma propre vie.

Tout se passa tellement vite au début du mois de décembre. Hugo fut préparé à l'opération. Il partit pour l'hôpital trois jours avant afin de passer tous les tests médicaux préliminaires qui s'imposaient. J'allai le voir chaque jour et j'essayai de le rassurer de mon mieux.

— « Mel, j'ai peur, j'ai vraiment peur ! », m'avoua Hugo. Il avait l'air d'un petit garçon innocent qui devait subir cette opération comme une pure injustice jamais vécue par des innocents comme lui. Je me rapprochai davantage de lui et le rassura à ma façon :

— « Dieu te protègera. Je suis sûre qu'il ne peut pas accepter que tu meures à ton âge. Tu n'as rien fait de mal ni de méchant pour mériter la mort, Hugo, je t'assure. »

J'étais convaincue que Dieu ne l'oublierait pas. C'était la première fois que je me rendis compte qu'Hugo pouvait mourir. J'en fus amèrement surprise. Je ne pouvais pas lui faire part de mes craintes pour ne pas l'affoler ni le décourager. Il avait grandement besoin de moi, de mon réconfort et de ma présence dans ces moments critiques de sa vie. Parfois, j'étais autorisée à rester avec lui jusqu'à ce que les infirmières me demandent sévèrement de m'en aller. Dans ce cas, j'acceptais, malgré moi, de sortir de la salle, mais j'allais toujours m'asseoir sur un banc dans le couloir où je bravais seule le froid des nuits solitaires.

C'est là que je voyais défiler les scènes quotidiennes dans un hôpital : des infirmiers et des infirmières en blouses et pantalons verts poussaient des malades sur des brancards ou des fauteuils roulants. D'autres marchaient derrière des malades qui se déplaçaient péniblement presque à bout de leurs dernières forces. Seuls des médecins en blouses et pantalons blancs traversaient le couloir, dans un sens ou dans un autre, à la rencontre des malades dans leurs salles pour se rendre compte de leur état de santé. C'était tout un spectacle désolant, terne et morne. Si tout dépendait de moi, je me disais que j'aurais apporté un rayon de soleil dans cet univers où les couloirs sentent toujours le désinfectant et la souffrance rend les âmes des malades lugubres.

Je détestais le temps où Hugo devait passer à la radiographie. Il me disait se sentir comme une pâte malaxée prête à être livrée à la vente. Il savait bien qu'on ne le vendrait pas, mais que son corps allait être jeté dans une fosse commune et son âme allait être livrée au diable. À chaque instant que je me retrouvais seule, je joignais mes deux mains pour réciter de ferventes prières. Je fus très reconnaissante envers ma mère parce qu'elle compatissait à la maladie d'Hugo et que, pour une fois, elle ne me reprochait pas d'être sortie de la maison pendant de longues heures où je restais à l'hôpital au chevet d'Hugo.

La veille de l'opération, je me rendis à l'Hôpital Roi Fayçal. En quittant la maison dans l'après-midi, je dus marcher sur la pointe des pieds pour ne pas réveiller Linda et Alex de leur sieste. Les deux voulaient m'accompagner à l'hôpital pour rencontrer

Hugo. Je fermai le portail derrière moi et me retrouvai seule dans la rue très boueuse à cause de la pluie. Je ne choisissais pas où mettre les pieds. Je salis donc mes chaussures, ce qui importait peu par rapport à la vie d'Hugo. J'étais plutôt pensive et je revoyais Hugo, cet ami dynamique, que j'avais connu sur le banc de l'école. Je le revoyais souriant et faisant des blagues, énervé ou terriblement en colère. Je souris, malgré moi, mais mon sourire ressemblait à une grimace. J'avais trop mal moralement pour véritablement sourire. Je poussai un soupir de soulagement en arrivant sur la route asphaltée. Cette route débouchait droitement sur l'entrée de la présidence, le bureau de son excellence monsieur le président de la République du Rwanda.

Là-bas, les policiers venaient d'arrêter un homme qui avait osé garer son véhicule sur le côté bas de la parcelle de la présidence où il était strictement interdit de garer une voiture. Une foule de curieux et de badauds s'était arrêtée pour assister à la scène. La garde présidentielle leur demandait fermement de dégager les lieux. Je ne pouvais pas m'y arrêter, car je n'avais pas le cœur pour m'y attarder. Dévorée par mes soucis et très anxieuse, je continuai ma route, mais j'eus quand même le temps d'apercevoir cet homme distrait.

— « N'a-t-on pas le droit de s'arrêter ici, même pour seulement répondre au téléphone ? », s'indignait cet homme qui parlait un anglais impeccable, la mine à la fois perplexe et colérique.

Un des policiers lui expliquait qu'il aurait dû lire les panneaux routiers quand il conduisait. Il le faisait calmement, car l'homme en question était un étranger. Les gens de chez moi avaient beaucoup d'égards envers les étrangers. Je me dis qu'il s'en sortirait plutôt bien. Rassurée, je me rendis à l'arrêt-bus où j'entrai dans un minibus de la ligne Remera. Je m'assis entre deux messieurs qui discutaient bruyamment, mais vulgairement. J'étais agacée parce que ces deux messieurs me regardaient furtivement pour s'assurer que leurs bavardages m'impressionnaient. En plus, leurs larges épaules bien galbées écrasaient les miennes des deux côtés. À l'approche de l'Hôtel Méridien, je remis une pièce de cent francs au convoyeur qui frappa un coup de main sur la paroi haute du taxi pour demander au chauffeur de s'arrêter.

À l'entrée de l'hôpital, un gardien de sécurité me demanda le motif de ma visite. Je lui mentis en disant que je venais me faire soigner. Ce mensonge était nécessaire. Sinon, je ne pouvais pas entrer à l'hôpital puisque les visites étaient interdites en dehors des heures prévues à cet effet. Je levai vers lui un regard vraiment innocent et ne lui demandai que de me croire. Il me laissa donc entrer. J'étais souvent frustrée de la manière dont les gardiens de sécurité bloquaient la route à un piéton qui voulait entrer dans cet établissement : d'abord, ils lui barraient brutalement le passage, prenaient sa carte d'identité, inscrivaient son nom dans un registre, indiquaient l'heure d'arrivée et lui demandaient son numéro de téléphone. Après, ils lui demandaient de préciser le motif de sa visite. Si celui-ci était satisfaisant, ils lui accordaient le droit d'entrer. Dans le cas contraire, le pauvre était seulement rabroué. C'est donc un territoire que les gardiens en uniforme gèrent comme leur compagnie. Ils y exerçaient leur autorité totale.

En revanche, face aux visiteurs qui se présentaient en voiture, les gardiens s'inclinaient d'abord. Puis, ils se pressaient pour leur ouvrir aussitôt l'entrée. Les gardiens ne contrôlaient jamais si le chauffeur transportait un malade ou non. On dirait qu'entrer dans cet hôpital relève du mythe pour un piéton et c'est comme aller au ciel pour un visiteur en voiture, donc fortuné. Il s'agit non pas d'une situation unique et spécifique à l'Hôpital Roi Fayçal, mais d'un cas commun et visible dans toutes nos institutions publiques et privées.

L'Hôpital Roi Fayçal est le meilleur du pays, non pas pour la grandeur de ses bâtiments, mais en raison de son personnel qualifié et de l'équipement technologique modernisé et sophistiqué. C'est aussi l'hôpital le plus cher du pays et de la région des Grands Lacs africains ! Il appartient donc à ceux qui ont beaucoup d'argent.

Je traversai le hall d'entrée sans passer par la réception. Je connaissais déjà par cœur tous les passages qui mènent jusqu'à la chambre d'Hugo. Au premier étage où je me rendais, je tombai nez à nez devant un autre gardien portant le même uniforme que celui de l'entrée. Il me demanda :

— « Où vas-tu, mademoiselle ? »

Je lui lançai un regard presque méprisant. J'étais vraiment énervée, dépitée et dégoûtée de cette surveillance incessante dans cet hôpital ! Je parvins quand même à répondre au gardien en question :

— « Ce n'est pas une prison, mais un hôpital où tout le monde a le droit d'entrer et d'aller visiter les malades ! »

Intimidé par ma mauvaise humeur et la brutalité de ma réponse, le pauvre garçon me laissa continuer mon chemin sans crier gare. Pourtant, s'il l'avait voulu, il m'aurait obligée à lui répondre poliment, beaucoup plus poliment. Je jetai un coup d'œil sur l'horloge murale qui indiquait déjà 15 heures 48 minutes. J'ouvris doucement la porte pour ne pas déranger Hugo. Je fus soulagé de voir qu'il était éveillé et seul. Il se tourna vers moi et m'adressa un sourire franc. Il était vraisemblablement content de ma visite.

— « Ça va ? », demandai-je en m'asseyant sur le lit démontable.

Il me fit signe de l'approcher et m'ouvrit grandement les bras. Nous nous serrâmes l'un contre l'autre pendant un bon moment. Il finit par lâcher l'étreinte. Je l'embrassai doucement sur le front. Nous parlâmes de diverses choses. Hugo me parla vaguement de l'opération. Il entrerait dans la salle d'opération le lendemain à 6 heures 45 minutes du matin. Il serait opéré par le docteur Kabenga, chirurgien en chef, aidé par le docteur Kittern et, évidemment, devant toute une équipe d'infirmiers, d'aide-infirmiers et de préposées.

Dans l'après-midi et dans la soirée, la famille d'Hugo et ses amis passèrent le voir. Je fus la dernière personne à qui il demanda de rester, ce qui ne plut pas à sa mère. Et j'éprouvais de la pitié pour ce cœur maternel dans cette situation. J'aurais aimé serrer Hugo immédiatement dans mes bras pour le réconforter ou pour lui donner une portion de ma vie saine. Cependant, un tel geste de spontanéité aurait été plutôt déplacé. Je dus attendre que les autres sortent pour m'approcher d'Hugo. Je lui donnai une chaînette sur laquelle pendait un crucifix afin que Jésus soit avec lui, même dans son corps souffrant. L'anxiété l'habitait et se lisait dans son regard.

— « Promets-moi de te réveiller bientôt », quémandai-je désespérée.

— « C'est promis, Mel, c'est promis ! »

Face à son anxiété, je me mis à pleurer. Mon corps se mit à trembler légèrement. Hugo ne me dit rien. À quoi pensait-il ? S'en sortirait-il ? Allait-il mourir ? Était-ce la dernière fois que je le voyais vivant, mon Hugo ? Chaque partie de mon être rejeta cette pensée comme un venin qui tentait de me pénétrer. Le docteur Kabenga entra. Le silence se fit et il me regarda avec sympathie. Nous lui sourîmes tristement. Il était temps de laisser mon ami seul. Hugo avait déjà la tête rasée. Je le quittai ce soir-là, déchirée entre l'incertitude de ne jamais le revoir et l'espoir de le retrouver vivant après cette opération. Je parviens tout de même à m'exclamer :

— « Mon Dieu ! Aide-le à traverser cette épreuve difficile. »

Une fois la porte fermée, mes larmes continuèrent de couler abondamment. On aurait dit un torrent de larmes ! Un sentiment de peur entremêlé d'angoisse envahit mon esprit. Dans mon âme, tout était aussi sombre que la nuit qui enveloppait la ville de Kigali. Arrivée à la maison, j'étais blême et lasse. Ma mère me demanda des nouvelles d'Hugo. Je lui en fis part, non sans un pincement au cœur. Au même moment, je croisai le regard compatissant de mon père au-dessus du journal *Imvaho* qu'il lisait et du verre de bière locale qu'il buvait. Je courus dans la chambre où je jetai mon sac en *kitenge* par terre. Je résolus de ne rien allumer et me glissai sous les draps. Je regardais tristement le plafond en bois de qualité. Par moment, l'obscurité était rompue par la lumière diffuse venant de l'extérieur à travers la fenêtre. Chris entra dans la pénombre de ma chambre. Je lui demandai :

— « Peux-tu éclairer ma chambre ? »

Il s'exécuta. La lumière orange du néon chassa l'obscurité. Je me mis une main sur les yeux, puis les massai sous l'effet de l'éclairage pour tenter de gommer l'énorme poids du chagrin qui pesait dans ma poitrine et la peur que je ressentais toujours dans mes entrailles. Hugo était pour moi un vrai ami à qui j'avais toujours confié mes secrets, ma joie et ma tristesse. Il était le seul garçon à qui j'avais permis de pénétrer le tréfonds de mon cœur. Pourrait-il disparaître et cesser vraiment d'être tout cela pour moi ? Je ne pourrais pas me l'imaginer. Je regrettais déjà certaines de ses invitations que je n'avais pas honorées. Avec lui, j'étais toujours sûre qu'il serait omniprésent dans ma vie. Il m'avait accompagnée et raccompagnée dans presque toutes les grandes occasions de ma vie, même dans les endroits les plus banals comme les marchés où j'allais souvent faire des courses pour ma mère ou pour moi-même. Il ne pourrait pas disparaître et cesser d'être tout cela pour moi. Hugo ne pourrait pas vraiment me laisser pour toujours dans le chagrin.

— « Carmel, ayons seulement confiance, dit simplement Chris. Dieu est là. Il va veiller sur lui, j'en suis sûr. »

Nous n'avions pas besoin d'en dire plus. Notre silence plein de compassion me suffisait. C'est comme si Hugo m'appartenait en toute exclusivité.

— « Peux-tu me passer mon tee-shirt de nuit ? », demandai-je à mon frère Chris dont les paroles me mirent du baume au cœur. Chris ouvrit le placard et prit ce qu'il cherchait sans grande peine. Mes affaires étaient en désordre parce que, depuis qu'Hugo se préparait à l'opération, je n'avais plus ni les idées ni mes affaires en place.

— « *Urakoze*, c'est-à-dire merci en kinyarwanda », dis-je en prenant le large tee-shirt en coton gris.

Toujours sous les couvertures, j'ouvris la fermeture éclair de mon jean pour l'ôter. Je fis de même du polo que je portais. Je m'exécutai pudiquement, couverte jusqu'aux épaules. Chris prit mes habits et les déposa sur le dossier de la seule chaise de ma chambre. J'enfilai mon pyjama.

— « *Ijoro ryiza*, c'est-à-dire bonne soirée, petite sœur ! »

— « Bonne nuit à toi aussi, mon frère ! »

Après que Chris fut sorti de ma chambre, je dégrafai mon soutien-gorge et le mis de côté. Soulagée, je m'assoupis.

# L'opération

Le lendemain, je ne partis pas pour l'hôpital. Chris et mes parents étaient au travail. Fabrice, mon autre petit-frère, était chez notre grand-père paternel à Gacuriro. Il adorait passer du temps avec notre aïeul. J'errai comme une âme perdue dans la grande maison silencieuse. Tout était calme. Même Linda et Alex, d'ordinaire bruyants, jouaient tranquillement dans le jardin. Tout en luttant contre les mauvaises pensées, je regrettais beaucoup d'avoir laissé Hugo la veille à l'hôpital. Je n'aurais pas dû le quitter, je n'aurais pas dû l'abandonner, répétai-je en guise de remords. Paradoxalement, je ne cessai de souhaiter également qu'Hugo puisse survivre à l'opération et se rétablir de sitôt. Il était préférable que je sois chez moi, car à l'hôpital, je risquais de créer un scandale : j'aurais pu forcer les portes de la salle d'opération pour le voir. Et ma douleur hystérique l'aurait-elle vraiment aidé à se remettre de son opération ? Loin de là, pensai-je calmement.

Je m'occupai donc du nettoyage de notre maison jusqu'à mon épuisement. Heureusement pour moi que les jumeaux jouaient dehors. Ils ne pouvaient pas voir mes larmes couler. Mon désarroi les aurait aussi marqués. Assise dans le fauteuil réservé habituellement à notre père au salon, je glissai la cassette dans le compartiment et le poussai jusqu'à ce que j'entende un déclic. Nameless, un artiste kenyan, chantait « Nasinzia » (en swahili : je m'endors). C'était une belle chanson. C'était une des chansons préférées d'Hugo. Ainsi, j'étais proche de lui. J'étais avec lui. L'esprit d'Hugo commençait à m'habiter plus que d'habitude. Sa présence s'incrustait en moi. En regardant Linda et Alex jouer joyeusement, je regrettai presque d'avoir grandi. Je les observais à travers la vitre, distraite, anxieuse.

L'opération avait duré des heures. Et tant qu'il était encore sous l'effet de l'anesthésie, Hugo sombrait toujours dans l'inconscience et divaguait en gémissant. Deux jours après, il se réveilla enfin. Basile, un ancien collègue de classe, m'appela sur mon portable pour m'annoncer la bonne nouvelle. L'Hôpital Roi

Fayçal était situé dans la région de Kacyiru, non loin de mon quartier. Le trajet dans le taxi me prit six minutes. Chaque seconde me semblait durer une éternité. En descendant la route qui mène à l'hôpital où mon ami se réveillait de l'opération, j'avais le cœur qui battait la chamade. Je marchais si vite que je courais presque.

Une fois l'enceinte de l'hôpital franchie, j'enjambai rapidement les longs couloirs et montai au premier étage. Bien que les activités se déroulent habituellement entre ces murs, je ne voyais personne et ne sentais aucune odeur de formol qui me donnait généralement un haut-le-cœur. Je heurtai une infirmière qui me lança un mauvais regard, se demandant sûrement le but de ma course. Elle aurait voulu me préciser que si je m'entraînais pour les Jeux olympiques, l'hôpital n'était pas le terrain approprié. Ma bouche dut se confondre en excuses.

Enfin, j'arrivai dans la salle d'attente où la famille d'Hugo se trouvait au grand complet. Sa mère pleurait de joie. Son mari faisait un effort surhumain pour ne pas manifester ses sentiments. Il avait simplement passé un bras autour des épaules de sa femme, ce qui était un peu gênant parce que les gestes affectueux sont rarement publics au Rwanda. L'heure était grave. Je souris à Martine, la grande sœur d'Hugo. Très émues, nous tombâmes dans les bras l'une de l'autre en partageant les mêmes sentiments de soulagement, de joie et de victoire. On nous autorisa à voir Hugo, à tour de rôle, pendant une minute par personne.

D'abord, sa mère entra. Elle fut suivie de son mari. Ayant compris la profondeur de mon excitation, Martine me poussa gentiment à entrer avant elle. Elle irait donc après moi. Je ne me fis pas prier. Quand je vis Hugo vivant malgré sa faiblesse physique, je murmurai : « Merci, Seigneur. » Je suis restée là presque figée comme une statue, assise sur un banc en caoutchouc couvert de similicuir noir, oubliant que Martine devait me remplacer après ma minute de visite autorisée. Je souhaitais revoir Hugo, ne serait-ce qu'une fraction de seconde en plus. Je ne pus lui parler qu'après sa sieste qui avait duré environ deux heures. Il était encore très faible et sa tête était entièrement couverte de plâtre jusqu'à la mâchoire. On ne pouvait distinguer difficilement que ses deux yeux et le bout de son nez qui surplombaient deux lèvres buccales pourfendues comme celles d'un jeune souffrant d'une forte grippe.

— « Comment me trouves-tu, Mel ? », demanda Hugo à très basse voix.

Il n'avait pas perdu son brin d'humour. J'avais cru ne plus le réentendre m'appeler Mel. J'étais donc aux anges et je me l'imaginais déjà sortir immédiatement de l'hôpital. Alors, je lâchai :

— « Pour être honnête, tu as une mine très laide ! On dirait un fantôme asiatique ou une momie égyptienne ! Je suis cependant très heureuse de te revoir en vie après cette terrible opération. »

Hugo écoutait attentivement mes paroles sans mot dire. Au lieu de me sourire, comme il en avait l'habitude, il fit plutôt une grimace qui me fit peur. Je regrettai de l'avoir alors taquiné. J'étais incapable de comprendre sa situation et d'y prendre effectivement part. Ses lèvres pourfendues étaient sèches et encroutées. Il y passa péniblement plusieurs fois sa langue pour tenter de les mouiller. Chacun de ses mouvements était encore lent.

À ce moment, une vieille infirmière, qui me connaissait déjà, me demanda poliment de me retirer de la salle. Elle le fit vraiment gentiment, contrairement aux jours précédents où son attitude n'était que de la pure sévérité. Je lui souris. Avant de partir, Hugo me dit qu'il avait fait un rêve étrange : il allait partir très loin de tout et il souffrait beaucoup de nous causer de la peine en raison de ce voyage lointain. Il me laisserait, à moi, un souvenir qui me sera un trésor. Il voulait que, tous les deux, nous puissions nous séparer très heureux. En sortant de la salle, je me demandais vainement s'il s'agissait d'un véritable délire ou d'un vrai rêve. J'en fus moi-même écartelée, désorientée, désemparée et étonnée. J'étais très contente de le revoir vivant. Or, le reste ne semblait rien me dire.

Une fois dehors, je décidai de rentrer à pied, ce qui me prendrait environ trente minutes. En marchant dans la rue dans cette boue rougeâtre, je prêtai attention à ma tenue. J'étais horrifiée : le jean bleu que je portai était tacheté de boue séchée aux pieds, de même que mes pantoufles. Le pire, c'est mon chemisier fleuri qui était froissé comme s'il avait été mâché par un ruminant. J'avais l'esprit léger. Le ciel sombre au-dessus de moi s'était instantanément éclairci. J'avais envie de m'amuser tout à coup. J'avais retrouvé ma gaieté habituelle, car Hugo, mon meilleur ami, était tiré des griffes de la mort. Il était sain et sauf. Je me mis alors à imiter, tout bonnement, un chien qui aboyait à l'intérieur d'une clôture en cyprès. Le chien aboyait rageusement. Je ris de ma propre stupidité. Si ma mère me voyait, elle serait horriblement choquée. Je croisai une fille outrageusement maquillée qui me lança un regard moqueur. Je compris qu'elle se moquait de la manière dont je balançais mes pieds l'un après l'autre et de ma tenue qui lui inspirait de la commisération.

À la maison chez nous, je détestais plus les week-ends parce que ma mère présente constituait pour moi une espèce d'ombre menaçante. Je n'arrivais pas à être tranquille. Je m'agitais beaucoup en essayant de mettre de l'ordre ici et là. Je devais me lever à sept heures du matin pour balayer la cour et ramasser les objets abandonnés par les enfants tandis qu'Yvonne faisait le ménage à la maison. Il était préférable que toute la maisonnée ne se réveille qu'une fois le nettoyage terminé. J'étais souvent animée d'un sentiment d'inquiétude mêlée à la peur quasi permanente d'être grondée. Ma mère était une maniaque de l'ordre et de la propreté. Elle aimait répéter :

— « Malheur à celle qui travaille pour moi si elle ne comprend pas le vrai sens de la propreté. »

Elle parlait évidemment de nos domestiques que cette menace ébranlait trop. Au fond, j'avais l'impression d'être une domestique parmi d'autres aux yeux de ma propre mère. Ce faisant, chaque fille qui était domestique chez nous représentait pour moi une complice avec laquelle je me liguais contre ma mère. Je m'attachais beaucoup à ces filles et les traitais comme mes propres sœurs. Subitement, ma mère m'interpela :

— « Carmel ! »

— « Oui, ma mère ! », répondis-je précipitamment. Je courus vers elle dans sa chambre. Elle était en train de recoudre la manche d'une de ses robes de nuit. Elle portait un pagne qui, gracieusement noué au-dessus de sa poitrine, dévoilait ses superbes épaules. Astrid Kayitesi était assise sur son lit d'où elle faisait face à la lumière de la fenêtre. Elle maniait savamment l'aiguille et me demanda gentiment :

— « Comment va ton ami ? »

Pendant qu'elle me parlait, ses yeux ne quittèrent pas ses doigts. Alors, je lui dis :

— « Je suis allée le visiter à l'hôpital. Il s'est réveillé, mais il reste encore faible. J'espère qu'il sera bientôt autorisé à rentrer. »

— « Humm. »

Nous étions samedi matin. Chaque weekend, notre père et mon frère Chris sont au club sportif pour des exercices physiques. Mon père joue au football comme la plupart des vieux de sa génération. J'observai le visage impassible de ma mère. Je pressentis que le week-end risquait d'être long. Par son silence, je conclus qu'elle n'avait rien d'autre à me dire. J'étais sur le point de repartir de sa chambre quand elle me lança :

— « Le docteur Kalisa m'a dit que vous aviez donné à manger aux jumeaux avant d'aller à la clinique. C'est déconseillé d'aller chez les dentistes après avoir mangé et, surtout, après avoir pris du lait. Tu le sais bien. Je veux savoir pourquoi tu as donné du lait aux enfants avant de les lui amener. »

— « Les jumeaux n'auraient pas attendu leur visite chez le dentiste pour manger », lui dis-je calmement. Ils avaient tellement faim que je fus obligée de leur donner à manger avant d'y aller. Elle m'écoutait parler sans broncher.

Je me souviens qu'après la visite à la clinique, les enfants m'ont demandé leurs dents enlevées pour les jeter ensuite sur le toit de notre maison afin de les confier à inyamanza, la bergeronnette, comme la coutume l'exigeait. En effet, une fois la dent arrachée, on la jette sur la toiture en chantant :

— « Nyamanza, je te confie ma dent usée, donne-moi en retour une autre toute neuve. »

Cette histoire remontait à la veille où Chris avait amené Linda et Alex chez le dentiste, un ami de la famille. Le rendez-vous avait été fixé à onze heures. Si on les avait privés de leur petit-déjeuner, ils ne se seraient rien mis sous la dent de la journée, en raison de la douleur consécutive à cette visite chez le dentiste. En effet, après qu'on eût arraché deux dents à chaque enfant, ils ne pouvaient plus rien avaler à cause des plaies encore toutes fraîches. Je tentai de m'expliquer, mais ma mère leva finalement une main pour m'intimer l'ordre de ne pas argumenter. Je levai les yeux en signe de contrariété. Agacée, je sortis de sa chambre. J'aurais aimé que ma mère m'écoute comme elle faisait avec Ruth. Je souhaitais qu'elle me dise au moins ceci :

— « Tu es réellement une grande sœur responsable. C'est vrai que les enfants n'auraient rien pu grignoter de retour de chez le dentiste. Si tu ne les avais nourris, ils auraient passé une journée entière sans manger. »

C'était là mon souhait qui était juste un rêve, car ma mère était toujours la même. Or, je n'arrivais pas à me résigner à l'idée qu'elle n'était jamais fière de moi. Je nourrissais encore le noble espoir de la voir un jour changer d'idées, me féliciter, me remercier et m'encourager. Cet espoir me poussait à m'investir dans toutes les activités ménagères, à vouloir m'expliquer en tout dans ma quête. Elle ne m'écoutait que d'une oreille. Elle était toujours à l'affût de la moindre erreur pour m'adresser immédiatement des remontrances !

Comme Linda et Alex souffraient encore des séquelles de leurs dents arrachées, ils étaient d'humeur morose et il m'était impossible de pouvoir au moins jouer avec eux. Ils étaient plutôt capricieux et pleuraient pour un petit rien. Notre mère essayait de les consoler, en vain. Je ressentis l'ennui m'envahir peu à peu.

Vers 13 heures, notre père et Chris revinrent à la maison, fatigués et affamés. Après leur douche, nous nous installâmes à table, récitâmes l'habituel « Notre Père » avant le repas. L'odeur délicieuse du poisson grillé accompagné du riz nous chatouillait merveilleusement les narines. Il en était de même d'« *ubugali* », une pâte de manioc, de soupe et des bananes qui fumaient sur la table et semblaient nous inviter déjà à table. Nous attaquâmes ce repas copieux préparé par notre mère. Assis autour de la table rectangulaire couverte d'une nappe rouge blanc à carreaux, nous nous mîmes à table à quatre : nos parents, Chris et moi. Les deux jeunes enfants boudaient encore. Ils avaient peur de manger à cause de la cicatrisation imparfaite de leurs plaies. Dans notre famille, nous donnions l'impression d'incarner la perfection digne d'être décrite dans un roman, le roman de Kigali.

Après le repas, je sortis de la maison sans rien dire et me dirigeai vers l'hôpital. Arrivée dans la salle où se trouvait Hugo, je constatai que l'on avait ôté les plâtres de sa tête. Je remarquai également que pendant l'opération, on avait ouvert sa boîte crânienne. Un frisson me parcourut l'échine. L'incision avait été pratiquée à la racine des cheveux de manière à ce qu'elle reste invisible après la cicatrisation. Comme l'opération était récente, tout le monde présent dans cette salle pouvait remarquer plusieurs points de suture.

— « Comment vas-tu ? », m'enquis-je debout face à Hugo.

— « Ça va ! », répondit-il en grimaçant.

Cette réponse m'alarma. Car un « ça va ! » de la part d'Hugo voulait souvent dire : « Je n'ai pas de choix. » Je me demandai si quelque chose avait mal tourné, mais je me retins de lui poser des questions à ce sujet. Mon ami venait de se faire ouvrir le crâne et j'imaginais drôlement qu'il allait très bien ! Je brûlais évidemment d'envie de lui poser tant de questions sur le déroulement de son opération : ce à quoi il a pensé avant, ce qu'il a ressenti après, ce qu'il aurait dit avant, pendant et après cette opération, etc. Cependant, une voix intérieure me dit d'être prudente, de calmer ma curiosité et d'attendre comme tout le monde. Alors, il m'adressa la parole en ces termes :

— « Ne viens-tu pas t'asseoir près de moi, Mel ? » Il tapota sur le lit à côté de lui.

— « Bien sûr ! », lui dis-je en signe d'acceptation. J'affichai un sourire forcé et avançai vers lui. Les semelles de mes chaussures craquaient légèrement sur le ciment peint en gris. J'avais la chair de poule, je me sentais froide, non pas à cause de la moiteur de l'air de ce mois de décembre, mais plutôt à cause d'une peur injustifiée que je ressentais à la seule idée d'approcher mon ami.

« C'est surprenant, voyons ! C'est le même Hugo » me répéta-je. Je m'assis avec précaution au bout du lit. Hugo bougea pour me faire de la place. Il s'indigna :

— « Pourquoi as-tu un air lugubre comme si j'étais devenu une vraie momie ? »

Embarrassée, je lui souris quand même pour lui faire plaisir.

— « Les tumeurs ne sont pas contagieuses, reprit-il. Je suis toujours le même Hugo que tu connais. »

Il me sourit et je le lui rendis. Je commençai à me détendre, car ma frayeur s'estompait. Quelques minutes après, nous retrouvâmes notre complicité habituelle. Je lui racontais les nouvelles de ma famille. Il me demanda curieusement pourquoi ni ma mère ni Chris n'étaient venus le voir. Je ne lui répondis pas de peur de le blesser dans son amour propre. Ma mère et Chris n'avaient pas pensé à venir visiter Hugo sur le lit de l'hôpital et je ne le leur avais pas proposé, non plus. Je m'en sentais profondément coupable. Ma bouche se tordit en une moue. Je n'avais pas besoin de mentir à Hugo pour justifier quoi que ce soit. Il portait un pantalon et un blouson bleu clair. Dans d'autres circonstances, il aurait été amusant. En fixant ses yeux, j'y décelai une profonde tristesse. Je mis cela sur le compte de la faiblesse physique. Je lui pris la main et lui demandai doucement :

— « Sincèrement, comment te sens-tu ? »

— « Comme tu es là, je me sens divinement bien ! »

Flattée par ce compliment, je gloussai bruyamment. Cependant, insatisfaite par cette réponse, je n'osai plus reformuler ma question par crainte de l'agacer. Il ouvrit encore la bouche et me dit :

— « T'es-tu faite belle pour moi ? », me demanda-t-il malicieusement, comme s'il voulait changer de sujet.

Je lui adressai un sourire enjôleur et répliquai :

— « Tu peux toujours rêver, Hugo ! » Et c'est sur ce ton que je quittai mon ami pour rentrer chez nous, à la maison de ma mère Astrid Kayitesi.

Le soir dans mon lit, je réfléchis sur ce qu'Hugo m'avait dit de son opération. Je conclus qu'il ne m'en avait pas parlé en long et en large. C'est toujours comme cela qu'il se comporte quand un grand évènement lui arrive. Était-ce très pénible pour lui d'évoquer le sujet ? D'habitude, entre lui et moi, il n'y a pas de secret. Nous nous disons vraiment tout, même dans les moindres détails. Par exemple, je me rappelle comment il n'avait pas eu honte de me décrire en détail la circoncision qu'il avait subie quelques années auparavant.

Était-ce la tumeur au cerveau qui l'avilirait ? Pour calmer mon esprit, je me dis qu'il n'était pas prêt, peut-être, à avouer facilement son manque de vigueur physique à une fille. Cette supposition ne me rassura pas pour autant : je n'étais pas n'importe quelle fille pour Hugo. J'étais sa meilleure amie, j'étais Carmel, celle qu'il surnommait affectueusement Mel. J'avais cherché en vain la logique de sa conduite. Malgré mon incapacité à comprendre la situation d'Hugo, j'essayai quand même de dormir. Je demeurai toutefois perplexe face à cette situation à la fois ambiguë et complexe pour moi.

## La bombe atomique en amour

Depuis mon enfance, notre mère m'a toujours appris à obéir et à respecter les grandes personnes. Au fur et à mesure que je grandissais, d'autres valeurs morales s'ajoutaient pour combler en quelque sorte mon éducation : la discrétion, la sagesse, le calme, la patience, la bienveillance, la douceur, la foi en Dieu et, par-dessus tout, la maîtrise de soi. Selon notre culture, une fille convenable est celle qui, en plus de ces traits spirituels, s'occupe de la maison, fait le ménage et ne pose pas de question à tort et à travers, pour ne pas contrarier la décence de n'importe qui, n'importe où, surtout en public. Bref, la tradition rwandaise bannit toute forme de divagation d'esprit ou d'extravagance.

Je m'étais toujours efforcée d'être « une » Carmel bien ; mais, au fond, j'étais parfois quelqu'un d'autre, parfois très spontané et parfois très passionné. Je ne laissais jaillir cette facette de mon caractère qu'en présence des personnes incapables de me porter un jugement. Je me disais toutefois qu'un jour je serais moi-même, sans me soucier de convenances. Alors, je ferais des folies. Malheureusement pour moi, mon frère Chris me décourageait toujours en m'assurant qu'une telle attitude deviendrait une seconde nature qui inhiberait inéluctablement mon essence. Convaincue d'être une exception, je disais à mon frère :

— « Chris, à toute règle, il y a toujours une exception. » Il ne répondit pas et préféra se taire plutôt qu'engager une polémique avec moi.

Chris était pourtant d'accord qu'avec le modernisme, la femme était plus libérée que jamais. Petit à petit, elle se libérait du joug de son mari. Elle n'était plus destinée à soigner son mari et son ménage. Elle avait prouvé qu'elle avait des compétences intellectuelles équivalentes et parfois supérieures à celles des hommes. La différence entre l'homme et la femme demeure donc ailleurs. Il était grand temps que la femme rwandaise soit émancipée. Évidemment, cette émancipation ne rimait pas avec la désobéissance ni avec l'insolence. La femme moderne veut qu'elle ait le droit d'être elle-même, d'être respectée et aimée pour ce qu'elle est réellement et non pour ce qu'on veut qu'elle soit.

Les jours passaient tellement vite. J'avais toujours ce mauvais pressentiment qui ne me quittait pas depuis l'opération qu'avait subie Hugo. Je chassais constamment cette pensée, selon laquelle si Hugo était plus silencieux, c'est qu'il avait subi une intervention chirurgicale importante.

Or, entre temps, Hugo avait été autorisé à rentrer chez lui. Sa famille habitait à Kimihurura. Hugo passait beaucoup de temps allongé sur un sofa à la terrasse de leur maison. C'est là que je le trouvais souvent. J'adorais leur maison avec ses variétés de fleurs. J'en étais vraiment séduite. Même l'intérieur était décoré avec un bon goût. La plupart des objets étaient artistiques. En somme, la maison était chaleureuse. J'y éprouvais du bien-être.

Hugo ne voulait toujours pas me parler de sa maladie ou plutôt de sa guérison. J'en étais vexée parce qu'au nom de notre amitié, il ne devrait pas y avoir de secret entre nous. Comme il n'était pas parfaitement rétabli, il me fallait patienter et ne pas le brusquer. Or, chaque jour, ma patience se réduisait. L'envie de lui poser des questions devenait tellement forte qu'elle me brûlait les lèvres. Mon doute croissait parce que Martine fuyait mon regard et m'évitait presque. Les soirs, Hugo se promenait dans son quartier alors que moi, je faisais avec acharnement ce que me demandait ma mère. J'étais très motivée par peur de remords. Tous les après-midis de la semaine, je me rendais chez Hugo à l'insu de mes parents. Et ma mère n'aimait pas mes sorties non autorisées. Je me rassurais que, pendant les vacances, mes absences à la maison sont peu remarquables. Je devrais m'occuper de Linda et d'Alex, mes deux jeunes frères. C'est souvent pendant leur sieste que je pouvais m'en aller ailleurs pour un temps.

Un vendredi, pendant qu'Hugo et moi faisions une promenade, je vis qu'il marchait avec plus d'assurance. En le regardant, je compris cette espèce d'enchantement qui me gagnait à le revoir : il me manquait beaucoup durant les week-ends où je ne pouvais pas venir lui rendre visite. Hugo était impatient de reprendre ses activités, particulièrement il devrait jouer au football. Je lui ordonnai gentiment :

— « Il faudrait que tu guérisses complètement. Par la suite, tu feras tout ce que tu veux. »

Il émit un rire suivi d'une grimace ironique. Étonnée une fois de plus par sa réaction, je me mis à me faire des idées. Si Hugo ne me parlait pas de sa maladie, je ne devrais pas m'alarmer outre mesure ni imaginer le pire. Il avait ses raisons que je devais respecter en tant qu'amie.

— « Mel, m'aimes-tu vraiment ? », me demanda-t-il ce jour-là en pleine promenade.

Ahurie, je m'arrêtai net de marcher et le regardai en écarquillant les yeux, la bouche grandement ouverte. Il est vrai que je ne disais pas souvent aux gens que j'aimais Hugo, ce qui n'effaçait en aucun cas mon affection envers lui. Je suis sûre qu'il devait le savoir lui aussi. Et comme pour le narguer, je lui dis :

— « Bien sûr que oui. Quel drôle de question ! »

Le moment d'étonnement passé, je repris la marche et mes esprits. Hugo était devenu étrange. Je me demandais si les médecins n'avaient pas touché les nerfs qui contrôlent son humeur. Je lui parlai de l'émission de téléréalité que j'avais regardée la veille. Il me coupa la parole et me dit dans un murmure :

— « Je veux un enfant de toi. »

Il tremblait. Je dus me secouer vigoureusement la tête pour m'assurer que j'avais les idées bien claires. Je hurlai :

— « Quoi ! Tu as perdu la tête ou quoi ? À cet âge, quelle folie ? »

Je criai tellement que quelques têtes se tournèrent vers moi. Hugo ne répondit pas. Je le fixai, espérant avoir mal entendu. Il hésita un moment avant de répéter la même phrase. J'éclatai d'un rire nerveux, je fus surprise par le léger tremblement dans ma voix :

— « Dis-moi que tu plaisantes ! »

Son regard me fixait et me disait autre chose. Ce même regard était empli de détresse. Je l'interrogeai des yeux pour demander plus. J'étais incertaine de vraiment vouloir entendre ce qui allait suivre. Hugo s'agita comme les jours où il ne savait pas comment annoncer une nouvelle tragique. Alors, il me déclara franchement :

— « Ma tumeur s'est cancérisée. La médecine actuelle ne peut rien faire pour me guérir. Mel, je vais mourir ; mais, avant ma mort, je veux avoir un enfant avec toi. »

Je reculais comme si j'étais devant un parfait étranger ! Enfin, Hugo avait craché la vérité. Décidément, sa vie allait de surprise en surprise. Cette nouvelle fut pour moi comme un coup de massue, une véritable horreur toute crachée, une vraie bombe atomique en amour !

— « Quoi !, m'écriai-je en désespoir de cause. Pourquoi as-tu attendu aujourd'hui pour me le dire ? Cela fait trois semaines depuis que tu as quitté le lit de l'hôpital. Qu'est-ce que cette histoire ? »

Les yeux d'Hugo étaient voilés dans une profonde tristesse que je ne lui connaissais pas jusqu'ici. J'avais réagi si vite, si mal. J'avais aussi mal. Cette triste nouvelle s'infiltrait dans mon esprit et ne m'épargnait pas. Elle me poignardait profondément. Je demandai même si Hugo était vraiment sérieux pour m'annoncer crûment cette sale nouvelle. Je n'étais pas prête à y croire. Hugo détourna la tête pour que je ne voie pas ses larmes couler sur ses joues et murmura :

— « C'est la vérité, Carmel. Je ne peux rien contre la vérité. Je dois l'accepter et en être responsable. »

« Et quelle cruelle vérité ! », me dis-je silencieusement sans pouvoir formuler ma pensée à haute voix. J'aurais souhaité courir, fuir et aller très loin d'Hugo. Je résolus sagement de rester à côté de lui. Pendant qu'il me raccompagnait prendre un taxi, aucun de nous ne parlait plus. Chacun éprouvait et s'enfermait dans une douleur à la fois atroce et lancinante. J'avais la tête qui tournait à cause du carrefour de pensées qui la traversaient.

Je rendis grâce à Dieu, en arrivant à la maison. Je ne parlais plus beaucoup, je pensais à l'incurabilité de la tumeur dont souffrait mon ami. Il ne pouvait pas mourir ! Il ne devrait pas mourir. C'était impensable pour moi. J'avais eu tort de penser très tôt que son cancer avait disparu avec l'opération subie. Il n'avait que vingt-deux ans et ne pouvait pas être condamné à mourir à cause de simples cellules, aussi dangereuses qu'elles soient. La vie ne pouvait pas être cruelle et injuste jusque-là. Hugo avait connu l'insouciance de la jeunesse jusqu'à ce que les symptômes de sa maladie apparaissent. Comme n'importe quel jeune, il avait la promesse d'une belle vie. Au moment où cette belle vie commençait à poindre à l'horizon, voilà qu'elle allait immédiatement s'achever de façon très brutale ! La mort a choisi Hugo et pas quelqu'un d'autre. D'abondantes larmes coulaient de mes yeux, s'accumulaient et formaient presque un lac dans mon oreiller. J'avais de tas de questions qui fourmillaient dans ma tête. Toutes demeuraient pourtant sans aucune réponse.

Ma famille souffrait aussi à la place de mon ami Hugo. Ma mère m'apprit que le docteur Kabenga, le médecin traitant d'Hugo, leur avait expliqué qu'un transfert dans un hôpital étranger ne servirait pas à grand-chose étant donné que la tumeur cancéreuse d'Hugo avait atteint sa phase finale. Ma mère avait utilisé ses relations pour tenter l'impossible en guérissant Hugo, en vain. Je lui en étais extrêmement reconnaissante. Hugo ne voulait pas entendre parler de la chimiothérapie qu'il considérait comme un moyen de le faire souffrir davantage. Je mis de longues semaines entières pour accepter le sort fatidique de mon ami. Les fêtes de Noël et du Nouvel An passèrent comme de la cendre balayée par le vent. Je me demandais constamment si elles n'étaient pas les dernières fêtes de fin d'année qu'Hugo passait.

## La vie comme elle va

Nous étions déjà le 5 janvier quand je pus souhaiter les meilleurs vœux à Hugo, de vive voix, bien que la situation soit tragique. Vu ce qui l'attendait, je m'en doutais fort. Je lui parlai de ce qui me passait par la tête sans me taire pour dissiper la gêne que je ressentais en moi. Un malaise certainement dû à la proposition d'Hugo de concevoir un enfant avec lui. Je lui fus secrètement reconnaissante de ne pas ramener la question sur le tapis. Pas une seule fois, je n'avais jamais pensé à faire l'amour avant mon mariage, excepté en cas de viol. Ce principe, c'était une règle sacrée dans ma vie. Je confesse d'ailleurs que je n'avais pas encore connu de relations véritablement amoureuses jusque-là. Je les jugeais dangereuses pour ma pureté. Je me contentais des personnages héroïques des œuvres romantiques que je lisais. Je me nourrissais de leurs contes et j'en étais satisfaite.

Je regardais avec admiration les statuettes de femmes taillées en bois qu'Estelle, la mère d'Hugo, avait décorées dans un ordre croissant, selon leurs tailles. Et puis Hugo m'amena dans sa chambre pour me montrer, dans l'ordinateur, les photos qu'il avait prises à Noël quand sa famille avait visité le parc national de l'Akagera. La chambre d'Hugo était plutôt étroite. On y trouvait un placard, un simple lit et une table de travail où l'ordinateur était placé dans un coin. Je m'installai sur l'unique chaise en bois de la pièce, en face de l'écran, tandis qu'Hugo, debout à côté, allumait l'appareil. Il ouvrit ensuite le fichier des photos. Sur l'écran, nous vîmes défiler les plus belles photos prises par mon ami. Il avait photographié différents animaux : des oiseaux volant au ciel, des girafes au long cou se pavanant dans la savane, des gazelles courant dans tous les sens, des buffles en quête d'eau et d'herbe verte à brouter et enfin des éléphants dont le regard assuré semblait montrer leur énormité.

Sur d'autres photos, nous vîmes ses parents et Martine, sa sœur, à côté de quelques animaux. Je préférais les photos de trois éléphanteaux à côté de leur maman. Ces photos étaient prises dans un assez bon angle de vue. J'admirais aussi la photo d'une girafe qui broutait des feuilles d'un haut arbre. Hugo s'étendit sur le lit, faisant face au plafond. De peur qu'il ne salisse son couvre-lit, je lui ôtai les sandales qu'il n'avait pas enlevées. Je m'allongeai à côté de lui, prenant soin de ne pas l'effleurer. Il me parla du désespoir qu'il éprouvait face à la mort. Il en avait affreusement peur. Je n'eus pas besoin de croiser son regard pour y lire la détresse perçante qui s'y était désormais inscrite. Son chagrin me déchirait le cœur. J'aurais tellement aimé faire quelque chose ou dire une parole pour effacer ses frayeurs ou, au moins, les apaiser ; mais je n'y parvenais pas. Avais-je le droit de lui dire que tout irait bien alors que je n'en savais rien ? L'unique aide que je pouvais lui procurer pour le réconforter, c'étaient mon soutien moral et ma présence à ses côtés. Je les lui donnais sans compter.

Au même moment, Gaëlle, une de mes anciennes condisciples, arriva. Elle était connue pour son obsession de soigner sa taille et son sale caractère de dragueuse ! Elle m'interpella immédiatement :

— « Carmel ! Regarde-toi dans le miroir. Tu as déjà grossi comme une patate ! Et tes tresses se font vieilles déjà. »

On ne s'était pas vues depuis deux ans. Et voilà qu'elle me parle brusquement de mon poids et de mes vieilles tresses ! Je souris malgré moi. Je n'en fus pas nullement offensée, car elle et moi n'avions jamais été de grandes amies. Cependant, la revoir me fit énormément de plaisir. Notre discussion s'arrêta net lorsque nous évoquâmes la musique en vogue, c'est-à-dire l'histoire des couples de nos anciens condisciples dont certains s'étaient carrément rompus. Après quelques minutes, Gaëlle reprit sa remontrance envers moi :

— « On ne t'a pas vue à la dernière fête et on a supposé que ta mère t'avait enfermée à double tour dans sa propre chambre. »

Face à mon silence, elle rit aux éclats. Sa plaisanterie m'avait pourtant blessée. Je n'aimais pas qu'on juge ma maman, à ma place, sans la connaître. Je lui répondis d'un sourire désolé. Je voulus lui demander si elle venait réellement rendre visite à

Hugo. La connaissant très bien, j'oubliai même de le lui demander avant de nous séparer. Et puis, à quoi bon ? La présence de Gaëlle m'offrit l'occasion de me rendre compte que je m'étais vraiment éloignée de certains de mes anciens condisciples depuis longtemps. La maladie d'Hugo m'éloigna davantage d'eux. Seul Basile, son ami, m'appelait de temps à autre au téléphone. Je m'étais abstenue de poser à Hugo des questions concernant l'« enfant » qu'il désirait avoir avec moi. Ma curiosité devenait fiévreuse parce que, dans ma tête, il y avait tant de pensées, tant de questions.

## La mort dans l'espoir

Le lendemain, Hugo vint à la maison chez nous. Nous étions dans le jardin où Linda et Alex étaient assis sur les genoux d'Hugo. Je leur ordonnai d'aller se couvrir, car un vent frais souffrait sur Kigali. À contrecœur, ils m'obéirent. J'aurais choisi que nous allions rester dans la chaleur de l'intérieur de la maison ; mais Hugo préférait cette fraicheur de mi-janvier. N'en pouvant plus, je lui posai alors la question qui me hantait depuis des jours : pourquoi m'avais-tu proposé de concevoir un enfant avec moi ? Mes yeux restèrent fixés sur le gazon parfaitement taillé. Hugo me toisa et me dit sèchement :

— « Regarde ici, Mel. Ne détourne pas ton regard du mien. »

Fâchée, je poussai un grognement qui alla se mourir dans la gorge. À contrecœur, je m'exécutai et il continua à parler :

— « Tu m'as dit un jour que tu ne pouvais rien me refuser. Tu as même ajouté que, dans la mesure du possible, tu me donnerais n'importe quoi. »

Oui, j'étais d'accord avec lui. Je le lui avais promis. Cependant, je n'étais pas en mesure de lui offrir ce que je possédais de plus précieux : ma virginité. Hugo était très égoïste en me demandant un tel sacrifice. Un frisson me parcourut l'échine à la seule pensée de faire l'amour avec un garçon avant le mariage. Au moindre bruit dans ce sens, c'est ma mère qui m'étranglerait la première de ses propres mains. Se levant nonchalamment, Hugo m'ordonna :

— « Entrons dans la maison. Il commence à faire froid dehors. » Il se mit immédiatement debout. Je l'imitai et la chaise en plastique blanc, sur laquelle j'étais assise, se renversa. Je ne pris pas la peine de la relever. Dans mon esprit, je détestais maintenant Hugo à cause de notre amitié qu'il voulait changer et troquer pour les relations amoureuses. Je le détestais aussi à cause de mon cœur qui avait commencé à battre différemment pour lui.

Je le regardai s'installer confortablement dans un fauteuil beige et marron. Je lui enviais son aisance. Pourtant, un tourbillon de pensées ne me laissait aucun répit. J'eus une folle envie de lui crier toute ma colère comme je le faisais chaque fois qu'il m'énervait. Je n'avais plus le droit de le faire, eu égard à sa maladie. Je lui devais donc de la compréhension et le contrôle de moi-même. Je m'installai dans un autre fauteuil de même couleur, très éloigné de celui dans lequel mon ami était assis. Il me demanda de m'approcher de lui. Je m'assis à ses côtés et le similicuir du fauteuil se gonfla d'air. Hugo prit un air grave, me fixa droit dans les yeux que je rétrécis pour concentrer mon attention sur les paroles qui allaient sortir de sa bouche. L'expression de son visage pronostiquait leur importance :

— « Quand les médecins m'ont appris la malignité de ma tumeur, j'ai… »

Il marqua une pause pour retenir ses larmes. Mon cœur se serra de voir Hugo dans cet état et de l'entendre ainsi parler. Il reprit sa parole et lâcha :

— « J'ai ressenti le monde entier s'écrouler sous mes pieds. On m'avait ouvert le crâne et on n'avait rien enlevé. Je ne pensais qu'à mon issue fatale. Le désespoir m'étranglait et m'empêchait de respirer. Je ne t'en ai pas parlé parce que, chaque fois que tu venais, tu souriais et je me disais que tout irait bien. Dieu seul sait combien j'avais besoin d'entendre quelqu'un prononcer de tendres mots à la place des regards angoissés que d'autres personnes m'adressaient. »

Hugo se tut. Ce fut un silence où chacun mesura la lourdeur de son chagrin. Je secouai la tête pour chasser les larmes qui n'allaient pas tarder à se répandre le long de mes joues. Je faillis sourire en voyant Hugo pleurer aussi. Je lui pris les mains entre les miennes pour le réconforter et lui assurer que je n'étais plus fâchée contre lui. Je lui pardonnais de ne m'avoir pas parlé profondément de l'opération qu'il avait subie. Encouragé par mon geste, il me sourit et reprit la parole :

— « J'ai lu un livre sur les soins palliatifs. Dans ce livre, on conseille aux gens qui vont mourir de s'accrocher au moins à un espoir dans la vie. »

Il me dit avoir songé à un espoir. Pour lui, le seul espoir qui le rendrait vraiment heureux, c'est de laisser un enfant sur terre. Toujours selon lui, je suis sa seule et meilleure amie, la seule fille qui compte pour lui. Voilà pourquoi il me demandait instamment d'être la mère de son enfant. C'était le souhait le plus ardent et le plus cher d'Hugo. Je savais qu'on ne refusait rien à un mourant. De même, pour ma part, je ne refuserais absolument rien à mon meilleur ami. Cependant, je n'avais pas envisagé de faire l'amour avant ma nuit de noces et, encore moins, avec Hugo. Faire l'amour dans ces conditions signifiait, pour moi, pécher contre Dieu, contre ma société, contre ma famille et par-dessus tout, contre moi-même. Un silence angoissant s'installa entre nous deux. Je pensais aux probables conséquences que je subirais si le souhait d'Hugo se réalisait. Je n'entendais que les tictacs de l'horloge et ma respiration saccadée. Je détestai ce silence qui, d'un seul coup, dissipait mon éternelle complicité avec Hugo. Nous n'arrivions plus à être nous-mêmes. Un mot ou une phrase qui sortait, d'ordinaire, de nos bouches, semblait spontanément sous-entendre autre chose.

## Les risques de l'amour

Le soir, Hugo rentra chez lui. Je ne pris pas la peine de le raccompagner. J'avais hâte qu'il s'en aille au diable. On dirait que je le craignais maintenant, lui que je considérais comme mon ange gardien. Pendant que les autres dormaient, je me levai du lit sans enfiler les babouches. Je me dirigeai vers la garde-robe où je gardais mes archives. Je descendis une boîte en carton poussiéreuse et me mis à tourner des livres, des cahiers, des revues, des lettres et des cartes de vœux. Je tombai enfin sur ce que je cherchais : une revue de *Girls* avec un article sur la sexualité. Ma main gauche soutenant les documents, la main droite tira la revue. Je heurtai le battant de la garde-robe qui grinça. Je le retins pour arrêter le bruit. Je m'assis tranquillement sur le lit. J'avais peur de réveiller les gens et d'attirer leur attention dans notre maison.

Je tirai le tiroir de ma table de nuit d'où je pris une lampe torche verte que j'utilisais normalement en cas de coupure d'électricité. J'allumai cette lampe et son faisceau éclaira les pages blanches et mauves marquées par l'encre noire. Je tournai page après page et enfin arriva celle que je désirais lire : les risques de l'amour. Il y en avait en tout douze, que je parcourus des yeux. Je relus donc chaque risque en l'analysant.

Des jours passèrent. Ni Hugo, ni moi nous ne nous rendions plus visite l'un à l'autre. Nous n'osions plus nous appeler au téléphone. J'étais livrée à mes raisonnements, ne sachant quelle décision prendre en ce qui concernait la proposition d'Hugo. J'avais pourtant la ferme conviction que sa proposition m'était impossible. J'avais trop peur, peur d'y penser, peur de basculer les habitudes de ma vie. Parmi les risques de l'amour précités, certains me concernaient directement. Je craignais les conséquences qui surviendraient si j'acceptais de concevoir un enfant prématurément. Ne sachant quoi faire d'autre, je me sentais déroutée et désorientée. Je ne pouvais pas me confier à une quelconque amie.

Je décidai donc de ne pas exaucer les vœux d'Hugo. Mes parents m'avaient si correctement élevée que je ne me voyais pas enceinte sans mon anneau de mariage à l'annulaire. Je ne pouvais pas les décevoir. Je me représentais déjà les réactions des gens qui me montreraient du doigt à mon passage. Certaines mères iraient jusqu'à interdire à leurs filles de m'approcher parce que j'aurais une grosse impure et un « enfant du péché ». Cette pensée me frustra, je défendis en moi farouchement cet enfant imaginé. Il serait injuste que cet enfant ne soit pas traité comme d'autres ou qu'on le rejette dans la société pour l'unique raison que ses parents n'étaient pas mariés. N'ai-je pas appris que dans le Rwanda ancien, les filles qui se retrouvaient enceintes en dehors de liens du mariage étaient forcées de s'exiler et délaissées sur une ile isolée et lointaine du lac Kivu pour ne pas contaminer la société ou les autres jeunes filles ? Je fus soulagée que je ne fusse pas tombée enceinte comme ces filles mythiques. Je compris que j'appartenais réellement à mon époque.

# Le convive de marque

Les enfants jouaient au football dans la rue en terre rouge. Ils avaient les pieds nus maculés de boue. De même, leur balle locale, faite d'un vieil habit autour duquel étaient enroulés des sachets noirs solidement ficelés, était couverte de boue. Elle avait le volume inférieur de celui d'un vrai ballon, mais suscitait autant de joie aux gamins qu'un ballon digne de la coupe du monde. Un véhicule arriva subitement. Il roulait à tombeau ouvert, mais à environ deux cents mètres, le chauffeur klaxonna rageusement. Vraisemblablement habitués à être interrompus dans leur jeu par les voitures passant par-là, les gamins ne furent nullement impressionnés ni par la vitesse suicidaire du véhicule ni par ses klaxons assourdissants. Fou de rage, le chauffard injuria grossièrement les petits joueurs. Frustrés, ces joueurs de fortune prirent des cailloux au passage et les lancèrent en direction du véhicule.

La scène se passait dans la rue, devant la maison de la famille d'Hugo, où j'attendais que l'on m'ouvre le portail. Enfin, un domestique arriva. Nous nous saluâmes cordialement. À ma grande déception, il m'apprit que mon ami était sorti. Je regrettai de ne l'avoir pas appelé avant de venir. Cependant, sa mère m'accueillit chaleureusement dans la maison. Elle apprit de mes nouvelles et de celles de ma famille. Je lui répondais poliment, car avec elle, j'étais plutôt réservée. Lorsque Martine vint bavarder avec moi, je pus parler naturellement. Je fus surpris que ni la mère ni Martine ne m'aient parlé de la maladie d'Hugo. Le doute naquit donc dans mon esprit. Je me demandais subitement si Hugo était guéri et qu'il voulait, en conséquence, profiter de sa guérison pour coucher avec moi. Je me maudis également d'avoir conçu cette idée aussi vilaine que bizarre de la part d'Hugo qui me respectait toujours et n'était jamais hypocrite envers moi. Pourquoi changerait-il de comportement maintenant envers moi ? Je me rendis compte que mon doute n'était pas fondé. Gênée par mes propres pensées, je résolus de prendre congé des deux femmes et rentrai chez moi.

Dans le bus qui me ramenait à Kacyiru, je regardai dehors à travers la vitre fermée. Au Kigali Business Center, des gens bien habillés entraient et sortaient des magasins luxueux. On aurait dit des abeilles dans une ruche. De belles voitures luxueuses à la mode étaient garées sur les stationnements séparés par les lignes blanches obliques. Un gardien était en train de chasser une vieille femme mendiante accompagnée d'un jeune garçon d'environ six ans. Nous arrivâmes au rondpoint. Le chauffeur réduisit la vitesse pour céder le passage, après avoir contourné le monument représentant la statue d'une femme portant un pot sur la tête et un enfant sur son dos. Cette statue se situe au beau milieu du rondpoint dont la sortie vers Kacyiru mène au bureau principal de la poste. C'est un immeuble coloré en jaune et bleu. Il est distraitement situé derrière des eucalyptus géants dont la cime rivalise avec la hauteur du toit. Nous descendîmes la route en passant devant l'Hôtel Méridien, un trois étoiles de la capitale rwandaise. Je jetai un regard rapide sur la route de l'Hôpital Roi Fayçal et ne pus m'empêcher de repenser aux jours pénibles pendant lesquels Hugo était hospitalisé.

Quand j'arrivai à la maison, maman était déjà rentrée. Il était 17 heures 55 minutes. Ma mère était installée devant la cuisine, sur un tabouret en bois. Elle me demanda évidemment d'où je venais. Je le lui dis poliment. Pourtant, j'étais sûre qu'Yvonne l'avait informée de ma sortie. Toutes les deux préparaient des champignons. Ma mère les raclait en enlevant la couche supérieure tachetée de boue sèche tandis qu'Yvonne les reprenait pour les rincer. Je sentais en moi un malaise en raison de mon doute concernant la bonne foi d'Hugo. Je fus très irritée quand maman me demanda de lui préparer les condiments à mettre dans la soupe. Chaque geste semblait diminuer toute l'énergie de mon corps. Ma mère se leva et me dit de surveiller le bouillon. Elle déplia les pans de son pagne et alla répondre au téléphone. Je grognais au fond de moi-même, car je ne comprenais pas pourquoi maman aimait toujours tant la soupe aux champignons. J'ouvris la casserole et estimai que la cuisson prendrait encore à peine trois minutes au plus.

En partant de la maison dans l'après-midi, j'avais laissé Linda et Alex faire leur sieste habituelle. Je les rejoignis pour voir s'ils avaient commencé à colorier les dessins que je leur avais donnés. Les deux enfants n'étaient pas au salon où ils faisaient normalement leurs devoirs sur la table basse. Je partis à leur recherche. Je croisai notre maman dans le corridor et lui demandai où les jumeaux pourraient bien se trouver. Elle me répondit, comme à ses habitudes, sèchement :

— « Ils sont dans ta chambre. Je leur ai interdit de travailler au salon. Ce soir, je n'ai pas voulu qu'ils mettent le salon sens dessus dessous. Nous avons un invité. »

— « Humm ! », dis-je.

Je fis la moue en signe de contrariété. J'étais d'humeur exécrable. Cependant, je ne devrais m'en prendre à personne, même pas aux jumeaux, pour ne pas manifester mon mécontentement en public. J'ouvris la porte de ma chambre où je trouvai les deux enfants assis sur mon lit. Sans rien dire, je retournai dans la cuisine située séparément de la maison. La soupe bouillait et soulevait, par intermittence, le couvercle de la casserole. Yvonne revint du jardin avec des poireaux. Je passai rapidement une louche dans la casserole et me rendis compte qu'une croûte se formait au fond. J'enlevai la casserole du feu et la déposai à côté. Comme Yvonne revenait prendre ma relève, je regagnai furtivement ma chambre. Je pris le papier d'Alex pour examiner la banane qu'il avait à colorier. À la place du jaune, il avait utilisé le marron. J'intervins pour le lui signifier :

— « Ton dessin est joli, mais la peau d'une banane mûre est toujours jaune. »

Je souris gentiment à mon petit-frère. Toutefois, mon sourire se transforma en un froncement de sourcils quand j'aperçus une feuille de papier jaunâtre à côté de son genou. Cette feuille de papier semblait provenir d'un livre. Je soulevai les coloris éparpillés sur le lit et mes soupçons se confirmèrent. Je découvris que beaucoup d'autres feuilles de papier étaient retirées d'un livre, colorées de différents feutres et jetées sur le plancher, en désordre.

— « Oh non ! Oh non ! », m'exclamai-je. Ces deux jeunes n'auraient pas dû déchirer un livre ! Quelle mouche les a-t-elle piqués ? Je me rappelai qu'une fois encore, ils avaient réduit en miettes, non seulement mon tableau périodique de Mendeleïev, mais aussi ma bande dessinée de Lucky Luke. Je ne les avais pas punis, mais leur avais expliqué que c'était très mal et méchant de déchirer un livre. Je me pressai de leur demander en hurlant presque de colère :

— « Qui a-t-il fait ça ? »

Personne ne me répondit. Devant ce silence, je me préparai à fermer la porte à clé pour qu'aucun des deux ne s'échappe. Lorsque je repris la même question, les yeux de Linda se remplirent spontanément de larmes. Je compris que c'est elle qui serait alors responsable de ce gâchis. Puis, je reposai une autre question :

— « Où est le reste du livre que vous avez déchiré ? »

— « Il n'y en a pas ! », répondit Alex, apeuré, pour se défendre.

Il mentait souvent. Je ne pouvais donc pas le croire d'emblée. Je reposai la même question, devenant moi-même plus menaçante. Alex me donna la même réponse. Il était pourtant moins sûr de lui que la première fois. Au même moment, Linda commençait presque à suffoquer. Il m'était impossible de tirer une seule parole de sa bouche. Simultanément, je leur tirai les oreilles et leur pinçai sévèrement les joues sur lesquelles d'abondantes larmes chaudes coulèrent en silence. Je cherchais des yeux le livre endommagé, mais il n'était nulle part. En lisant les pages éparpillées, certaines contenaient les passages facilement reconnaissables de *Cérémonie du crime* de Nora Roberts. C'était un de mes romans préférés. Ce livre m'avait été offert par une de mes tantes qui, comme moi, aimaient les romans où se mêlaient suspense et passion. Ces garnements avaient donc déchiqueté mon bouquin. Mes mains s'abattirent sur leurs fesses. Linda et Alex pleurèrent de plus belle. Je les menaçais encore de continuer à les pincer s'ils ne m'indiquaient pas où se trouvait mon livre ou, du moins, ce qu'il en restait. Je ne plaisantais pas. Je levai la main pour tenter de les frapper à nouveau. Affolée, Linda, qui sanglotait toujours, me montra du doigt l'arrière de ma garde-robe. Je dus ramper à quatre pattes pour que mon bras puisse atteindre la partie restante de mon livre. Alertée par les pleurs des jumeaux, ma mère se précipita à la porte de ma chambre qu'elle frappa avec fureur. J'ouvris calmement la porte. J'étais très fâchée contre ma mère, car c'est elle qui avait permis aux deux enfants d'entrer dans ma chambre. Je lui expliquais donc la situation. Malgré ma colère et la gravité de la situation, ma mère sembla toujours défendre les deux enfants. Elle n'approuvait pas ma colère et donnait raison aux jumeaux. J'étais très déçue et outragée. Pour combler le tout, notre maman m'intima l'ordre de ne plus jamais oser frapper ses « enfants ». Je lui fis un signe d'entêtement insolent et lui signifiai vertement mon irritation. Elle retira ses deux enfants de ma chambre comme une véritable poule qui protège ses poussins face au rapace. Restée seule dans ma chambre, je pleurai de rage. Quelques minutes plus tard, ma mère revint à la charge et m'appela :

— « Carmel ! »

Je compris qu'elle ne me laisserait jamais tranquille ! Ma mère m'appelait encore, mais je feignis de ne l'avoir pas entendue. Elle insista et je finis par répondre. Elle m'annonça que Fabien Cyeza venait dîner à la maison. C'était un des grands démographes du pays. C'était donc lui le fameux invité qui obligeait maman à se surpasser ! Personnellement, il ne m'avait pas impressionnée parce qu'il était tellement imbu de lui-même que sa prétention m'ennuyait. Je me disais que, s'il était vraiment excellent, il n'aurait qu'à laisser son intelligence briller par elle-même, au lieu de vanter ses mérites à qui veut l'entendre. Apprendre de ma mère que ce monsieur allait venir chez nous le soir pour dîner ne fit qu'accroître mon irritation toute la soirée.

Ma mère s'affairait à gauche et à droite comme si c'était Nelson Mandela en personne qu'on recevait ce soir-là. La table était très bien dressée et le couvert soigneusement rangé. Ma maman avait remis la soupe de champignons sur le feu pour la réchauffer. Monsieur Cyeza venait d'arriver. Après un verre de bière au salon, maman invita tout le monde à table. Mon père se mit le premier debout. Notre « Distingué convive » lui emboîta le pas. Les deux se mirent à table. Une nappe bleue et blanche couvrait cette table où nous autres vînmes nous installer aussi sur ordre de notre maman qui gérait notre maison comme une commandante suprême.

Cette dernière me demanda d'apporter la soupe dont je remplis le bol en porcelaine de la même couleur bleu pâle que les assiettes. La soupe fumait encore. Elle sentait vraiment bon, même si, habituellement, je n'aime pas spécialement les champignons. J'avais pris soin de laisser la porte de la maison ouverte pour que je puisse transporter aisément le bol. Je marchais prudemment. Malheureusement, lorsque j'arrivai au seuil de la porte qui donnait à la salle à manger, le manche de mon chemisier se prit dans la poignée de la porte, sans que je m'en rende compte. Je fis un pas qui s'avéra fatal, car mon bras était tellement bloqué que la fameuse soupe finit par se renverser et s'étaler sur le carrelage. Je n'avais pas besoin de lever les yeux pour savoir quelle expression désastreuse venait subitement de s'afficher sur le visage de ma mère.

## Le paradis

Trempée jusqu'aux os, je me secouai et retirai mes pantoufles grises imbibées d'eau. Yvonne aida notre gardien à déposer le sac de braise. Nous venions du marché. J'ordonnai à Yvonne de ranger les provisions qui se trouvaient encore dans deux gros emballages. J'entrai dans la maison, frissonnant au contact du plancher froid. Je vis Hugo assis au salon et lui dis :

— « Attends un peu, j'arrive. »

J'espérais me faire entendre à partir du corridor où j'étais en me dirigeant vers ma chambre. Je me défis des habits mouillés par la pluie que je trempai dans un bassin. Je m'essuyai et enfilai un short, un tee-shirt en coton et une paire de babouches. Il pleuvait encore quand je rejoignis Hugo au salon. Il était assis les bras croisés sur la poitrine pour se chauffer.

— « Désolée de t'avoir fait attendre », lui dis-je pour m'excuser.

Hugo était là depuis un certain temps. Il attendait que je revienne du marché. Et par peur de la foudre qui s'abattrait dans notre maison, le téléviseur et la radio étaient éteints pendant cette forte pluie, de telle sorte qu'Hugo n'avait pas pu regarder le *Panorama de sports*, une de ses émissions préférées. Nous nous servîmes du thé au citron. Nous n'arrivions pas à nous entendre à cause des grosses gouttes de pluie qui faisaient du tapage en tombant sur le toit. Je me rendis compte à quel point mon ami m'avait manqué au cours des derniers jours écoulés sans nous revoir. Je craignais de le lui dire pour ne pas susciter sa colère. Je ne pouvais plus continuer à crier pour lui parler en raison du boucan causé par cette maudite pluie qui ne cessait pas.

Je décidais de me lever et lui conseillai d'aller dans ma chambre. Il hésitait à me suivre, mais comme j'étais décidée, je continuais d'insister. Il finit par se mettre debout en prenant sa tasse de thé. Je l'entraînai dans ma chambre qu'il connaissait très bien. J'avais besoin d'un endroit intime pour bavarder avec lui.

Je fus enchantée du fait que tout le monde était absent de la maison, excepté les jumeaux qui dormaient sagement et Yvonne qui était dans sa chambre, loin, à côté de la cuisine. Vu qu'il pleuvait abondamment, personne ne viendrait donc nous déranger.

Hugo se jeta sur le lit. Moi, j'aurais aimé qu'il s'asseye sur la chaise, mais c'était trop tard. Tout à coup, il m'intimidait et m'inspirait une légère crainte. Hugo avait changé : son regard était moins malicieux, il paraissait plus mature, moins taquinant. Et cela ne me convenait guère. Il tapota sur le lit à côté de lui pour m'inciter à m'y asseoir. Il prit ma main gauche et embrassa chaque doigt, s'attarda à la paume où il déposa un long baiser tendre en me caressant. Je frissonnai.

— « Oh ! Qu'il est romantique », pensai-je.

Une douce et timide chaleur naquit dans mon corps. Je ne pouvais pas regarder Hugo de peur que mes yeux ne me trahissent : j'étais très troublée de me retrouver face à face avec un garçon dans mon lit. Dans mon esprit, une espèce d'alarme rouge clignota. Je retirai ma main. Il remarqua ma gêne avant de m'annoncer :

— « J'ai obtenu un petit emploi comme répétiteur. C'est dommage pour moi qui avais obtenu la bourse pour aller étudier à l'étranger. Ça frustre. »

Je me rappelai comment on avait parlé des choses qu'il ferait au Maroc, des endroits touristiques qu'il devrait visiter pour moi, des cadeaux qu'il m'aurait apportés. Tous ces rêves inachevés. Pour changer de sujet, je me mis à lui parler du livre que Linda et Alex avaient déchiré.

— « Fais-le-moi voir », me dit-il calmement.

Je me levai d'un bond, soulagée d'échapper à cette présence masculine très envoûtante. J'étais sûre que, désormais, il ne serait plus le simple ami qu'il avait toujours été pour moi. Je ne voulais pas le voir comme un amoureux. Je ne m'imaginais pas qu'il serait un jour mon amant et que je pouvais tomber amoureuse de lui. Je fouillais dans le placard et revins avec le reste de la *Cérémonie du crime* et une enveloppe dans laquelle j'avais entassé les feuilles que les enfants avaient enlevées. Je la vidai sur le lit.

— « On dirait un arc-en-ciel, commenta Hugo dans un sourire. Apporte la colle, on va essayer de réparer sommairement ton bouquin. »

Dans le tiroir de mon bureau se trouvait un tas d'objets, dont un tube jaune de la colle Uhu que je lui lançai. Je me rassis et me chargeai de ranger les pages dans leur ordre numérique pendant qu'Hugo essayait, tant bien que mal, de les coller les unes contre les autres. Parfois, nos doigts s'effleuraient et je retirais ma main comme si j'appréhendais une brûlure. Mes yeux s'attardèrent sur les veines le long des bras d'Hugo, me demandant quel effet ses doigts auraient sur mon corps. Mon cerveau bouillonnait. Alors, il me demanda :

— « Mel, à quoi penses-tu ? »

Je ne pus lui mentir et lui lançai amoureusement :

— « À toi ! »

Hugo sourit. J'aurais donné la prunelle de mes yeux pour pouvoir lire dans ses pensées. Il se contenta de vider sa tasse de thé. Il m'annonça qu'il avait trouvé un emploi de vacances comme répétiteur dans une famille voisine à la sienne. Pendant les vacances, il aidait trois enfants du primaire en calcul et en langues. Je le félicitai et devins très fière de lui. Il venait de terminer de rassembler toutes les pages au point que le livre semblait avoir été réparé et avoir doublé de volume. Très reconnaissante, je lui dis avec un sourire sincère :

— « Joli travail, Hugo ! »

Il brandit le livre devant moi comme un trophée. Je l'avais couvert d'un papier blanc qu'Hugo ôta. Il trouva à l'intérieur une carte postale illustrant l'émission *Les-z-Amours*. Un ami m'avait offert cette carte il y a deux ans. C'était à la Saint-Valentin. Hugo la tourna et la retourna dans ses mains. Cette carte portait la signature de Michel, un de nos anciens condisciples. Hugo m'avoua clairement :

— « Depuis que Michel t'a séduite, je ne le tolère plus. »

— « Jaloux ! », lui répondis-je en le taquinant.

Il fit la moue au lieu d'une réplique. Le connaissant si bien, je fus consternée de constater que j'avais vu juste : Hugo avait été jaloux de Michel. Tournant, retournant et jouant toujours avec cette carte dans ses mains, il me demanda :

— « Où voudrais-tu aller si nous étions le couple gagnant de l'émission *Les-z-Amours* ? »

Je lui souris malicieusement et dis :

— « Au paradis ! »

Tout en fixant la carte, Hugo murmura :

— « Alors, nous irons au paradis. »

Troublée, je le crus. Pour la première fois, je le regardai amoureusement. Il m'ordonna alors sèchement :

— « Approche, approche-toi de moi qu'on aille au paradis. »

Je lui obéis naturellement. Nous étions devenus si proches l'un de l'autre que je sentais son souffle chaud m'embraser la peau. Hugo caressa du doigt le contour de mon visage, il effleura ma joue d'un chaste baiser qui, d'ordinaire, me faisait rire. En revanche, ce baiser déclencha une série de réactions chimiques dans mon corps. Je me tournai complètement vers Hugo, en exigeant davantage de baisers et nos lèvres se touchèrent timidement. Ses mains s'aventurèrent sur mon cou. Je les trouvai magiques, sublimes. Elles laissaient sur ma peau une trace de frissons. Je ne saurais dire combien de temps avait duré notre étreinte avant que je me ressaisisse. Je m'éveillais d'un autre monde, me sentant furieuse contre moi-même et contre Hugo. J'étais déroutée. J'avais juré de ne me laisser toucher que par mon mari. J'avais juré de rester chaste et vertueuse. Et voilà que tout ce vœu devint vain, car je venais de goûter à l'amour charnel !

— « Qu'est-ce qu'il y a, Mel ? », s'enquit doucement Hugo en me touchant le bras.

— « Lâche-moi », explosai-je. Ne me touche plus. Pourquoi ? Pourquoi maintenant ? Pourquoi as-tu amené cette histoire d'enfant entre nous ? J'avais juste besoin de toi comme un simple ami. Tu n'avais pas le droit de gâcher notre amitié ! »

Les mots jaillissaient tous seuls de ma bouche.

— « Je n'ai pas gâché notre amitié, Mel ! Qu'est-ce qui te prend ? »

Les larmes avaient commencé à m'aveugler.

— « Nous ne serons plus comme avant, à cause de toi », lui dis-je avec fureur et regret. Dans les yeux d'Hugo, je lisais une totale incompréhension. Je crus qu'il faisait semblant. Et je lui dis vertement :

— « Espèce de garçon jaloux ! Tu voulais juste faire l'amour avec moi ! », lui dis-je franchement. Je l'accusai sans relâche et lui ne savait plus me répondre. Il se mit debout, fâché et profondément chagriné.

— « C'est donc ça que tu crois, me dit-il gravement. Laisse-moi te dire une chose : la seule différence entre hier et aujourd'hui, c'est que maintenant je suis malade. Je croyais que tu me comprenais. Entre nous, Mel, pourquoi m'as-tu amené dans ta chambre ? Et puis... »

Il avala sa salive et son regard se fit dur. La peur me gagna. Il continua à parler avec dédain :

— « Si j'avais juste voulu une fille avec laquelle je ferais l'amour pour m'amuser, j'aurais trouvé mieux que toi. Il y a tellement de belles filles à Kigali ! Sache-le très bien », m'avoua-t-il.

Son insulte me frappa à la figure comme une gifle, comme un coup de massue. Je m'en sentis fortement secouée. Hugo sortit en claquant la porte et rentra subitement chez lui, sans se soucier de cette pluie diluvienne qui tombait encore et encore.

# Mon éducation particulière

La fin d'avril s'annonça par une fine pluie qui dura toute la journée. La luxuriance des frondaisons offrait une splendide verdure. La végétation était dense, autant à la campagne qu'en ville. « Les récoltes seront tellement bonnes et prospères cette année », se disent les paysans, très heureux de savoir qu'ils auront de quoi manger en abondance. Seuls quelques citadins se plaignaient de la pluie persistante qui les bloque souvent à la maison et les empêche de circuler librement puisque la boue souille habituellement leurs beaux habits. Ces citadins s'indignent également et tempêtent contre le mois d'août dominé par la saison sèche. Pour eux, le soleil d'août les brûle, la poussière les salit au point qu'ils se révoltent constamment contre la nature.

De mon côté, je serrais les bras autour de moi pour me protéger du froid. Nous étions un groupe de gens abrités sur la terrasse d'un magasin en ville au quartier commercial. Je venais d'un bureau de change, « La Rosa », où maman m'avait envoyée convertir de l'argent. Je serrais fort le sac sous le bras pour qu'aucun voleur ne puisse y introduire la main. Dans la poche de mon jean délavé, le téléphone vibra. Je craignis de le prendre de peur de me le faire voler parce que, dans un cercle de gens comme celui-ci, les pickpockets profitent habituellement d'un moment d'inattention pour commettre leurs forfaits.

Trois mois venaient de s'écouler sans de nouvelles d'Hugo, depuis que je l'avais injustement accusé de vouloir coucher avec moi. Malgré ma demande de pardon, il ne voulait plus rien entendre de moi. J'ai même demandé à Martine, sa sœur, d'intervenir auprès de lui en ma faveur, mais en vain !

— « Il ne veut même pas entendre ton nom », m'avait-elle avoué un jour, quand j'avais insisté pour qu'elle lui parle de moi, de notre possible réconciliation et de nos retrouvailles.

Je regrettai de n'avoir pas beaucoup d'amies. Je m'étais éloignée de toutes mes amies, à cause de ma mère et de l'éducation qu'elle m'inculquait. Je trouvais ma vie différente de celle de mes amies, car elles avaient des parents qui leur donnaient un peu de liberté. Je me sentais intimidée par ma propre vie où tout était géré et décidé par maman. Pourtant, je n'aimais pas qu'on la critique. Alors, je m'étais retirée petit à petit du cercle amical.

Quand je vis deux filles à mes côtés bavarder joyeusement, mon cœur se serra davantage. Je n'avais pas vu cela avant mon amitié avec Hugo au secondaire. Comme la pluie cessait progressivement, je me décidai à rentrer. Je m'installai dans le bus qui allait à Kacyiru et fus soulagée d'être à l'abri du froid. Je pris de ma poche le téléphone. Je souris en voyant l'écran montrer un message qui venait d'Hugo ! Mon sourire devint un rire lorsque je découvris la question adressée par Hugo : « Peux-tu venir à la maison ? » Quelle excellente question pour moi qui n'attendais que cela depuis des semaines ! Je compris donc qu'Hugo m'avait pardonné. Il redevenait mon ami. Je tressaillis de joie, mais ma joie fut de courte durée, en m'imaginant qu'Hugo pourrait être tellement malade qu'il n'avait pas eu d'autres choix que de m'appeler. Les vitres du bus étaient fermées et la buée les rendait plus opaques. Du bout des doigts, j'essuyai la vitre pour jouir de la vue de l'extérieur.

Nous descendîmes le quartier de Kiyovu à la vitesse d'une tortue à cause des embouteillages de 17 heures. J'observai des chauffeurs irrités par d'autres, en raison des embouteillages. Pourtant, personne n'avait le droit de se fâcher contre cette situation liée aux heures normales de pointe dans Kigali, comme cela arrive d'ailleurs dans toutes les grandes villes de l'Afrique et du monde. Arrivée à Kimihurura, je descendis du bus et me rendis chez Hugo, impatiente de le revoir. Il m'accueillit timidement et se confondit d'excuses de s'être mal comporté envers moi.

— « S'il y a une personne à blâmer, c'est bien moi », dis-je en respirant profondément. Je n'ai pas pu être celle qu'il fallait. Notre rencontre fut de courte durée.

De retour dans ma chambre le soir, je pleurais de bonheur. Mon ami m'avait tellement manqué. Je suis donc soulagée d'un poids énorme que je n'avais partagé avec personne, excepté Chris à qui j'avais dit que je m'étais querellée avec Hugo sans lui dire la cause de notre mésentente. Chris me surprotégeait et s'opposait à ce qu'un garçon m'approche. Heureusement qu'il faisait confiance à Hugo. Mon grand-frère m'aimait vraiment. Il se réjouit d'apprendre qu'Hugo et moi nous étions réconciliés. À 20 h 13, notre mère nous appela à table. J'avais oublié que je devrais manger. En arrivant chez nous, j'avais remis à ma mère son argent et je m'étais immédiatement retirée dans ma chambre pour y être seule. En entendant son appel, je sortis de la chambre à contrecœur. Je trouvai les autres déjà installés à table. Ils étaient prêts à manger. Je chatouillai les côtes de Linda avant de m'asseoir. Ma mère me demanda d'arrêter ce « jeu » à table. Après avoir rendu grâce au Seigneur, chacun se servit et se mit à manger. Je regardai ma famille et un soupir s'échappa de ma gorge.

— « Passe- moi le bol aux haricots », m'intima mon père.

Cet homme m'émerveillait : il était doux comme un agneau. Il ne haussait jamais la voix, ne se fâchait et ne me grondait jamais. Voilà pourquoi je l'aimais beaucoup. Pour ne pas paraître bizarre, je n'osais jamais le lui dire.

— « Alex, arrête de jouer avec la nourriture », lui ordonna ma mère. « Regarde comment tu renverses la sauce sur tes habits. Tiens bien la cuillère », lui conseilla-t-elle magistralement.

Linda se mit à rire. Chris ne levait pas la tête de son assiette. Il était d'une telle gourmandise qu'il adorait manger et était capable d'avaler force nourriture sans se fatiguer, sans se gêner. Ce soir-là, je regardais ma famille d'un œil étrange. Je ne comprenais pas pourquoi ma mère était toujours la seule donneuse de leçons aux enfants. C'est comme si mon père n'existait pas dans notre maison. Pourtant, je pourrais un jour élargir notre famille en mettant au monde des enfants. Je fus choquée par mes propres pensées et me demandai comment la proposition d'Hugo déclenchait de telles pensées à une telle vitesse.

— « Carmel, tu es toujours perdue dans tes pensées », me dit ma mère avec un peu de gêne. Tu me fais parfois peur avec ton attitude. Il faut terminer de manger, nous n'allons pas t'attendre à table. »

Mon père me fixa de son regard amusé et je lui souris, en mangeant plus vite. En débarrassant la table, je sus qu'un de mes principes sacrés allait dorénavant être brisé : la pureté. Soudain, je levai la tête en signe de crânerie en prenant les assiettes superposées que ma mère me tendait. Intriguée par ma réaction, elle fronça les sourcils. Je lui souris pour la rassurer. Je ne pouvais pas lui dire que j'étais amoureuse d'Hugo. Je ne pouvais pas non plus lui dire que je voulais faire un enfant avec lui. Il faut se méfier des cœurs des femmes, me dis-je au fond de moi-même, car on ne les comprendra jamais, les femmes.

Ainsi, face à cette situation, ma famille devrait accepter la décision prise par mon cœur. Elle allait devoir me tolérer. Je me représentais ma mère enragée d'apprendre ce que j'étais devenue. Je me représentais aussi les yeux de mon père pleins d'une tristesse muette, lui qui, spontanément, a l'habitude de sourire à tout le monde dans la maison ou ailleurs. J'aurais également voulu ouvrir mon cœur à mon frère Chris. Cependant, en sa qualité de grand-frère protecteur, il désapprouverait mon choix et m'interdirait de suivre mon cœur. Il irait même jusqu'à m'emprisonner dans ma chambre aussi longtemps qu'il le faudrait. Il aurait tout fait pour préserver mon honneur.

# Le plus beau trésor

— « Hum ! Zinedine Zidane manie très bien le ballon, Mel. C'est un joueur inégalable », me confia Hugo.

N'ayant rien entendu de ce qu'il avait dit avant, je lui souris pour le rassurer quand même. Il se leva comme s'il se rappelait de quelque chose. Son mouvement brusque le fit plier en deux. Je l'aidai à se rassoir sur son lit. Il fit un énorme effort pour paraître normal. Il tira le tiroir de sa table de chevet, prit deux comprimés qu'il avala sans eau. Me souriant maladroitement, il me dit qu'il s'agissait de calmants. Je ne lui posai aucune question. Les pilules eurent un effet miraculeux parce que, peu de temps après, Hugo retrouva sa mine habituelle et se remit sur pied. Il sortit de la chambre et, quelques minutes après, il revint avec une cruche et deux verres qu'il remplit du jus de carottes qu'il aimait tant et qu'il m'avait appris à aimer.

— « À la plus belle fleur de mon jardin », annonça-t-il cérémonieusement en me tendant un verre.

Je lui souris et son compliment me fit battre le cœur un peu plus vite. Je dus passer une main sur ma bouche pour comprimer le sourire qui semblait s'éterniser.

— « À nous deux », lui rétorquai-je tout simplement.

Hugo s'agita avant de me dire :

— « Carmel ! Toi et moi, nous ferons le plus beau bébé du monde, sois juste confiante. »

Quand il me toucha, je m'abandonnai totalement à lui, infiniment confiante, heureuse et amoureuse. J'ordonnai à mon esprit de ne pas penser à ce qui arriverait après. Nous nous entendîmes vraiment de manière tellement étrange que chacun s'abandonna librement à l'autre sans aucune arrière-pensée. Quand nous mîmes fin à notre étreinte, nous sourîmes l'un à l'autre dans l'ivresse chaleureuse de notre amour qui naquît désormais ce jour-là et qui dut grandir dans la suite et s'approfondir en somme. Je me sentis en parfaite communion avec Hugo. Ses bras me prenaient, m'enlaçaient et me sécurisaient, tandis que ses mains s'aventuraient sur tout mon corps et l'exploraient. Ce corps jadis mien, ultrasecret pour lui, lui semblait dorénavant familier. Ma chair frissonnait à son contact et mon cœur battait en affinité avec le sien. Des jours passaient et, avec eux, la pudeur qui nous habitait auparavant disparut aussi. Je ne me comprenais plus. J'étais devenue tellement amoureuse d'Hugo que je devais penser à lui à tout moment comme une femme hantée par l'amour d'un prince charmant sans lequel sa vie n'avait plus de sens. Je changeais et ma vie tout entière changeait. Mes pensées n'étaient plus les mêmes. Je devenais de plus en plus mature et voyais le monde différemment. Mon insouciance enfantine s'envolait.

Le jour vint où, curieuse et pressée, je me disais que nous ferions l'amour, Hugo et moi. Rassasié de baisers et de caresses, Hugo me relâcha si brusquement que je me demandai s'il n'avait pas eu une nouvelle crise. Au lieu de prendre ses sempiternelles pilules, il détourna son regard du mien, se tourna subitement de l'autre côté du lit et s'assit face au mur. Tout à coup, une peur que j'avais déjà oubliée me revint et m'envahit : j'avais toujours peur de ne pas être le genre de filles qui ne plairaient pas à Hugo. Mon complexe d'infériorité réapparut et mon corps tout entier se glaça. Le désir de lui disparut aussitôt.

— « Écoute, Mel, je détruis ta vie », dit-il en guise d'explication.

Un soupir douloureux s'échappa de sa gorge.

— « Détruis-tu ma vie en m'aimant ? », m'enquis-je pour me rassurer et en avoir le cœur net.

— « Non, non, vraiment non, mon bel amour », me répondit-il pour me rassurer. « Cependant, sache désormais que ma vie ne tient plus qu'à un fil. Je n'ai plus de force de vivre. Je m'éteins, Mel. Mon cerveau est attaqué. Ma mort est imminente. J'attends qu'elle vienne et qu'elle m'emporte d'une minute à l'autre. »

Je lui mis une main sur l'épaule pour le réconforter et ajoutai :

— « J'en suis consciente, mais j'ai fait mon choix. Tu es mon amour, mon seul amour dans ce monde. J'aurais voulu mourir moi-même dans tes bras avant que tu ne meures toi-même. »
Enfin, je l'avais dit ! Je ne me reconnaissais plus. Cet amour flambant neuf me prenait au dépourvu, me rendant inconnue de moi-même et me terrorisait jusqu'à me glacer le cœur.

— « Oh ! Hugo, mon chéri. Je voudrais que tu sois fort, que tu reprennes toute ton énergie vitale. Quel que soit le chemin à parcourir, je serai toujours avec toi. Si les épines peuvent me transpercer les pieds, je suis prête à les braver, pourvu que nous soyons toujours ensemble face aux vicissitudes de la vie. »

Une larme chaude s'échappa de son œil gauche et coula sur sa joue. Il ajouta, l'air embarrassé :

— « Je ne peux pas t'entraîner dans ma chute, Mel. Il te faut un garçon vivant, qui t'amènera à l'église où tu dois porter ta robe de mariée dont tu rêves et l'abbé Albert te marierait. Il te faut ce prince charmant à qui tu donneras de beaux bébés », conclut-il comme pour expier ses fautes. Il ajouta encore tant d'autres raisons pour me convaincre. Malgré son discours argumenté, je ne pus pas changer d'avis, car je l'aimais désormais pour toute ma vie, rien de plus, rien de moins. Je savais qu'Hugo voulait me protéger. Il savait que, si nous couchions ensemble et que nous faisions un enfant, ma vie ne serait plus jamais la même qu'avant. Or, pour moi, si son bonheur réside dans l'enfant que nous pouvons concevoir, lui et moi, avant que le cancer ne l'emporte nettement, je suis toujours disposée à lui faire ce beau cadeau pour le rendre heureux. C'était donc trop tard pour lui de vouloir me ramener à la raison. J'étais désormais follement amoureuse de lui. Je l'aimerai toujours toute ma vie. C'est pourquoi je lui dis pour le rassurer :

— « Écoute, Hugo, je veux avoir un enfant avec toi. Laisse-moi ce beau trésor que je chérirai toute ma vie pour me souvenir de son père que tu es aussi longtemps que je vivrai. »

Me voilà, moi Carmel, j'étais devenue une amoureuse professionnelle !

# La passion réciproque

Des jours passèrent sans retourner chez Hugo. Je savais qu'à son tour, il avait besoin de suffisamment de temps de réflexion pour accepter mon choix et le partager avec moi. Dans les rues, j'observais souvent les femmes enceintes dont les comportements, les différentes positions du corps en marchant et la fatigue au visage semblaient me tourmenter. Étaient-elles heureuses de porter la grossesse ? Avaient-elles de la panique, de la peur panique ? Ces questions me torturaient constamment l'esprit et je n'avais personne pour m'aider à y répondre clairement pour mon apaisement mental.

Je me souviens qu'une fois, j'ai surpris mes mains en train de trembler en voyant une femme tordue par de fortes contractions en plein centre commercial dans la ville de Kigali. Cependant, avant que j'aborde la femme en question pour me rendre personnellement compte de son état, l'ambulance alertée vint la ramasser et la conduire directement à la maternité toute proche au Centre Hospitalier Universitaire de Kigali.

Deux semaines plus tard, n'en pouvant plus de cette longue et pénible attente, j'envoyai le court message suivant à Hugo : « Tu me manques. » Je mangeais du potage, mais vraiment sans grand appétit. Moins d'une minute après, la réponse d'Hugo s'afficha sur l'écran de mon portable :

— « Viens, mon cœur. Je t'aime tant. »

Cette réponse déclencha tout. Sans m'en rendre compte, la cuillère tomba par terre et laissa une tache quasi indélébile. Je tremblais de tout mon corps, de la tête au pied. Je résolus de prendre une douche hâtivement. Après, je m'habillai et rejoignis mon amoureux chez lui dans sa chambre, loin de ma famille, loin de mes parents, loin de tout soupçon. Nous échangeâmes rapidement un baiser chaud et lourd. Dans l'empressement, il ôta mon chemisier. Des caresses saccadées et envoûtantes s'ensuivirent éperdument. Notre passion réciproque dévoila son secret à chacun de nous et finit sa magie.

Le lendemain, un mercredi, je me levai tôt, plus tôt que d'habitude. J'avais passé toute une nuit blanche. Mon esprit était obnubilé par une seule pensée : ma première expérience amoureuse et sexuelle avec Hugo. J'évitais de croiser le regard des adultes de notre maison, notamment mes parents, mon frère Chris et notre bonne. J'avais peur de leur regard. J'avais l'impression qu'ils pouvaient lire sur mon front une étiquette du genre : « Hier, Carmel a couché avec Hugo. » Ainsi, je m'acharnais à balayer la cour à fond, fuyant l'intérieur de la maison où je pourrais rencontrer les adultes dont le regard me faisait énormément peur. Pendant que je balayais la cour, je sentais une douleur vive au bas-ventre. J'avais perdu ma virginité, ma marque de culture.

Désormais, n'importe quel homme qui m'épouserait me mépriserait et me traiterait de prostituée. Cette pensée m'effrayait. Pourtant, moi, je me définissais autrement : je me sentais déjà comme une femme. Je n'étais plus cette jeune et petite fille qui avait peur et honte de parler aux garçons et aux hommes adultes. J'avais déjà atteint l'âge nubile.

## Chris, le devin blagueur

La veille, Hugo avait exigé que nous utilisions un préservatif et que nous fassions un dépistage volontaire du VIH/SIDA, avant d'avoir des rapports sexuels non protégés. L'hôpital général de référence de Kigali, dénommé le Centre Hospitalier de Kigali, CHK en sigle, juxtaposait le Centre de transfusion sanguine de Kigali où se faisaient tous les tests relatifs au VIH/SIDA. Hugo et moi y allâmes la main dans la main avec une bonne dose de pudeur étalée sur nos visages consumés par une vague de culpabilité. J'étais pourtant gênée des regards critiques de multiples personnes qui nous regardaient passer. D'habitude au Rwanda, les amoureux ne se tiennent pas par la main en allant à ce centre où des personnes généreuses viennent aussi pour donner du sang. En se tenant par la main, cette démarche donne l'impression que les personnes concernées viennent non pas pour le don de sang, mais plutôt pour le dépistage volontaire ou forcé du VIH/SIDA. Autrement, les gens qui nous observent marcher la main dans la main, pourraient facilement penser et déduire qu'Hugo et moi, avons l'habitude ou voulons faire l'amour, ce qui n'était pas du tout une fierté pour moi, ou que peut-être que nous allions nous marier.

En arrivant dans ce centre, une jeune femme en blouse blanche nous fit entrer dans une petite pièce d'une propreté impressionnante. Elle préleva d'abord le sang d'Hugo. Un frisson me parcourut l'échine en voyant la seringue pénétrer dans la veine du bras gauche d'Hugo. Je fermai les yeux quand une autre seringue neuve s'introduisit dans mon bras. La laborantine, qui se prénommait Pétra, garda les échantillons dans deux minuscules flacons en verre. Elle nous annonça que les résultats seraient apprêtés dans trois jours.

Ce jour-là, je rentrai à la maison silencieuse et songeuse. Chris me fit remarquer que depuis quelques jours j'avais changé et que j'étais devenue bizarre. Il me demanda ce qui n'allait pas. Évasivement, je lui répondis que je me sentais bien et qu'il n'avait pas à s'inquiéter outre mesure. Comme il me connaissait et savait que j'avais l'habitude de lui dire souvent certaines vérités, il insista. Je prétendis alors que je souffrais de règles abondantes et douloureuses. Pour le convaincre et confirmer mon mensonge, je serrais ainsi les bras autour du ventre.

— « Désolé pour toi, petite sœur », dit-il. « J'espère que tu ne manigances rien du tout, petite sœur. Va te reposer, je m'occupe des gamins après leur sieste. »

Je m'allongeai sur le lit, légèrement déprimée. Avant le test du dépistage du VIH/SIDA, j'étais tellement sûre que je n'avais pas de VIH/SIDA. Cependant, après cette expérience avec Hugo, je n'étais plus sûre de rien. Un certain doute surgit en moi et m'envahit comme un fantôme et son ombre. Me rappelant le film de ma vie, je me demandais si j'avais été blessée par un objet tranchant souillé du sang ayant le virus en question ou si j'avais été piquée par une seringue contaminée. Je me mis à penser aux personnes séropositives que je connaissais. Au bord de l'angoisse, je priai le Bon Dieu qu'il me délivre de mes peurs, de mes inquiétudes à ce propos.

L'attente des résultats du test de dépistage fut la période la plus angoissante de toute ma vie. Je n'avais aucune force mentale ni physique pour me convaincre de ma séropositivité ou non. Je restais donc au lit pendant ces trois journées, ce qui m'était inhabituel. Je m'irritai quand Chris entra dans ma chambre, lui-même plus bruyant que jamais. Il me secoua sans ménagement et me déclara, animé d'une joie débordante :

— « Carmel, *tu me paieras*, ma petite sœur. »

Il m'était visiblement difficile de lui en vouloir, même s'il venait de me réveiller. Je ne comprenais pas pourquoi mon frère Chris venait me demander de lui payer quelque chose et ce que je devais lui payer. J'étais complètement réveillée. Alors, il insista :

— « Oui, tu vas me payer parce que je t'ai apporté le meilleur des films romantiques. »

Amusée de le voir tout excité comme une puce, je lui souris gentiment. Chris était adorable. Quand il était vraiment content, il me faisait penser à un garçon de quatre ans ; mais quand il était en colère, c'était toute une autre histoire. Très curieuse, je m'enquis :

— « Ce film est-il plus romantique que *Titanic* ? »

Il se laissa tomber sur mon lit et dit, en brandissant la pochette de DVD devant mon nez :

— « Oui, parce qu'ici, les tourtereaux furent heureux, vieillirent ensemble, eurent beaucoup d'enfants et... »

Je lui arrachai le film en un clin d'œil. Je pus enfin lire ce qui était écrit sur la pochette :

« Notebook »

Chris se releva sur un coude et me parla vertement :

— « Petite sœur, j'ai l'impression que quelque chose tourne en rond chez toi. » Et sur un ton taquin, il ajouta :

— « Ou bien, tu es enceinte, ou bien tu me caches quelque chose de louche dans tes démarches. Tu as essayé, hein ? Ne prends pas cette mine. Pardon, c'était une mauvaise blague, ma petite sœur, pardonne-moi », conclut-il comme pour se raviser.

## Judith, l'assistante sociale

En retournant au centre de transfusion sanguine, la crainte des résultats nous faisait presque trembler, Hugo et moi. Judith, une gentille femme d'un certain âge, nous introduisit dans un vaste bureau strictement bien arrangé. Ce bureau nous donnait l'impression d'être dans un tribunal, devant un juge qui nous libérerait ou nous condamnerait. L'assistante sociale incarnait si bien le rôle du juge avec son visage calme et impassible. Assis devant elle, je fixais sa bouche d'où des conseils jaillissaient comme de l'eau d'une fontaine. À travers ses petits yeux pleins de tendresse professionnelle, je cherchais d'emblée une réponse à la question que je ne cessais de me reposer : « Hugo et moi, étions-nous séropositifs ou non ? »

La main d'Hugo, qui me soutenait, ne me soulageait pas pour autant. Je continuai à regarder la dame sans rien comprendre de tout ce qu'elle disait. Un rapide coup d'œil à Hugo me rassura qu'au moins lui entendait et comprenait ce discours. Enfin, la dame ouvrit un tiroir et en retira plusieurs enveloppes blanches. Judith tria et prit les nôtres sur lesquelles nos noms étaient marqués à l'encre noire. Perplexe, je regardai Hugo effaré. Ses doigts se serrèrent fortement autour des miens et la pression me fit presque mal. Mon enveloppe fut ouverte la première et Judith me dit :

— « Ma chère enfant, j'espère que tu es consciente de tout ce que je t'ai dit. Tu dois accepter courageusement les résultats du test, bons ou mauvais soient-ils. »

J'acquiesçai. Cependant, j'avoue sincèrement que Judith commençait à m'énerver par ses commentaires très longs, au lieu d'aller tout droit au but en nous disant simplement et clairement les résultats de nos tests. Au lieu qu'elle continue à discourir, j'attendais qu'elle dise une phrase qui nous délivrerait de cette longue et lourde attente. En dépit de mon inquiétude grandissante, ce que Judith me disait faisait partie de son travail habituel. Avant de révéler les résultats du test à un client, il est toujours recommandé de lui prodiguer de sages conseils très utiles pour sa conduite sociale. Finalement, Judith se décida à aller tout droit au but et déclara :

— « Le test du VIH/SIDA que tu as passé est NÉGATIF. Félicitations et bonne conduite dans ta vie sexuelle ! »

Je poussai un soupir qui soulagea tout mon être dont l'esprit était concentré sur soi-même. Hugo me sourit, très content de moi et de mes résultats. Nos yeux se retournèrent vers l'assistante sociale, pleins d'espoir. Le visage de l'assistante s'assombrit après avoir ouvert l'enveloppe d'Hugo. Sans hésiter, elle lui donna son résultat qui tomba net comme un couperet :

— « Quant à ton test, mon cher garçon, il est malheureusement POSITIF ! »

— « Quoi ? », hurlai-je de colère. « C'est impossible, madame. C'est vraiment IMPOSSIBLE ! », dis-je en guise de conclusion.

La pauvre femme me regarda, très désolée et me dit sèchement avec beaucoup d'amertume :

— « Malheureusement, ma fille, ici sur la terre des hommes et des femmes, tout est malheureusement possible. »

J'eus envie de la gifler. Je ne comprenais pas pourquoi elle pouvait se permettre de philosopher alors que mon ami était porteur du virus le plus redoutable au monde. Ce serait vraiment le comble si Hugo avait à la fois une tumeur cancéreuse et le VIH/SIDA. Je me demandais pourquoi les médecins, qui avaient diagnostiqué sa tumeur, ne lui avaient pas dit qu'il portait aussi le VIH/SIDA. Je refusais de croire les propos de Judith, malgré leur véracité. Je me rebellais ainsi contre cette terrible vérité. En conséquence, tous mes rêves allaient tomber à l'eau, malgré mes multiples et incessantes prières adressées à Dieu, le Créateur du ciel et de la terre. Je m'adressais toujours à lui dans tout ce que j'entreprenais et mes vœux avaient toujours été exaucés. Aujourd'hui, cependant, il condamne Hugo à une mort lente, mais certaine, lui qui était déjà condamné à mourir à cause de sa tumeur cancéreuse ! « Monde d'injustice ! », aboyai-je dans un mouvement de frustration et de panique.

Hugo tenta de me calmer. Cependant, comment le pouvait-il ? Apparemment ces derniers temps, il prenait toute la vie avec philosophie et acceptait volontiers tout ce qui lui arrivait. À 22 ans, il refusait d'adopter le comportement d'un vieillard grabataire. Il m'obligea à me rasseoir. Je lui obéis. La bonne assistante continuait à réciter et à répéter la théorie médicale qu'elle avait mémorisée comme une prière. Elle me regarda avec une pitié qui semblait dire : « Oh ! Je vois ça tous les jours. C'est une attitude commune aux femmes face à la révélation des tests positifs de leurs conjoints ou fiancés. » J'éprouvai injustement de la haine contre Judith et moi-même. Au lieu de soutenir Hugo, je me comportais comme une enfant capricieuse. J'essayais de me calmer en respirant lentement et mes nerfs se détendirent petit à petit. Les larmes se mirent à couler silencieusement sur mes joues. Cette grave vérité pénétra d'abord dans mon cerveau, puis dans mon cœur comme une aiguille qu'on enfonce lentement, mais douloureusement sous un ongle. Comment Hugo aurait-il contracté le virus ? Il n'avait pas l'air d'un garçon vagabond.

Comme une assistante sociale aguerrie, Judith me dit comment je devrais soutenir mon ami et quel comportement je devrais adopter. J'eus une folle envie de lui parler très fort. Ce n'était pas à elle de me conseiller comment me comporter envers Hugo. Elle ne me connaissait pas, elle ne le connaissait même pas ! Pour moi, Hugo était un ami, un amoureux. Calme, la mort dans l'âme, j'écoutais distraitement Hugo qui me consolait, me rassurait, alors que la situation devait être l'inverse. Je tendis la main à Judith, elle me remit nos deux enveloppes. Je regardai la fiche de mes résultats. Cette fiche portait ma date de naissance, mon groupe sanguin, mon poids, ma taille et d'autres indications métaboliques. Le mot « négatif » y était inscrit en bleu. En revanche, quand je dépliai la fiche d'Hugo, le mot « positif » était marqué en rouge, ce qui m'aveugla presque. Dans d'autres circonstances, ce mot traduisait des encouragements et de la réussite. Pour le test du VIH/SIDA, il dénotait la mort, ce qui est par-dessus tout atroce et cruel et pour Hugo et pour moi. Je regardais le haut de la page. J'eus mal, si mal. Les larmes se remirent à couler à flots. Mes doigts froissèrent la feuille que je serrais très fort sur mon visage inondé. L'assistante crut que je devenais folle. Pourtant, un brin de soleil brilla soudainement dans mon cœur. Je souris à la dame et dit simplement, en guise de rectification et de précision :

— « Mon ami Hugo n'est pas né en 1972, mais quinze ans après. »

Judith parut confuse, mais sa maturité ne la fit pas réagir comme moi. Elle reprit la fiche d'Hugo de mes mains, la lut, la relut autant de fois qu'elle put. Ahurie, elle me fixa bouche bée. Sa main tremblante prit l'enveloppe. Elle la lut à son tour, puis elle tira un tiroir de son bureau. Je me levai et la rejoignis derrière son bureau où des piles d'enveloppes étaient bien ordonnées. Elle prit une autre enveloppe sur laquelle le prénom « Claudien » et le nom « Mugwaneza » étaient inscrits en noir. Il ne s'agissait pas de la vraie la fiche d'Hugo. Cette même enveloppe contenait une autre fiche qui n'y correspondait probablement pas. L'assistante sociale commença par secouer la tête qu'elle finit par mettre entre ses deux mains joliment charnues. Je pris brusquement l'enveloppe, mais l'assistante ne fit aucun geste pour m'en empêcher. Je l'ouvris et dépliai fiévreusement la fiche. Les noms se dévoilèrent : Hugo Muhizi. Il s'agissait maintenant de la vraie fiche d'Hugo. En bas de cette fiche et en bleu, on pouvait lire : « Négatif ». Une fois de plus, je soupirai plus fortement qu'avant, plus profondément encore, lassant trahir ainsi mon enchantement. Hugo, mon Hugo était donc testé négativement séropositif ! Dans mon esprit, un éclaircissement d'idées naquit de nouveau. Je demandai pardon à Dieu pour l'avoir hâtivement condamné de n'avoir pas exaucé mes prières. Je demandai aussi pardon à l'assistante pour son erreur. Le cœur léger, je souris à Hugo. Il semblait réellement soulagé et souriait de toutes ses dents. Je contournai la table et me jetai sur lui tout en le serrant contre mon cœur. Je l'embrassais longuement et lui murmurai à l'oreille :

— « Tu me le donnes, cet enfant, non ? »

Comme unique réponse, il hochait continuellement la tête. Lui et moi avions vraiment eu très chaud. La journée avait été chargée d'émotions et d'angoisses, mais tout finit par être bien, par se normaliser. Nous quittâmes Judith qui était déroutée et furieuse. Elle grondait déjà la secrétaire pour son erreur d'avoir perturbé l'ordre des fiches et des enveloppes, car si ces clients avaient porté plainte, toutes deux risquaient gros. De mon sac à main, je retirai un cachet d'aspirine que je déposai devant Judith et lui dis :

— « Ça va vous aider, madame. La prochaine fois, avant de lire les enveloppes, vérifiez vous-même si la fiche correspond bien à l'enveloppe dans laquelle elle est logée. Cela va de l'honneur et de la qualité des services que vous rendez à la population ainsi que de la réputation du centre tout entier. »

# L'oncle gynécologue

Hugo et moi avions l'habitude de nous rencontrer chez lui, dans sa chambre. Je n'attendais plus mes règles, car je savais qu'elles n'arrivaient plus. Je n'étais vraiment pas sûre d'être enceinte. J'effleurai mon ventre encore plat. Je ne pouvais rien dire à Hugo avant d'être certaine que je portais réellement une grossesse. Mes règles pouvaient être irrégulières. Je pouvais donc aller à la clinique de mon oncle Mathias, lui-même médecin gynécologue. Cet oncle nous était très habitué. Il avait vécu dans notre maison pendant plusieurs années. Il se montrait parfois pervers, mais cela ne l'empêchait pas de nous rendre des services toujours louables. Je me sentirais plus à l'aise avec lui qu'avec autre gynécologue. Ma décision était prise. J'irais le consulter sans tarder. J'étais sûre qu'il me traiterait bien et saurait garder le secret puisque je voulais que je puisse seule informer mes parents de cette grossesse. Cependant, je paniquais chaque fois en pensant à la réaction certainement brutale de ma mère.

Le mardi matin, mes parents et Chris quittèrent la maison. Ruth faisait son stage à Gabiro, une bourgade dans une région éloignée de Kigali. Fabrice était encore chez notre grand-père. Avant de partir, Chris me taquina :

— « Carmel, qu'est-ce qui te tourmente tant ? Pourquoi es-tu devenue très silencieuse ? On dirait une philosophe en train de faire de la méditation ! » Je le laissai débiter ses paroles sans mot dire. Il s'en alla avec les parents.

Je pris rapidement une douche, m'habillai et allai dans la salle à manger où mon petit déjeuner m'attendait. Durant les vacances, mon petit déjeuner se composait régulièrement du reste de la nourriture des autres membres de ma famille. Je m'en contentais sans aucune frustration. La table était ornée d'un étonnant mélange de tasses, de cuillères, d'assiettes, de couteaux, de miettes et de thé versé ici et là. Tout ce désordre me faisait souvent rire. Ce jour-là, mon sourire s'élargit quand mes yeux découvrirent une assiette sur laquelle trônait un morceau d'omelette aux tomates. Je pris une fourchette et saisis un morceau de cette omelette que je m'apprêtais à avaler quand, soudain, une contraction de l'estomac m'obligea à y renoncer. Je sentis une forte nausée et courus vers la salle de bain, mais ma bouche lâcha à mi-chemin. Affolée, la ménagère, Yvonne, accourut. Elle m'aida à m'asseoir sur une chaise. Elle m'apporta un gobelet d'eau. Je me rinçai d'abord la bouche et avalai le reste du liquide. Yvonne m'aida également à regagner ma chambre. Je me laissai tomber lourdement sur le lit. Je m'endormis aussitôt. Je ne me réveillai que deux heures plus tard. J'étais en pleine forme. Il était 10 h 13. J'appelai l'oncle Mathias au téléphone. Il me fixa un rendez-vous le lendemain à 15 heures. Pour m'occuper, je glissai le film *Notebook* dans le lecteur. Yvonne m'apporta une tasse de thé citronné sans sucre et deux tartines de pain grillé. Je mangeai avec appétit. J'avais une faim de loup. Les deux tartines ne parvinrent pas à apaiser ma faim. Je préférais alors attendre le déjeuner.

Le lendemain, je me rendis chez l'oncle Mathias, qui visiblement joyeux de me revoir, me demanda :

— « Bonjour, Carmel. Comment vas-tu ? »

— « Ça va bien », répondis-je en lui souriant à mon tour.

Je m'étonnai de ne pas trouver, comme d'habitude, une longue file d'attente de patients devant la porte de son bureau. Une pancarte en bois peint en blanc indiquait que le docteur Mathias ne travaillait pas ce jour-là. Je lui demandai pourquoi, il me répondit, en me rassurant, qu'il ne voulait pas que des patients puissent nous déranger pendant notre entretien. J'eus un pressentiment bizarre, mais je chassai vite cette pensée de mon esprit. Je lui fis un résumé de ma situation. Il n'en croyait pas ses oreilles. Il se demandait sûrement comment Carmel, qu'il avait vue naître et grandir, pouvait être enceinte. Il me tendit un flacon dans lequel il me demanda de mettre mon urine qu'il analysa immédiatement. Il était debout devant une grande table pleine d'outils. Il me lançait furtivement des coups d'œil que je ne sus interpréter. Embarrassé, il m'avoua finalement :

— « Tu es effectivement enceinte, Carmel. Il n'y a aucun doute à cela. Le test l'a démontré. »

J'eus l'impression qu'un ange venait de passer. Mon menton trembla à la suite d'une forte émotion. Malgré mon enthousiasme de porter cet enfant, cette découverte me laissa inquiète. Il m'indiqua un lit et ordonna :

— « Va t'allonger là-bas pendant que je remplis ta fiche. Il faut que j'examine comment se porte ton fœtus. Je te préviens cependant qu'Astrid va te tuer de ses propres mains, dès qu'elle va apprendre que tu es enceinte. »

— « Je sais, je le sais », dis-je calmement en croisant son regard troublé. Je sais, je le sais.

Il lâcha un rire sans joie. Je profitais de son attitude et lui demandai avec un sourire embarrassé :

— « N'est-il pas trop tôt pour examiner le fœtus ? »

— « Entre toi et moi, qui est le médecin ? », intervint-il brutalement. Il se mordit la lèvre pour ne pas rire. Il cachait mal son amusement. Moi, je préférais me taire. J'avais le plus peur de me faire examiner. J'étais aussi d'une pudeur excessive à tel point que je ne pourrais pas me déshabiller devant mon oncle Mathias. Cela me gênait en quelque sorte. Cependant, comme j'étais venue de mon propre gré, je n'avais pas le droit de lui compliquer son travail. Nonchalamment, je montai sur le brancard. Il me demanda de me déshabiller complètement. Je lui obéis automatiquement. J'étais quand même embarrassée de me retrouver nue devant mon oncle, à mon âge. Je ne savais pas quelle partie de mon corps je pourrais bien couvrir avec mes mains. Il m'ordonna d'écarter les bras et les jambes qu'il attacha solidement au brancard. Je me retrouvai sans force. Je ne pouvais plus lui opposer une quelconque résistance. Je lui demandai quand même si c'était nécessaire que j'écarte mes bras et mes jambes qu'il se complut à ligoter. Il me rassura :

— « N'aie pas honte de moi, ma belle. Tu as déjà écarté tes jambes devant un autre garçon, non ? Y a-t-il un problème à ce que tu les écartes devant le médecin qui veut te soigner ? »

Je fus stupéfaite et effarée comme une personne frappée par la foudre. Je ne comprenais plus pourquoi mon oncle m'appelait « Ma belle » ! J'eus grandement peur et je pensais au pire. Voulait-il me violer ? Oh ! non, ma foi ! Et puis, après tout, c'est mon oncle. Je crois qu'il ne pouvait pas faire cela. J'essayai vite de dénouer les liens qui me retenaient prisonnière. J'appelai au secours, en vain. Quelqu'un pourrait-il m'aider à me délivrer de ce brancard maudit ? Je pensais à mon père, à Chris, mon frère aîné, à Hugo, mon amoureux et à n'importe qui capable de me délivrer de ce piège qui me retenait prisonnière. Je criais leurs noms, hurlais de toutes mes forces. Comme la route en face de la clinique était en construction, le bruit des bulldozers couvrait ma voix que personne à l'extérieur de la salle ne pouvait entendre. Seuls me répondirent les rires cyniques et sarcastiques de l'oncle Mathias auxquels s'ajoutaient ironiquement les grincements secs du brancard sur lequel il monta pour me violer.

— « Oh ! Mon Dieu, aie pitié de moi, mon oncle. Ne me fais pas cela », implorai-je sans cesse entre colère, inquiétude et désespoir.

Sa main gauche me toucha le sein. Ce contact me dégoûta amèrement. Je sentis la nausée m'envahir au plus profond de moi. Outrageusement, ses mains se posèrent sur les parties les plus intimes de mon corps. J'eus l'impression que de multiples serpents se glissaient sur moi et s'apprêtaient à me mordre, à m'avaler tout entière avec mon fœtus. Je luttais encore un peu, mais sans aucun succès. Puis, j'aperçus comme un voile noir m'envelopper l'esprit. Je perdis connaissance.

Comme dans un rêve, j'entendis des voix venir de très loin. Ces voix criaient. C'étaient des voix des femmes qui hurlaient. Je me demandais ce qui se passait. Ces voix s'approchaient de moi et se précisaient : « Appelez un médecin, il faut la détacher, amenez-la dans la salle de réanimation. »

Ces voix se faisaient de plus en plus nettes dans mon esprit. Enfin, je les distinguais. La mémoire me revint. J'étais dans la salle de consultation de l'oncle Mathias. Je voulus lever la main, mais elle était liée. On me détacha. Une fois le bras dégagé, je voulus me lever quand une infirmière me dit d'une voix compatissante :

— « Reste couchée. Ne bouge pas. Nous allons t'aider à te relever. » Elle m'enveloppa dans un drap blanc et m'amena, toujours couchée sur le brancard, dans une autre salle où elle déclara :

— « Selon le médecin, elle se porte bien, mais elle dort encore. »

Quand je rouvris les yeux, ma mère était assise à mes côtés. Je me demandais ce qu'elle faisait dans cette salle. Je réclamai de l'eau à boire. Ma mère me fit boire une gorgée, puis une autre. Elle m'aida à m'asseoir et cala confortablement ma tête sur un oreiller. Elle plaça un autre oreiller derrière mon dos. Je repris réellement connaissance. Je me rendis compte que ma mère pleurait vraiment à chaudes larmes, mais en sourdine. Elle m'interpella :

— « Mon enfant, nous avons eu peur », dit-elle en me serrant les mains. « Ton oncle nous a appelés pour nous annoncer que tu étais à l'hôpital. Nous ne savons pas encore ce qu'il y a au juste. »

Mon corps me faisait mal dans la partie interne des cuisses. J'avais beaucoup de peine en regardant droit dans les yeux de ma mère. Je baissai les yeux, honteuse. À cause de moi, elle souffrait. Sans doute, était-elle au courant de ma grossesse : ma fiche attachée sur le lit où j'étais le démontrait. Gentiment, elle me demanda, écartelée entre fureur et stupéfaction :

— « Est-ce vrai, Carmel, que tu es enceinte ? Dis-moi, ma fille bien-aimée. »

Je baissai les yeux, mais cela ne servit pas à soulager ma honte. En fin de compte, je lui déclarai :

— « Oui, je suis enceinte comme tu l'as bien lu sur ma fiche médicale ici présente. » Fâchée, découragée et désespérée, ma mère sortit de la salle et alla je ne sais où.

Elle était donc informée de ma grossesse. J'eus de plus en plus peur au point que j'oubliais presque le scandale de l'oncle Mathias avec sa nièce que je suis.

Quelques minutes plus tard, un homme en blouse blanche entra dans la salle accompagnée de ma mère. Je le reconnus en jetant un coup d'œil rapide sur l'étiquette bleue de sa blouse blanche : dr. Théoneste Ruro. Il me sourit cordialement et plaça un stéthoscope dans ses oreilles et m'examina. Selon lui, ma tension artérielle était normale. Il demanda à ma mère de nous laisser seuls un instant. En raison de la peur que j'éprouvais, je n'avais pas besoin d'une telle consultation. Le docteur Ruro me déclara :

— « Ma fille, tu as des rapports sexuels forcés. J'en ai la preuve concrète après t'avoir examinée. Je n'ai encore informé aucun membre de ta famille de cette situation. Cependant, sache que je dois remettre un rapport à l'administration de la clinique qui, à son tour, en remettra une copie à la police. »

Je lui demandai d'attendre un moment pour que ma famille soit au courant de ce qui m'est arrivé. Cependant, il me conseilla d'en informer ma mère qui, après tout, finirait par l'apprendre. Il autorisa ma mère à entrer et la mit rapidement au courant de toute la situation me concernant. À la fin de chaque phrase, ma mère répliquait par un « Oh ! Mon Dieu ! » ou « Ce n'est pas possible ». Elle ne comprenait pas comment sa fille, Carmel que je suis, pouvait être enceinte ! Elle ne comprenait pas non plus comment sa fille, Carmel que je suis, était partie en consultation chez son oncle gynécologue et comment elle pouvait être violée par celui-ci qui finit curieusement par disparaître !

Ma mère était désormais au courant de ma grossesse. Toute la famille directe devra ainsi l'apprendre aussi vite que possible. Chris arriva le premier à la clinique où j'étais. Je lus dans son regard une grande souffrance et une colère inexprimable. Mon cœur se serra davantage. Chris me faisait tellement confiance qu'il lui était difficile de croire ce qui m'était arrivé. Je me demandais s'il souffrait à cause de ma grossesse ou du viol dont je venais d'être victime de la part de notre oncle Mathias. Soudain, la porte s'ouvrit silencieusement. Chris et moi, nous nous retournâmes en même temps. Hugo apparut dans l'encadrement de la porte. Chris l'avait appelé pour l'informer de mon état. Je me demandais quel comportement adopter devant Hugo en présence de mon frère Chris. Avec un sourire craintif, je saluai quand même Hugo et le remerciai pour les fleurs fraîches apparemment cueillies du jardin de sa mère qu'il m'apporta. Je tapotai à côté de ma jambe gauche pour l'inciter à s'asseoir sur mon lit. C'était la seule place disponible, car l'unique chaise de la pièce était occupée par Chris qui l'interrogea directement :

— « Dis-moi Hugo, savais-tu, toi, que Carmel, ton amie, était enceinte ? », demanda Chris avec agressivité et autorité.

— « Non, je n'en savais rien du tout », lui répondit Hugo, un peu gêné. Hugo me regarda, à la fois ahuri de la question-choc que Chris venait de lui poser et heureux d'apprendre que j'étais enceinte. Je lui souris calmement craignant surtout d'irriter mon frère aîné.

— « Et que comptes-tu faire dans la suite, hein ? Veux-tu avoir un bâtard à la maison ? », lui demanda vertement Chris.

Je tournai lentement la tête vers Chris. Mes yeux se plissèrent sous l'effet de la colère. Je ne comprenais pas comment mon frère aîné bien aimé pouvait traiter mon futur enfant de « bâtard ». Certes, je savais qu'il était déçu et que c'était sa façon un peu brute, primitive, de réagir dans ce genre de situations. Ayant remarqué mon irritation, Hugo lui ordonna :

— « Contrôle tes mots, mon vieux Chris. J'aime beaucoup ta sœur. Je t'informe que j'ai un projet pour elle et le fœtus qu'elle porte. Il est donc inutile de l'acculer de questions comme si elle était irresponsable de ses actes. »

Ces paroles mirent Chris hors de lui-même. Il fut envahi par la colère. On aurait dit de l'huile versée sur le feu, prête à exploser ! Malgré la tension qui montait petit à petit, Hugo me tint par la main, fixa longuement Chris, puis ajouta :

— « Je sais que Carmel est ta sœur. Tu devrais aussi savoir qu'elle est ma fiancée. Et l'enfant qu'elle porte est le mien. Je suis très fier d'avoir aimé ta sœur et d'avoir un enfant avec elle dans quelques mois. Au lieu de t'emporter contre moi, il serait plus sage de ton côté de te calmer un peu. »

Certes, Hugo avait un peu exagéré, car on n'avait pas encore évoqué le sujet de fiançailles officielles. Stupéfait, Chris me fixa droitement. Il semblait ne pas comprendre ce qui se passait et surtout les paroles sincères qu'Hugo venait de lui adresser. Il regarda intensivement Hugo et lui cracha toute sa vérité en face, avec un grand mépris :

— « C'est donc toi l'auteur de la grossesse que porte ma sœur Carmel ! C'est vraiment dommage pour ma sœur et notre famille ! Pourquoi n'a-t-elle pas trouvé mieux que toi ? »

Chris serra ses poings. Je tentai de le calmer en lui demandant de se taire et de cesser d'envenimer une situation normale qui n'avait rien de dramatique. Il se tourna soudain vers moi et me dit en hochant la tête :

— « Tu aurais pu mieux choisir que ce jeune homme qui est mourant ! Tout le monde dans cette ville sait que ce garçon est gravement malade. Il est donc mourant et sa vie ne tient que sur une corde très raide. Comment vas-tu vivre avec cet enfant après la mort de son père ? Crois-tu que ce garçon chétif puisse encore vivre un an de plus ? »

Je gardais mon sang-froid et refusais obstinément de lui répondre. On aurait dit qu'il devenait cinglé. Ses nerfs étaient tendus. Je finis par l'obliger de sortir et de ne plus revenir me revoir dans mon lit d'hôpital :

— « Chris, mon frère, je crois qu'il est grand temps que tu t'en ailles et que tu nous laisses en paix, Hugo et moi. »

Par chance, Chris n'insista pas. Il se retira de ma chambre d'hôpital et s'en alla furieusement. Il me promit d'aller discuter d'abord avec mes parents avant toute solution à ce problème qui, selon lui, déshonorait notre famille. Il ignorait que la dispute avec ma famille ne faisait que commencer. Je fermai les yeux. J'avais mal à la tête après cette chaude discussion. Il était presque 17 h. Une infirmière entra et demanda à Hugo de s'en aller. Elle me lava avant de m'apporter des médicaments que j'avalai avec de l'eau. Après le départ de l'infirmière, le docteur Ruro vint me consulter. Il m'ordonna de me reposer et m'informa :

— « L'inspectrice de police va passer te poser quelques questions. Il passera dans une heure. »

Comme ma mère venait d'arriver, elle resta avec moi durant la sieste. Son bras autour de moi fut le seul moment de répit pour moi toute cette journée, car l'inspectrice de police, l'homme en uniforme bleu foncé, arriva immédiatement après ma sieste. Il demanda d'abord à ma mère de nous laisser seuls lui et moi, dans cette chambre d'hôpital. Puis, il fit tout ce qui était en son pouvoir pour m'énerver. Je ne voulais plus penser au viol dont j'avais été victime. Je croyais que le bonheur de mon fœtus suffisait. Je pensais également à l'intense inquiétude et au pénible chagrin que ma situation avait causés à ma famille et à tous ceux qui m'aiment. Tout cela m'avait momentanément fait oublier mon humiliation subie par la violence inouïe du viol et la qualité de la personnalité de mon violeur.

Apparemment, l'inspectrice de police me prenait pour responsable, du moins en partie, de ce qui m'était arrivé. Elle prit un calepin dans lequel elle grava mon nom, mon âge et d'autres détails qu'elle jugeait nécessaires et utiles à mon dossier. Après beaucoup de questions et de demandes de précisions, elle conclut :

— « Mademoiselle Carmel Nirere, 21 ans. Fille d'Astrid Kayitesi et de Paul Nkusi. A subi une violente agression sexuelle sur sa personne. Ce dix-sept juillet deux-mille-dix, entre 16 h et 16 h 40. Dans le bureau de son oncle maternel, Mathias Mutabazi, médecin gynécologue à la clinique La Médicale. L'infortunée était venue en consultation pour sa grossesse. Elle a été trouvée attachée sur un brancard, inconsciente. Le rapport du médecin confirme le viol, mais n'en précise pas l'auteur. »

— « Pourquoi ne voulez-vous pas me croire, madame l'Inspectrice ? lui dis-je choquée par son doute manifeste dans cette synthèse. Je vous raconte comment il a ôté mes habits par la force, m'a solidement attachée au brancard, puis est brutalement monté sur moi et m'a sauvagement violée. »

— « Et après ? », demanda-t-elle sèchement comme pour m'inciter à continuer à parler.

Honteuse de ma faiblesse et de mon humiliation, je finis par lui avouer :

— « Après, j'ai sombré dans l'inconscience. Ce sont les voix des femmes qui hurlaient autour de moi qui m'ont plutôt réveillée. Sinon, je serais encore en train de dormir. On dirait que j'avais été anesthésiée ! »

Ébahie, l'inspectrice s'installa bien sur la chaise et me regarda tout droit dans les yeux, avant d'ajouter :

— « Ce que tu dis là change tout. N'as-tu donc pas vu ton oncle te violer ? L'affirmes-tu sans en être absolument sûre ? Et puis, les femmes qui t'ont réveillée, ne l'ont-elles pas vu en train de te violer ? Voilà autant de questions qui demeurent sans réponses, mais qui peuvent innocenter ton oncle. »

À bout de souffle et d'arguments, je décidais de me taire et de ne plus continuer à lutter pour défendre une cause qui finirait par jeter l'opprobre et éclabousser aussi bien mon oncle maternel que toute ma famille. Je me tenais pour seule responsable de ce qui m'était arrivé. Autrement dit, si j'étais venue en consultation accompagnée de quelqu'un, c'est celui-ci qui aurait témoigné pour moi de tout ce qu'il aurait vu ou entendu. Et je n'aurais pas visité cette chambre d'hôpital avec une inspectrice de police. Je me dégoûtais tellement que je me sentais déshonorée, honnie, salie et bannie par le commun des mortels. J'entendis soudain une voix me dire qu'il ne fallait pas me laisser sombrer dans de malheureuses pensées. Il fallait plutôt penser au bien-être de l'enfant qui était en moi.

Devant mon embarras, l'inspectrice décida alors d'ouvrir une enquête approfondie afin de lui permettre de tirer cette affaire au clair et d'identifier le coupable, c'est-à-dire celui qui m'a réellement violée. Après avoir montré une grimace sur son visage à mon intention, elle sortit. Je me sentis certes soulagée de ce départ, mais aussi très lasse de parler sans avoir eu suffisamment le temps de me reposer. Je me mis à pleurer de toutes les larmes de mon corps. J'étais seule dans cette chambre d'hôpital, seule devant mes chagrins, devant ma misérable vie qui ne faisait que s'empirer. Ma mère était sortie sur ordre de l'inspectrice de police et était repartie Dieu seul sait où.

De retour à la maison, je gardais le lit pendant quelques jours, j'entendis des gens s'approcher silencieusement de ma chambre sous la cadence des pieds. Je cessais de pleurer et les saluais les uns après les autres, mais personne alors ne voulut répondre à ma salutation. Je compris que l'heure était très grave et que je devais à tout prix être exclue et chassée de la famille. Toute la grande famille était là. Grands-parents, parents, oncles et tantes étaient venus à l'hôpital se rendre compte de mon état. Chacun en profita pour me débiter tout un chapelet d'injures et me lancer différents anathèmes. Seuls les grands-parents exprimaient de la commisération pour moi.

En fait, les parents, les oncles et les tantes saisirent cette occasion pour me ridiculiser et me traiter de tous les noms d'oiseaux de malheur possibles. Pour les uns, j'étais un répugnant corbeau par qui un malheur incommensurable s'abattrait sur toute la famille. Pour d'autres, j'étais un vulgaire hibou au visage hideux dont le contact était synonyme d'une série de malheurs qui s'abattraient indéfiniment sur notre famille. On me traita comme la pire des ordures qui existeraient. Mon cas avait suscité la colère et la haine de tous les sages de la famille. Cela faisait une semaine que j'étais la maudite cible, la plus maudite de toutes les générations de ma famille encore vivante. La petite sœur de Mathias et de ma mère, donc ma plus jeune tante, parla la dernière en s'adressant à mon père :

— « Paul, je t'ai toujours dit que tu donnais à tes filles beaucoup trop de liberté. Je n'ai jamais été d'accord avec toi à ce sujet. Et voilà qu'aujourd'hui, ta fille Carmel accuse injustement mon frère, son oncle maternel, de l'avoir violée ! Quelle honte pour la famille d'avoir une fille comme celle-ci. Tu connais la droiture de mon frère aîné, le docteur Mathias. Il a une femme et des enfants. Il a toujours considéré tes enfants comme ses propres enfants. Comment ta fille cherche-t-elle à le salir, à le culpabiliser et à le faire condamner ? Quel scandale pour nous et toute la famille ? »

Mon père ne répondit pas à sa belle-sœur, mais c'est plutôt mon grand-père, le père de ma mère, qui se mit debout, secoua la tête et parla :

— « Vos insultes et votre colère ne mèneront à rien. On est ici pour résoudre un problème et non pour le compliquer. Carmel est encore malade. Elle est encore souffrante. C'est pourquoi le médecin lui a recommandé un repos. Cessons de lui jeter continuellement l'opprobre. Ne condamnons pas non plus ses parents. Nous sommes tous responsables, à quelque degré que ce soit, de nos enfants les uns comme les autres. Je suggère que nous terminions cette réunion de famille. Nous reviendrons sur ce sujet quand Carmel sera guérie. » Toute l'assistance accepta cette suggestion et tout le monde sortit silencieusement du salon luxueux de mes parents. J'aurais voulu me jeter sur le cou de ce grand-père pour l'embrasser et lui témoigner de ma gratitude pour être intervenu en ma faveur. Tout le monde s'en alla donc. Les femmes plissèrent leurs jupes et pagnes, prirent leurs sacs à main, tandis que les hommes affichaient différemment leur indifférence presque comique.

# Le procès 1

Le juge fit une entrée majestueuse dans la salle d'audience. Toute l'assemblée se mit debout par routine en signe de respect et se rassit immédiatement après lui. Après une brève lecture d'un texte écrit à la main, le juge renvoya encore une fois le procès à deux semaines. Ce délai permettrait, selon lui, à l'avocat du docteur Mathias de lire le dossier et de prendre connaissance de toutes les pièces qui y figurent. Deux camps désormais ennemis allaient se confronter dans cette salle d'audience. Je représente la partie qui accuse mon oncle de viol et lui, le docteur Mathias, la partie qui se défend de ce viol.

Quand je me retournai dans la salle pour repartir, je le retrouvai et le dévisageai, lui, mon oncle gynécologue, mon violeur. Il ne cessait de me fixer de son regard plein de haine et de colère. Mon corps se glaça. J'eus envie de fuir, loin de tout, loin de tous. Cependant, je pris mon courage à deux mains et je me dis qu'avant de songer à quoi que ce soit, je devais d'abord assumer ma responsabilité et faire punir mon violeur, fût-il mon oncle maternel.

Malgré les lourdes accusations qui pesaient sur lui, il était parvenu à obtenir une liberté provisoire conditionnelle. Je soupçonnais que son statut de médecin ait joué en sa faveur. Il devrait toutefois rester à Kigali et se présenter à la cour chaque fois qu'on le lui demandait. Lorsque je sortis de la salle d'audience, les gens connus et inconnus par moi me regardèrent avec une telle curiosité que leurs yeux exprimaient des pensées muettes de mépris, de colère et de haine envers moi qui avais osé intenter un procès contre un médecin dont la réputation dépassait les frontières du Rwanda. J'encaissai le tout non sans difficulté. En Afrique en général et au Rwanda en particulier, une femme violée ne peut attirer la sympathie de personne. Dans les sociétés patrilinéaires, la majorité des gens pensent souvent que la femme violée est responsable de ce qui lui arrive. Pour ces gens, une femme doit toujours accepter les avances d'un homme sans se demander s'il pourra la prendre en mariage ou non. Toujours selon ces personnes, la femme reste et restera leur proie naturelle, car elle doit agrémenter leur vie en permanence. Si elle refuse donc les avances d'un homme, elle demeure responsable du viol qui pourra survenir.

Voilà pourquoi les gens pouvaient participer au procès de viol non pas par sympathie envers la victime, mais plutôt pour écouter les circonstances dans lesquelles le viol avait eu lieu et enrichir ainsi leur ragot. Je me demandais même si les policiers avaient réellement ouvert une enquête sérieuse à ce propos. Je ne comprenais pas comment ces policiers avaient pu accorder une liberté provisoire à un criminel qui devrait être mis en prison, hors d'état de nuire à d'autres filles, à d'autres femmes. Mathias devrait comparaître devant la justice parce qu'il n'était pas aussi innocent qu'il le prétendait. J'avais donc bien agi en déposant une plainte contre ce médecin, même s'il est mon oncle maternel, dans le noble but d'épargner d'autres filles et d'autres femmes de ses actes ignobles qui auraient pu arriver à n'importe qui. La plupart du temps, les malfaiteurs de cet acabit restent habituellement impunis ! Je ne voulais pas être comme Ange, cette fille de mon quartier qui avait été violée et rendue enceinte. Les membres de sa famille l'avaient convaincue de garder le silence parce que son agresseur était leur proche ami. Ils ne voulaient pas lui faire publiquement honte. Ne pouvant pas légalement avorter, elle avait accouché d'un garçon qu'elle n'avait jamais réussi à accepter, à aimer.

Ainsi, à travers mon courage, je voulais briser la culture qui interdisait à la femme de parler ouvertement et publiquement de sexualité. À travers ce procès contre le docteur Mathias, je voulais également protéger d'autres femmes fragiles dont il aurait pu sans doute abuser. Il était temps que la justice soit rendue aux femmes pour leur dignité et leur émancipation. Les femmes ont été méprisées depuis des générations entières. Ma frustration et ma rage contre cette injustice constituent deux atouts pour dénoncer le silence des femmes violées et contribuer à leur épanouissement social. Il ne s'agit pas d'un combat mené uniquement par les femmes, mais d'un combat qui doit être aussi celui des hommes contre leurs semblables qui s'attaquaient et continuent de s'attaquer au genre féminin avec violence et mépris.

À la maison, je n'avais plus de répit depuis l'éclatement de ce dossier scandaleux. Mon père se contentait de me fixer timidement et de secouer la tête. Ma mère me reprochait tout le temps d'avoir sali la noble réputation de son frère et de toute la famille. À ses yeux, j'avais totalement tort et j'étais sans aucun doute coupable de très haute trahison. Selon la coutume et la tradition, répétait-elle, la femme ne doit jamais se plaindre de tout ce que les hommes font contre elle sur le plan sexuel. Je ne lui inspirais plus confiance et elle était prête à divorcer si mon père ne me chassait pas de la maison.

Quant à Chris, il martelait à tout moment que j'étais devenue méprisable et indigne de ma noble famille. Une fois, je voulais l'amadouer et le taquiner comme nous avions l'habitude de le faire, mais ma tentative aboutit à un échec cuisant. Il refusa de me parler, fronça les sourcils et repartit se promener. Je me rendis compte qu'il avait besoin de temps, de beaucoup de temps pour se calmer, changer et s'adapter à la vie moderne dans cette nouvelle société où tout était en train de se mondialiser à la carte.

Seuls ma sœur aînée, Ruth, et mon frère cadet, Fabrice, continuaient à me témoigner de l'affection fraternelle. Cependant, en présence de notre mère qu'ils craignaient par-dessus tout, ils gardaient leur distance et ne voulaient plus me parler un seul instant. Cette situation dramatique que je vivais désormais dans notre maison ne m'empêcha pas toutefois de leur être reconnaissante de ce peu de tendresse dont j'avais grandement besoin. Les deux jeunes jumeaux, nos cadets, n'arrivaient pas à comprendre pourquoi notre mère se fâchait contre moi sans cesse. J'ignorais comment expliquer aux enfants de huit ans la situation dans laquelle j'étais.

Un jour cependant, je pris mon courage à deux mains, cherchai mes mots et leur dis que je portais un bébé dans le ventre. J'ajoutai que c'est pour cette raison que notre mère n'était plus contente de me revoir à la maison. Les yeux des deux jeunes s'arrondirent de surprise. Après, les deux jeunes me demandèrent timidement, l'un après l'autre :

— « Pourquoi notre mère n'aime-t-elle pas ton petit bébé ? Nous l'aimons, ton bébé. Nous voulons le voir. Qu'il vienne aujourd'hui, ton bébé et nous allons voir comment la mère va se fâcher après lui. »

Le raisonnement de mes deux jeunes me fit rire aux éclats. Je pris l'initiative de préciser ma pensée :

— « Bien sûr que notre mère aime les bébés. Elle nous a tous mis au monde et nous a bien éduqués. Pour mon cas, elle est fâchée contre moi parce que je porte un bébé sans me marier avec quelqu'un devant la famille, devant l'État et devant l'Église. Elle voulait que je termine d'abord mes études, que je sois ensuite une grande fille et que je me marie enfin, avant de porter un bébé. Elle voulait que je sois comme Ruth, notre sœur aînée. »

Après mes explications, les deux jeunes jumeaux gardèrent un silence pendant quelques minutes. Ils avaient les fronts froncés, évidemment, à la recherche d'une éventuelle solution à ma situation. Alex prit la parole le premier et dit solennellement :

— « Carmel, je crois que tu es toute grande, toi, et tu as fini d'étudier, toi ! Où est alors le problème de notre mère ? Que cherche-t-elle encore ? »

Je secouais la tête, toujours très amusée du raisonnement d'Alex, et lui dis :

— « Non, Alex. J'ai terminé les études secondaires. Pour la mère, ces études ne suffisent pas. Elle veut que je puisse continuer à l'université et terminer l'université. Tu vois Ruth et Chris, ils sont aussi à l'université et vont bientôt terminer leurs études. C'est ça que notre mère voulait pour moi aussi. »

Alex reprit directement :

— « Alors, si tu n'es pas une grande fille ! Si tu dois aussi terminer tes études à l'université, donne ton bébé à Ruth. Comme ça, ma mère va te sourire de nouveau et la paix va revenir dans la maison. »

— « Non, dit Linda à Alex. Carmel devra nous donner son bébé. Nous vivrons avec lui dans notre chambre. Tu seras son père et moi, je serai sa mère. Nous le nourrirons avec le bibelot de Barbie, ma poupée. »

Alex se tut, probablement en analysant la proposition de sa sœur jumelle. Moi-même, je ne pus rien lui dire pour l'instant, car les raisonnements des deux jumeaux me semblaient tout à fait étranges. L'univers et la réflexion des enfants sont toujours simples et fantastiques. Alex se rapprocha de moi et me demanda à l'oreille :

— « Au fait, Carmel, d'où viennent les bébés ? »

Je toussotai, m'éclaircis la gorge parce que sa question m'avait prise au dépourvu. Avant ma réponse, Linda me tira de la situation quand elle lui dit instantanément en roulant les yeux au ciel :

— « Les bébés viennent du ciel, Alex ! »

Je prétendis que j'allais urgemment dans la salle de bain. En réalité, je quittai mes jeunes jumeaux pour ne pas être soumise à leur interrogatoire de plus en plus serré au sujet de l'origine des bébés. Pendant que je les laissais seuls, j'entendis Alex déclarer qu'il serait le père de mon bébé. J'entendis également Linda dire que ce bébé devait être une fille. Elle accepta aussi d'être sa mère. Curieusement, je ne m'étais jamais posé la question sur le sexe de mon enfant. L'attitude compatissante et les paroles bienveillantes de mes deux jeunes jumeaux me mirent du baume au cœur. Il en est de même de mon grand-père maternel qui voulait à tout prix que j'aille vivre désormais chez lui, à Gacuriro, jusqu'à l'accouchement. Il voulait que je puisse éviter d'être la sempiternelle victime des mauvaises paroles et des critiques permanentes de ma famille et du voisinage.

Un jour, je me rendis donc chez lui, à Gacuriro, pour lui apporter un fongicide que notre père lui avait acheté. Il me répéta de venir habiter chez lui n'importe quand pour échapper aux mauvaises langues qui s'acharnaient quotidiennement sur moi. Cependant, je ne voyais aucune raison de quitter la maison de mon père pour aller habiter chez son père. Je ne pouvais pas non plus aller demeurer chez Hugo que je voyais de moins en moins d'ailleurs. Nous n'étions pas mariés. Aller vivre avec lui envenimerait encore la situation et attiserait davantage la colère de ma famille qui n'hésiterait pas à me haïr et à me maudire. Je devrais donc rester à la maison comme l'ordonnait constamment et autoritairement ma mère. Comme un ange gardien, Chris devait veiller sur ma présence permanente à la maison et ne voulait plus qu'Hugo arrive chez nous. La bonne informait Chris de tous mes mouvements pendant la journée et de toutes les visites que je recevais matin et soir. Pour ma famille, Hugo était devenu paradoxalement synonyme de peste. Personne ne voulait plus entendre parler de lui qui était devenu persona non grata chez nous. Ma situation se compliquait aussi chaque jour.

Chaque fois que les membres de ma famille me demandaient le mobile de ma méconduite, je me réfugiais dans un mutisme obstiné parce que j'étais convaincue que personne, dans la famille, ne me comprendrait. Un jour, je fus cependant contente de recevoir la visite de ma cousine Anne qui me demanda immédiatement comment je me sentais.

— « Je me sens bien dans ma peau », lui répondis-je tout simplement.

Elle et moi parlâmes de la pluie et du beau temps. Nous n'étions pas vraiment proches l'une de l'autre pour que je puisse me confier facilement à elle. Elle était de trois ans mon aînée et je l'avais toujours respectée. Elle était venue dans la matinée et était restée jusqu'à l'heure du déjeuner. Mes parents la trouvèrent à la maison. Depuis que mon scandale avait éclaté, je n'étais plus aimée dans la maison. Par exemple, chaque fois que je rejoignais les autres à table, ma mère m'ignorait carrément et n'engageait la conversation qu'avec les autres membres de la famille.

Ce midi-là, ma mère parla plus à Anne qu'aux autres membres de la famille. Elle lui demanda les nouvelles de sa famille à elle, Anne. Je n'osai pas et ne voulais pas me faire remarquer. J'avais l'impression de ne plus faire partie de cette famille que j'aimais pourtant. Certes, je souffrais moralement de leur avoir causé tant de problèmes. Cependant, leur indifférence à mon égard et la manière qu'ils avaient adoptée de faire semblant de m'ignorer me faisaient souffrir davantage. Je n'étais plus Carmel, la troisième enfant de la famille. J'avais renoncé à leur parler parce qu'ils ne me répondaient simplement que par un « oui », un « non » ou un « je ne sais pas ». Ces réponses quasi monosyllabiques m'exaspéraient et m'empêchaient de communiquer véritablement avec eux. Parfois, lorsque je le pouvais, je mangeais avec Linda et Alex. Leur innocente compagnie me réconfortait suffisamment. Ils étaient les seuls dont la présence me rendait la vie moins pénible. Je me sentais donc normale et communiquais naturellement avec ces deux jeunes.

Après avoir mangé, Anne et moi allâmes dans ma chambre où elle me déclara le vrai but de sa visite : elle et une autre cousine voulaient témoigner contre l'oncle Mathias qui les avait également ment violées sans ménagement. De même, poursuivit-elle, ce coureur de jupons avait fait des avances et menacé, à plusieurs reprises, des ménagères chez lui et ailleurs. Après une longue et vive discussion, l'une avait fini par porter plainte contre le docteur Mathias. Une autre avait catégoriquement refusé de se plaindre devant la justice de crainte que son scandale de viol ne nuise à son récent mariage. Par gratitude, je souris longuement à Anne dont les paroles me réconfortaient en quelque sorte. Cela me réchauffait le cœur de savoir qu'il y avait d'autres femmes violées qui avaient aussi accusé le docteur devant la justice. Je n'étais donc pas seule dans ce combat. Anne se sentait toujours coupable de ce qu'elle avait subi et n'avait jamais osé en parler à personne ni même à sa mère. Elle m'avoua qu'elle se sentait également responsable de ce qui m'était arrivé, d'une manière ou d'une autre. En effet, selon elle, si elle avait dénoncé son viol bien avant, Mathias aurait été mis aux arrêts et n'aurait plus perpétré son habituel crime.

Anne éclata en sanglots. Elle eut une mine embarrassée et hésitante. Elle finit par me dire :

— « Dans la famille, on ne parle que de toi. Pour les parents, tu as commis un scandale incommensurable. Tu as été violée après avoir été enceinte. C'est un gros scandale : la grossesse avant le mariage et le viol en prime ! Cela signifie, pour eux, que tu es habituée à séduire les hommes et que tu as, probablement, provoqué et excité Mathias de tes irrésistibles charmes. »

Anne garda un silence dans lequel sa révélation s'infiltra dans mon cœur. Je poussai un soupir profond et Anne, songeuse, ajouta :

— « Carmel, sache que je ne partage pas l'opinion de nos deux familles à ton sujet. Je connais Mathias. C'est un obsédé, un pervers sexuel. »

Bien qu'Anne ne l'eût pas mentionné, je devinais aisément que ma mère était devenue la risée des membres de sa propre famille. Elle était pourtant l'une de ces femmes qui, en raison de leur caractère fort et fier, ne devraient jamais échouer dans tout ce qu'elles faisaient. Après le départ d'Anne, je me sentais complètement lasse. Mes parents venaient de retourner au travail. Je profitai du calme de la maison pour m'allonger et m'assoupir. Je pensai à Hugo que je n'avais pas revu depuis longtemps. Comme mon portable avait été confisqué par ma maman, je ne pouvais donc plus appeler Hugo pour m'enquérir de ses nouvelles. Lui-même ne pouvait plus m'appeler pour avoir de mes nouvelles. Heureusement pour moi, Fabrice m'avait proposé d'utiliser son téléphone chaque fois que je le voulais.

# Le procès 2

La date du procès arriva. J'allai à la cour à l'heure précise, accompagnée de mes parents, de Chris, de Ruth et d'un avocat engagé par mon père. À cause de ce scandale, la famille s'était divisée en deux : certains, une minorité, voulaient que l'oncle Mathias soit jugé et condamné pour que sa condamnation lui serve de leçon dans la vie. D'autres, une majorité, étaient convaincus que ce médecin compétent et honnête était victime d'une machination diabolique de ma part.

Le procès dut attendre 15 minutes, car Mathias étant absent, son avocat semblait confus. En raison de cette absence, le procès fut encore ajourné et reporté au lendemain. Cette fois-ci, le procès débuta en l'absence de l'accusé. Anne et Doline, mes cousines, témoignèrent. Les deux cousines soutinrent, devant le juge, que Mathias les avait agressées lorsqu'il vivait dans la famille de Doline qui l'avait accueilli pour qu'il puisse être tout prêt de son école. Je me rappelais que c'est en quittant cette famille que Mathias était venu habiter chez nous avec l'accord de mes parents par devoir familial. Le viol de Doline et d'Anne avait donc eu lieu pendant que Mathias était encore aux études. Pendant son séjour chez nous, Mathias s'était comporté comme un agneau en raison du caractère très strict et rigoureux de notre mère.

Je fus aussi surprise de reconnaître Agnès, la bonne qui avait travaillé chez ma tante Marthe. Elle était venue témoigner de son cas de viol devant le tribunal. Elle n'avait pas honte de raconter crûment sa souffrance. Son regard démontrait qu'elle avait de la détermination. J'eus la même détermination en racontant mon viol devant le tribunal et ma famille qui n'en croyaient pas leurs oreilles. Après nous, l'avocat de la défense plaida pour son client. À le voir, on aurait dit un homme naïf. Cet avocat avait des yeux futés comme ceux d'un renard. Après sa plaidoirie, un ami de Mathias vint à la barre et déclara que Mathias était irréprochable. Enfin, le docteur Théoneste Ruro apparut dans une démarche rassurée de bon médecin, et annonça solennellement, de sa voix chaude et rassurante, qu'« il avait examiné la victime et qu'elle avait effectivement été sauvagement violée ».

Après la délibération, la sentence fut publiquement lue en l'absence du suspect. Le docteur Mathias Muhara fut condamné à 25 ans de prison fermes et un mandat d'arrêt fut officiellement lancé. Son avocat ne put rien faire, mais déclara qu'il allait interjeter appel.

J'avais aperçu Hugo dans la foulée, mais nous n'avions pas pu nous rencontrer pour nous parler à cause de Chris qui s'interposait entre nous et ne voulait pas que ce garçon m'approche d'un seul pouce. Je remarquai quand même comment Hugo avait littéralement maigri. C'est en arrivant à la maison que je me sentis en paix et à l'abri de tous les regards désapprobateurs, de mon courage d'avoir dénoncé mon oncle, mon violeur. Cependant, la crainte me revint quand ma mère se dit à haute voix :

— « Je n'aurais jamais pu croire qu'un tel scandale arriverait dans ma maison !»

Nous étions tous assis au salon. Je voulais me reposer un peu pour oublier, en quelque sorte, les reproches et les insultes qui avaient fusé de partout au tribunal à mon égard. J'étais déjà au quatrième mois de grossesse et le ventre commençait à s'arrondir légèrement sous mon pull-over. Je devrais commencer à abandonner tous les habits qui ne me convenaient plus, relativement à la grosseur incessante de la grossesse. Je devrais éviter aussi de me créer des situations très émotives et stressantes. Pendant que je songeais à ma vie de future mère, ma mère me demanda subitement avec une dose de son agressivité habituelle :

— « N'as-tu pas honte, Carmel ? Comment as-tu osé coucher avec ton oncle maternel ?»

Évidemment, j'avais amplement honte de cette situation, mais je préférai me taire pour ne pas irriter davantage ma mère. Face à mon mutisme, Chris pouffa de rire et son ricanement énerva notre mère qui continuait à se lamenter :

— « Je t'ai tout donné. Je t'ai élevée pour être une fille convenable et un modèle social. Tu n'as jamais manqué de quelque chose dans cette maison. Pourquoi avais-tu eu la malveillante idée d'aller coucher avec des garçons ? Que gagnes-tu en nous infligeant un tel déshonneur ? Que gagnes-tu, ma fille ? Dis-moi, Carmel ? »

Elle se mit debout et vint se dresser devant moi comme un monstre, ses deux mains sur les hanches. Elle me toisa d'un regard méprisant. Je baissai les yeux, j'avalai la salive pour lutter contre les larmes, mais je me sentis très gênée comme si j'avais une grosse boule de feu dans la gorge. Une grosse gifle, qui faillit me casser les mâchoires, claqua sur ma joue comme un fouet. Avant que je puisse pleurer, mon père cria de toutes ses forces et vint vers nous :

— « Astrid, ça suffit. Arrête de frapper cette enfant qui a de sérieux problèmes physiques, à cause de sa grossesse, et psychologiques, à cause du viol qu'elle a subi. »

De chaudes larmes coulèrent silencieusement sur mes joues. On aurait dit une pluie torrentielle qui s'y abattit ! J'eus le temps de regarder l'horloge de notre maison : il était 14 h. Mon père ordonna à ma mère de retourner à son travail et à moi d'aller me reposer dans ma chambre. Une fois dans ma chambre, je pénétrai dans les draps, mais je n'arrivais pas à m'endormir. Je restais donc là en train de réfléchir sur mon avenir et celui de l'enfant que je finirai par mettre au monde.

Quand je sortis de la chambre vers 16 h, j'avais toujours le cœur gros. Je décidai de faire une promenade pour me rafraîchir la tête parce que mes parents étaient repartis au travail dans l'après-midi. Ils rentraient d'habitude après 17 h 30. J'enfilai un tricot vert non pas pour me protéger contre le froid, mais principalement pour couvrir mon ventre dont la grosseur suscitait déjà de curieux regards dans la rue. Je sortis également sans rien dire ni à la bonne ni aux deux jeunes enfants.

J'allais donc n'importe où, au gré des vents, au gré des vagues, au gré de mes pas. J'avais besoin d'air, j'avais besoin d'être seule et de ne penser à rien, à rien du tout. Je me promenai dans les rues de mon quartier. Je finis par me décider d'aller me détendre dans l'un des rares jardins publics situés non loin de chez nous. Je m'étendis sur l'herbe fraîche et m'adossai contre un banc fixe. Je fermai les yeux, posai les mains sur mon ventre pour me sentir bien avec le bébé. Je poussai un soupir et aspirai profondément l'air frais des arbres.

— « J'ai cru que tu ne viendrais pas », me dit une voix que je connaissais si bien. Je me retournai rapidement et dévisageai Hugo qui me sourit debout, les mains dans les poches de son pantalon bleu. Je le trouvai beau à cet instant précis.

— « Très contente de te voir quand même », je me jetai précipitamment sur son cou et lui dis :

— « Sorcier ! Comment as-tu su que j'étais ici ? »

Avec son brin d'humour habituel, il m'avoua qu'il venait dans ce jardin public presque tous les jours dans l'espoir de m'y rencontrer un jour par hasard, par pur miracle. Hugo m'aida à m'asseoir doucement sur le banc en bois comme si j'étais enceinte depuis plus de huit mois ! Nous échangeâmes nos nouvelles. Je l'interrogeai à propos de sa santé parce que je le trouvais très décharné. Il ne voulut pas me parler beaucoup de sa santé. Il répondait évasivement à mes questions. Cette attitude m'énerva. Hugo croyait qu'en me cachant la vérité sur sa santé, il me protégeait alors qu'il m'inquiétait encore plus. Il paraissait vraiment faible. Quand il palpa mon ventre, son regard changea brutalement et il parla comme dans un confessionnal :

— « Je tiendrai le coup. J'attendrai sa venue au monde, Mel. J'attendrai sa venue au monde. »

Très anxieuse, je levai les yeux vers lui. Il était visiblement découragé, puis il ajouta :

— « Mel, sais-tu que mon corps n'est qu'une carcasse qui se détériore de jour en jour ? Chaque jour qui passe, je m'approche sérieusement de la mort, selon mes médecins ». Je ne voulus pas entendre ces mots et lui intima :

— « Tais-toi, Hugo. Tais-toi. Pourquoi me parles-tu toujours de la mort ? À vouloir toujours en parler, c'est comme si tu la créais toi-même, cette mort que tu évoques à tout bout de champ. Je sais qu'elle existe et qu'un jour ou l'autre, elle viendra nous surprendre l'un et l'autre. Cependant, nous sommes encore jeunes, très jeunes. Il est temps pour nous de penser d'abord à notre avenir, nous deux. Nous avons aussi ce bébé qui viendra un jour au monde. Nous devons prendre soin de lui et l'élever comme il faut. Si tu penses à la mort aujourd'hui, qui s'occupera de ton enfant ? Penses-y trois fois, Hugo. Ne sois pas aussi faible que découragé comme ça. »

Il me tira vers lui et m'embrassa pudiquement avec tendresse. C'était la première fois que nous échangeâmes un baiser en dehors de la maison. Pour la première fois, je me moquai de l'opinion des autres sur ma conduite. Je me sentis indifférente de ce que d'autres personnes pourraient dire de notre baiser, de notre embrassade. Je ne voulais plus penser à personne durant ce moment plein de délices que je partageais et savourais avec Hugo. Un vers du célèbre poème de Lamartine me revint à l'esprit : « Ô temps, suspends ton vol ». Je sentis un éclaircissement d'idées renaître et briller dans mon cœur. Ma tête reposait candidement sur l'épaule gauche d'Hugo. Nous étions figés l'un et l'autre, sans parler, permettant à nos âmes de fusionner dans l'amour sublime. Seul le souffle du vent chantait. Je m'endormis.

À la fin, une sonnerie de téléphone retentit brusquement dans ma tête. Je levai la tête et me heurtai au menton d'Hugo. Je dus lui faire du mal, car il fit une grimace en se massant. Je me mis debout. Il faisait presque noir. Je venais de dormir pendant plus d'une heure. Je commençai à paniquer à la seule pensée de contrarier, une fois plus, mes parents :

— « Mon Dieu ! *Baranyica,* c'est-à-dire ils vont me tuer. Il faut que je retourne vite à la maison », annonçai-je hâtivement à Hugo, en me levant. Hugo se mit debout à son tour et me suggéra timidement :

— « Je viens avec toi, n'est-ce pas, Mel ? »

— « Pas question, mon amour, lui répondis-je sèchement. Ils s'en prendront à toi et pourront te frapper brutalement, s'ils nous voient ensemble à cette heure-ci. »

Hugo insista, mais je persistais dans mon refus. Il semblait abattu et inquiet quand je parvins à me libérer de ses mains. Me sentant libre de tout mouvement, je courus précipitamment vers notre maison en criant :

— « Je t'appellerai avec le téléphone portable de Fabrice. C'est promis, parole de femme ! »

J'arrivai à la maison essoufflée, la tête basse et sérieusement perturbée. Je ne savais pas si mes parents étaient rentrés du travail et s'ils seraient furieux en me voyant rentrer tardivement. J'aurais sincèrement préféré ne pas les contrarier. En entrant dans notre maison, je trouvai ma mère debout dans le salon. Comme ceux d'un lion, ses yeux lançaient des éclairs de fureur. Je crus y lire un sentiment semblable à la haine. Son regard était mauvais, morose et fade. Ma mère n'arrivait plus à respirer normalement. Elle m'effrayait maintenant. Je ne l'avais jamais vue ainsi. Je sentis la sueur dans mes mains et sur mon front. Je fus rassurée de voir notre père assis dans son fauteuil à côté de l'armoire. Sa présence me réconforta quelque peu. Prévenus par les éclats de la voix de notre mère, Chris et Ruth vinrent au salon et me regardèrent sans manifester la moindre émotion. Alors, la mère parla :

— « Carmel, tu es vraiment une mauvaise graine. C'est dommage qu'on ne sache rien prévoir, en tant qu'humains. Sinon, je n'aurais jamais accepté de t'avoir comme fille, toi, la honte de cette famille. Je t'ai laissé un peu de liberté en retournant au travail. Au lieu de t'occuper de travaux ménagers, tu as choisi d'aller rejoindre ce minable de garçon ! Tu as oublié ce que nous avions convenu, toi et moi ! »

— « Nous nous étions entendues, ma mère, que je ne sorte plus de la maison pour aller n'importe où », lui dis-je en guise de réponse. Mon père toussota, mais ma mère continua à m'asséner de paroles :

— « Et alors ? Qu'as-tu fait aujourd'hui ? Où étais-tu depuis 16 h ? Dis-moi, où étais-tu ? »

Mes parents étaient au courant de tout ce que j'avais fait ce soir-là. Ils savaient que j'avais rencontré Hugo. Je ne sus pas comment ils l'avaient su. Mon regard se tourna vers Chris qui baissa instantanément les yeux. Il ne voulut pas me regarder ce jour-là en raison toujours de la gravité de mes fautes. De chaudes larmes de douleur coulèrent à nouveau sur mes joues. Je me sentais trahie et abandonnée. J'aurais aimé disparaître de ce monde où ma présence n'a plus de raison d'être et de cette famille qui m'agaçait quotidiennement.

— « N'as-tu pas honte, Carmel, de tes bêtises régulières dans cette famille ? reprit ma maman, sur un ton très autoritaire. Je ne vais pas tourner autour du pot, Carmel. Dans cette maison, c'est moi (elle pointa un index sur sa poitrine) qui commande, c'est moi qui ai la dernière décision à prendre. Que tu le veuilles ou non, c'est moi. Alors, désormais, soit tu m'obéis au doigt et à l'œil, soit tu dégages. »

Mon père ne réagit pas du tout. Son mutisme et la solennité des paroles de ma mère me permirent de comprendre que je n'avais plus de place dans notre maison où la colère de notre mère m'incitait chaque jour à m'en aller vivre ma vie ailleurs. Je fus très déçue et ma vie dans notre maison devenait de plus en plus insupportable. C'est vrai que j'avais vraiment déçu ma famille, mais cela ne devrait pas apparaître comme la cause inavouée de cette haine qu'elle me faisait subir au quotidien. Voilà des mois que la tête me faisait mal parce que je nourrissais chaque jour désormais une peur inouïe de mes parents, de mes frères et de mes sœurs. Cette crainte grandissante me donnait l'impression que mon cœur éclaterait bientôt. Je finis par exploser :

— « Quelle sale famille ! Si je devais avoir honte, ce serait de vous. Je sais que je vous ai fait souffrir à cause de ma grossesse.

Vous en souffrez et j'en souffre également. Cependant, je me demande pourquoi vous continuez à vous acharner contre moi, à m'agresser publiquement par des paroles brutales et injurieuses ainsi que par des coups de mains et de pieds. N'avez-vous pas honte de ce calvaire que vous me faites vivre dans cette maison ? Si j'ai attrapé une grossesse, est-ce là la raison qui avait poussé mon oncle à me violer sauvagement ? Pourquoi toi, ma mère, ne condamnes-tu pas ton frère de son acte barbare, ignoble et indigne contre moi ? »

Ma voix se brisa presque et je me remis à pleurer comme une orpheline abandonnée au milieu des ruines de sa famille dévastée. Sans aucun ménagement, ma mère me hurla toute sa colère avec dédain :

— « Tu es vraiment une jeune sale fille. C'est cela l'éducation que je t'ai donnée. Pourquoi continues-tu à accuser faussement mon frère ? Ne sais-tu pas que tu lui dois obéissance et soumission ? Où as-tu vu une fille digne de sa famille la détruire de mensonges ? »

— « Non, ma mère ! Crois-tu que ton frère soit vraiment digne de respect quand il a consciemment choisi de violer brutalement toutes ces filles ? Je regrette de vous avoir causé tant de peine pour rien à cause de cette grossesse ; mais je n'arrive pas à comprendre votre insensibilité à mon égard. Comment pouvez-vous m'abandonner seule livrée à mon propre sort avec une grossesse que je porte pour la première fois ? Je me demande où je suis et ce que vous faites réellement pour moi. N'ai-je plus droit à la vie dans cette maison de mes parents que vous êtes ? »

Je les regardais courageusement tous les deux, mon père et ma mère. Le moment était peut-être arrivé pour moi de briser la glace et de leur dire toute la vérité sans froid aux yeux. Je regardais aussi mon frère Chris et ma sœur Ruth qui étaient devenus impassibles face à ma situation. Puis, je continuai à me lamenter :

— « Je suis enceinte parce que j'ai aimé Hugo. Comment restez-vous indifférents envers moi-même et l'enfant que je porte ?

Bien que son père soit condamné à la mort en raison de sa maladie, il reste le seul garçon que j'aie aimé et qui m'aime par-dessus tout. Il est l'unique qui ait véritablement aimé votre fille, mon père et ma mère. Il est l'unique qui ait aimé votre sœur, Chris et Ruth. Réfléchissez, s'il vous plaît, mettez-vous à ma place. Quant au viol, je n'ai pas choisi d'être violée par mon oncle maternel. Je ne me suis pas offerte à lui. C'est lui qui a décidé de me violer quand je suis allée le consulter pour mon problème gynécologique. Il a préféré me violer. C'est la question que vous devriez lui poser, si vous voulez que la paix revienne dans notre famille. »

Je pris mon courage à deux mains, me dirigeai vers mon père, me tins face à lui et lui déclara vertement ceci :

— « Mon père, sachez que je ne suis pas une prostituée. J'ai juste aimé un garçon. Cette grossesse est à lui. On s'aime même s'il est malade. Mon erreur, c'est de ne vous avoir pas prévenus que j'aimais ce garçon. Voudriez-vous me pardonner, mon père ? »

Il acquiesça et me fit un clin d'œil. Je fus la seule à saisir son geste discret. Il me regardait derrière ses grosses lunettes. Je lui souris presque à travers mes larmes. Enfin, je relevai la tête. Je me décidai d'être forte et défiante envers ma mère qui continuait à me haïr sans raison profonde. Pourtant, moi, je continuais à l'aimer malgré sa haine contre moi. Et après avoir essuyé mes larmes, j'annonçai religieusement à toute la famille ceci d'une voix très forte sans leur manifester toute moindre émotion :

— « Je pars d'ici aujourd'hui. Je ne reviendrai que quand votre colère et votre haine se calmeront contre moi. Merci de tout ce que vous avez fait pour moi et au revoir. »

Mon père manifesta son désaccord et murmura :

— « Astrid, fais tout pour que notre fille reste à la maison. Il ne faudrait pas qu'elle s'en aille d'ici, très fâchée contre nous. Elle risque d'aller se suicider et nous en serons doublement responsables. Elle peut aussi vagabonder dans cette ville et là encore, c'est tout l'honneur de la famille qui sera souillé. Calme-la et fais tout ce que tu peux pour qu'elle ne s'en aille pas. » Ma mère resta silencieuse et songeuse. Je la regardais longuement.

Après un temps lourd causé par son silence songeur, je sortis de la pièce et surpris mon frère Fabrice derrière la porte en train de pleurnicher. Je l'entraînai dans sa chambre et le calmai. Depuis très longtemps, c'était la première fois que je le revoyais éclater en sanglots. Une fois calmé, il resta immobile, silencieux et également songeur. Je regagnai alors ma chambre et entassai à la hâte le strict nécessaire dans un sac. Je ne voulais pas m'encombrer d'un sac si lourdement chargé pendant la nuit. Ce sac allait certainement attirer la curiosité des bandits qui n'hésiteraient pas à me poursuivre. Avant de claquer la porte derrière moi, je jetai un dernier coup d'œil circulaire à cette chambre que j'abandonnais pour toujours. Je passai lentement par le corridor. On aurait dit un chat à l'affût pour ne pas alerter sa proie. Fabrice ouvrit la porte de sa chambre et me tendit un billet de banque que je n'osai ni regarder ni refuser. Je lui souris quand même en guise de remerciement. Ma mère m'attendait à l'autre bout du corridor et me remit mon téléphone portable qu'elle gardait depuis des mois.

— « Je n'en aurai plus besoin, tu peux continuer à le garder », lui dis-je sincèrement sans m'arrêter et en la fixant droit dans les yeux.

Je la vis se gêner par mes paroles au point qu'elle semblait regretter les mots durs et menaçants qu'elle avait précipitamment prononcés contre moi devant la famille réunie. Je faillis avoir de la pitié pour elle, mais c'était trop tard. Les dés étaient déjà jetés. Avais-je vraiment raison de me révolter ? Pour ma mère et la majorité des membres de la famille, j'étais doublement coupable. Pour eux, je suis coupable d'avoir fait l'amour avec un garçon malade et d'avoir bêtement reçu de lui, en prime, une grossesse. Je suis également coupable d'avoir été violée par quelqu'un en prétextant que mon violeur était mon oncle maternel. Pour eux, même si l'oncle m'avait réellement violée, il aurait été culturellement sage de cacher cette situation pour l'honneur de ma famille et le mien. En plus, la famille souhaitait que je garde ma virginité jusqu'à mon mariage qui devait intervenir en trois étapes : devant la coutume et la tradition, devant l'état civil et devant l'Église catholique. Je savais que j'étais donc coupable, je le sentais et le vivais comme un calvaire dans la maison de mes parents, chez nous. Et c'était vrai.

Cependant, mon âge m'obligeait d'être innocente, car je ne comprenais pas comment mes parents devaient continuer à s'obstiner devant un fait accompli comme mon cas en ce moment. D'autres parents, sous d'autres cieux, pourraient même m'amener à l'hôpital devant un médecin pour solliciter un avortement. Or, au Rwanda actuellement, la loi punissait sévèrement tout avortement d'un emprisonnement et d'une lourde amende pour des raisons que je trouve occultes.

Mais des cas de grossesses non désirées liées aux viols continuent de frayer la chronique judiciaire pour les filles dont les parents modernes et progressistes décident régulièrement de briser le cercle du silence culturel face à ce phénomène considéré comme une honte. Les gens préfèrent ne pas en parler au grand jour de peur que la fille victime de ce cas ne soit maudite pour toujours. J'avais honte de ma situation et j'avais peur de sortir de la maison. Cependant, ce jour-là, je décidai donc de m'en aller comme une véritable insurgée. Rien ne pouvait plus me retenir dans cette maison que je quittai pour toujours.

## Chez mon grand-père

« La pureté que le Seigneur a mise en nous est une qualité. La piété est une vertu cardinale. Chaque fois que quelqu'un use de mots d'affection, c'est une source qu'il vide et une innocence qu'il remplit en même temps. Si nous usons de beaux mots d'amour, nous vidons nos sources d'amour intarissables et les remplissons aussi d'amour que ces beaux mots créent autour de nous. Toute jeune fille doit préserver sa pureté et sa virginité pour son mariage. L'amour doit garder sa pureté pour l'offrir en entier à la personne aimée. »

Ces paroles du catéchiste retentissaient continuellement dans mes oreilles comme si elles étaient prononcées aujourd'hui. Sa voix rauque et envoûtante me revenait à l'esprit comme pour me rappeler que ma décision de m'en aller sans aucun doute de chez mes parents n'était pas sage. Une fois de plus, je me demandai si j'avais pris la bonne décision en acceptant d'avoir une grossesse et de porter la responsabilité de l'enfant qui allait naître. Je souhaitais même par moments que tout redevienne comme avant. Ma famille me manquait beaucoup, car mon départ ne me rendait pas heureuse pour autant. Je conclus que c'était déjà trop tard pour le regretter.

Je vivais chez mon grand-père maternel. Gacuriro est un quartier semi-urbain où les maisons dispersées sont entourées de bananeraies. Sur chaque colline, la végétation verdâtre se compose de plantes vivrières parmi lesquelles on identifie facilement manguiers, goyaviers, avocatiers, orangers, citronniers et papayers. Ces plantes jouxtent des eucalyptus, des grivelleras, etc.

Âgé de 72 ans, mon grand-père vivait seul dans ce faubourg de Kigali où il avait toujours résidé contrairement à d'autres personnes non originaires de la capitale du Rwanda. Issues d'autres provinces, ces personnes venaient s'installer dans la capitale lorsqu'elles avaient assez d'argent en poche pour y vivre. D'autres y venaient pour le travail ou à la recherche d'une meilleure vie. Depuis quelques années, Muzehe, c'est-à-dire un vieux sage, comme les gens appelaient affectueusement mon grand-père, était à la retraite et vivait de sa maigre pension. Il avait été enseignant à l'époque où ce beau métier était encore noble et très respecté. Depuis sa retraite et son veuvage, il s'occupait de ses champs et de ses vaches. L'agriculture et l'élevage étaient devenus sa vraie passion, sa raison de vivre. Sa maison datait de plus de 30 ans et était vraiment plus modeste que la nôtre. Comme il m'avait suggéré de m'héberger à cause du mauvais comportement de ma mère, j'avais volontairement accepté de venir vivre avec lui sans la moindre hésitation.

— « Mon enfant, il faut que tu manges solidement. Voilà trois jours que tu touches à peine à ta nourriture », me conseilla sagement Muzehe.

— « Je fais de mon mieux, *Sogokuru*, c'est-à-dire grand-père », lui répondis-je gentiment en m'efforçant d'être plus enthousiaste que d'habitude.

En arrivant chez mon grand-père, je lui avais dit que mes parents savaient que j'étais chez lui. Or, en réalité, c'était tout à fait faux. En quittant notre maison, personne ne savait ni où j'allais, ni où j'étais. À mon grand-père, j'avais avoué que j'avais quitté notre domicile nuitamment à cause de la violente dispute que j'avais eue avec ma mère. J'étais arrivée chez Muzehe à 20 h pendant qu'il dormait. J'avais pris une moto taxi qui m'avait coûté les yeux de la tête à cause de la distance éloignée de ce quartier isolé du centre de la ville et de sa rare fréquentation par des taxis.

Le vrombissement du moteur avait alerté mon grand-père qui n'avait pas tardé à venir m'accueillir chez lui. J'avais regretté de ne pas lui avoir téléphoné avant de débarquer. Or, comme je n'avais plus droit au portable, il m'était très difficile de lui téléphoner. Le grand-père m'accueillit chez lui. Il m'avait fait entrer et m'avait servi un gobelet de lait frais. Ensemble, nous préparâmes la chambre que j'occupais désormais. À vrai dire, nous n'avions fait que le lit. Cette première nuit, je n'avais pas pu dormir parce que je ne faisais que penser à ma vie. J'avais aussi des démangeaisons partout au point que je me grattais sans cesse.

J'avais supposé que ce pourrait être à cause des draps qui étaient restés trop longtemps enfermés dans une boîte en carton. La chambre sentait la moisissure à force de rester inoccupée et fermée.

Le lendemain, j'avais fait le nettoyage complet de ma chambre : j'avais premièrement ouvert grandement les deux fenêtres pour laisser entrer l'air et la lumière du soleil. Ensuite, j'avais enlevé toutes les toiles d'araignée qui pendaient çà et là. J'avais aussi raclé et nettoyé les coins et les recoins de la chambre jusqu'au plafond. Enfin, j'avais réarrangé la chambre à mon goût. Ce travail m'épuisa de toutes mes forces, mais j'en étais satisfaite. Le reste de la maison de mon grand-père avait amplement besoin d'un nettoyage complet. Le domestique qui travaillait pour mon grand-père n'avait pas un sens aigu de la propreté. Son seul souci était de manger, de se gaver de nourriture et de bien dormir dans la maison de Muzehe.

Pour cette première journée, j'avais préféré faire une sieste bien méritée pour me laisser submerger par le calme naturel de la demeure de mon aïeul. Après ma sieste, je me mis évidemment à expliquer pour la énième fois à Muzehe comment utiliser son téléphone de marque Nokia noir qu'il manipulait difficilement par la maladresse liée à son âge.

Dans la semaine qui suivit, grand-père appela mon père pour avoir de leurs nouvelles. Il voulait surtout savoir s'ils étaient au courant de l'endroit exact où je logeais. Il fut étonné de constater qu'ils ignoraient totalement où je me trouvais. Dans la matinée, ma mère vint chez mon grand-père et, dès son arrivée, elle s'empressa de lui demander :

— « Où est Carmel ? » Au lieu que le grand-père lui réponde, je pris la parole et lui dis :

— « Bonjour, ma mère. » Je lui souris immédiatement. Je fus surprise qu'elle soit venue dans la matinée. Comme le grand-père lui avait dit que j'étais chez lui, ma mère était donc venue me chercher. Certes, je continuais à regretter tout ce qui s'était passé dans ma famille, mais j'étais aux anges à la seule idée de retourner dans ma famille. J'avais fait beaucoup de travaux ménagers chez mon grand-père.

À présent, sa maison brillait de propreté. Je lui avais tenu compagnie en visitant ses vaches. Il en était ravi. Cette période m'avait aussi enchantée, loin de tout, surtout du vacarme de la ville et des attaques verbales de ma famille. On dirait que l'horloge de la maison de mon grand-père marchait au ralenti, car mon aïeul n'était jamais pressé. Le plus dur chez mon grand-père, c'était l'alimentation. Il ne grillait jamais rien. Ses aliments étaient sans goût et me coupaient l'appétit avant d'avoir avalé la première bouchée.

En plus, il me manquait le luxe de notre maison. En effet, chez mon grand-père, l'eau était toujours froide et ne coulait pas dans la salle de bain. Il fallait utiliser un bassin pour se laver comme à la campagne. Il n'y avait pas de douches ni de baignoires comme chez mes parents. Son garde-manger était toujours vide. Pour trouver quelque chose à grignoter, il fallait le cuire ou aller à la boutique du coin elle-même maigrement équipée. Il n'y avait pas de télévision, mais juste une radio que grand-père écoutait. Je sortis de la chambre où j'avais fini de ranger mes habits et rejoignis ma mère au salon, le cœur léger. Elle me parla gentiment :

— « Carmel, bonjour. Comment vas-tu ? Que faisais-tu pendant plus de trente minutes que je suis avec ton grand-père ? »

— « Je rangeais mes habits dans ma chambre », lui dis-je gentiment. Notre séparation avait fini par calmer nos émotions l'une et l'autre. Ma mère parut satisfaite de ma réponse. Au lieu d'afficher son sempiternel mauvais caractère, elle me semblait s'être métamorphosée en un ange qui était prêt à collaborer avec n'importe quelle personne, homme ou femme. Elle ajouta immédiatement avec détermination et respect :

— « Tu as très bien fait ta valise. Alors, je veux que tu mettes tes habits dans ton sac. Nous rentrons à la maison directement. »

J'acceptai sa proposition sans protester. Je remerciai le Bon Dieu d'avoir transformé ma mère. Elle n'était plus autoritaire et ne parlait plus d'un ton hautain. Elle avait complètement changé. Elle était devenue une vraie mère, une mère calme, aimable et compréhensive. Je me dirigeai alors vers ma chambre dont la porte donnait directement sur le salon. Le grand-père, qui était resté dehors où il regardait son troupeau paître, entra et causa avec ma mère pendant que je jetais pêle-mêle mes habits dans un sac beige en coton sur lequel la Statue de la Liberté de New York était imprimée en blanc, bleu et rouge. Après avoir apprêté mon sac, je retournai au salon. En connaisseur, mon grand-père déclara à ma mère :

— « Si les vaches doivent rester en enclos, la production laitière s'en trouvera certainement réduite. »

Ma mère coupa la parole à mon grand-père et me dit :

— « Ah ! Te voilà de nouveau. On y va tout de suite, car toute la famille a hâte te revoir après ce long temps d'absence. »

Le grand-père se retourna pour me regarder. Il semblait très étonné de voir le sac que je tenais. Avec une certaine agressivité dans la voix, il demanda brusquement à ma mère où elle m'amenait. Devant le mutisme de ma mère, je répondis au grand-père qu'elle me ramenait à la maison, chez nous. Insatisfait de ma réponse et du silence de ma mère, le grand-père lui demanda de s'expliquer. Il ne comprenait pas pourquoi je devrais retourner chez nous avant que les problèmes qui avaient provoqué mon départ ne soient résolus. Face à l'insistance de mon grand-père, la mère, qui était déjà debout, se rassit. Je fis de même. Au lieu de s'adresser à mon grand-père, son père, ma mère préféra me parler devant lui :

— « Écoute, Carmel. Après ici, nous allons d'abord passer chez le docteur Nyiranama qui va arranger le problème de ta grossesse. Et puis, le fils de Fabien Cyeza dénommé Égide a accepté de te prendre en mariage. Évidemment, c'est nous qui donnons la dot. Fabien l'a exigé pour que tu deviennes sa bru. »

Mes yeux s'arrondirent de stupéfaction et ma bouche s'ouvrit sous le même effet. J'étais abasourdie. Je portai ma main droite sur la bouche et ma main gauche sur le cœur. Je ne sus comment répondre à ce que ma mère disait. Il s'agissait bien d'une décision familiale arrêtée sans mon consentement. Je devais m'y soumettre avec respect et obéissance pour ne plus paraître comme une fille rebelle et insoumise à la famille. Je restai assise et figée dans le fauteuil comme une statue. Ma mère voulait m'amener chez le docteur Nyiranama qui avait la réputation de faire avorter chaque jour, en cachette, une dizaine de filles et de femmes. Après l'avortement, la famille me marierait ensuite par un simple arrangement avec le fils de Fabien. Mes parents sont donc prêts à offrir la dot à cette famille pour m'épouser. Or, selon la culture rwandaise, il revient au fiancé de doter sa future femme. C'était carrément le comble, le monde à l'envers. C'est une proposition idéale pour me tirer de la sale situation où je me trouvais, mais elle ressemblait plutôt à un plan machiavélique digne des gens insensibles comme ma mère.

— « Pourquoi avez-vous monté ce plan sans me consulter ? Pourquoi devez-vous toujours décider pour votre fille sans la consulter ? », lui demanda vertement mon grand-père en secouant la tête.

— « Nous avons monté tout ça pour tenter de sauver l'honneur de notre fille », précisa-t-elle d'une voix très doucereuse.

— « L'honneur, l'honneur, l'honneur de votre fille, répétais-je avec mépris. Mon honneur, je l'ai ruiné et je n'ai absolument plus rien à gagner ni à perdre. Tu cherches plutôt à sauver ton honneur, ma mère. Or, ton honneur s'est volatilisé avec le mien comme de la fumée. »

— « Ne me parle pas comme ça, Carmel », menaça ma mère. Après, elle se ravisa et m'adressa un regard qui m'implorait presque. Je compris qu'elle m'incitait à consentir à rentrer avec elle à la maison. Cette fois-ci, la confiance qui naissait en moi disparut. Ma mère m'inspirait maintenant un dégoût total. Elle se leva, me toisa de manière hautaine et me dit :

— « Tu ferais mieux, Carmel, de ne pas rater cette occasion unique pour toi. Tu as un grand intérêt à ne pas rater ce mariage.

Tu ne vois pas comment tu nous as causé une si grande honte comme ça. »

— « Non, ma mère, je ne veux pas de ce mariage », lui dis-je sèchement en rapportant mon sac dans la chambre. Je le vidai automatiquement sur le lit et m'enfermai dans ma chambre en barrant la porte à double tour.

En voyant ma mère chez mon grand-père, j'avais été naïve de croire que tout s'était bien arrangé en famille où je pensais pouvoir retourner librement. Face à mon refus de retourner avec elle à la maison, ma mère était repartie comme elle était venue. J'enfouis la tête dans le tas d'habits et commençai à pleurer à chaudes larmes. J'étais tellement secouée par les sanglots que le grand-père, inquiété, vint me revoir et me consoler :

— « Ne pleure pas, Carmel. Ne pleure pas. J'irai voir ton père en personne pour lui parler sérieusement de ton problème. Ne pleure plus. Je constate que ta mère est dure à cuire. Elle n'a pas de cœur. Ne sois pas effrayée. Aussi longtemps que mon cœur continuera de battre, personne ne viendra te causer le moindre mal ici. Calme-toi, Carmel et oublie ce qui vient de se passer. »

Je me mouchai bruyamment avec une chemise et me calmai. Je remerciai poliment mon grand-père qui sortit de ma chambre. Je fus obligée de le suivre.

— « Quel est le nom de la reine malgache qui fut détrônée par les Français entre 1883 et 1894 ? », me demanda Muzehe.

Je n'aimais pas particulièrement ses devinettes qu'il avait l'habitude de faire pour me distraire et me changer les idées. Je lui répondis quand même que je ne connaissais pas cette reine. À l'instar du *Petit Prince* d'Antoine de Saint-Exupéry qui ne laissait jamais sa question avant de trouver une réponse, il ne me lâcha pas pour autant. Il répondit lui-même à sa devinette :

— « Elle s'appelle Ranavola. Comment s'appelle alors le poète anglais qui est l'auteur du *Paradis perdu* ? »

Je réfléchis un instant. Devant mon hésitation, il me dit :

— « John Milton ».

Mon grand-père me sourit gentiment. Il me donnait toujours l'impression d'être un connaisseur, un intellectuel, un véritable érudit. Ensuite, il me demanda :

— « Sais-tu pourquoi ton frère Fabrice aime venir ici souvent ? »

— « Non, lui dis-je dans mon ignorance. Je suppose qu'il vient souvent ici pour fuir l'arrogance de notre mère. Il vient se réfugier dans ce havre de paix. »

— « C'est possible qu'il vienne parfois pour cette raison, mais il est plutôt passionné de devinettes. Quand il est ici, lui et moi, on ne s'ennuie jamais », remarqua-t-il fièrement.

Midi approchait. Le domestique de mon grand-père avait terminé de cuire de la nourriture. C'était un mélange de pommes de terre bouillies aux épinards et aux aubergines vertes. Il n'y avait ni sel ni huile. Ce mélange était plutôt fade à la vue et amer au goût. Je me contentai de manger deux morceaux de pommes de terre. Puis, je bus de la soupe à la viande également bouillie avec beaucoup d'oignons blancs. En y mettant un peu de sel, je trouvai que cette soupe était plutôt bonne.

— « Pourquoi n'aimes-tu pas manger ? », s'enquit mon grand-père, très soucieux de ma situation. Sans hésiter, je lui rétorquai :

— « C'est que la nourriture d'ici est très différente de celle que nous avons l'habitude de manger à la maison. »

Je parlais avec ménagement. J'avais peur de brusquer mon grand-père. Je ne voulais pas le vexer en osant dénigrer ses repas. Je ne voulais pas paraître grossière à son égard, même si, au fond, je savais que sa nourriture était tout sauf appétissante. Après m'avoir comprise, il me suggéra humblement :

— « Alors, si ce qu'on mange ici ne te convient pas, je te donne le feu vert pour préparer ce que tu aimes manger. Désormais, je vais te donner de l'argent pour faire tes achats. Je ne suis pas allergique à n'importe quelle nourriture. Après la mort de ta grand-mère Catherine, mon épouse, je me suis retrouvé seul et j'ai complètement perdu le goût de bien manger. Je mange tout ce qu'on m'offre à table. Je n'ai plus d'exigence comme avant quand ma femme faisait très bien notre cuisine et cuisinait mes plats avec du beurre de qualité. »

Sa voix s'affaiblit. Cela devrait lui être douloureux d'invoquer le souvenir de ma grand-mère. L'après-midi, comme c'était une journée chaude, je portai une robe légère en coton. Je sortis faire les courses en ville. J'en profitais aussi pour aller chez Hugo. Mon ventre me trahissait partout où je passais, car les gens se rendaient compte que j'étais enceinte. Je me complaisais à écouter attentivement et discrètement leur analyse. Je compris que la plupart se demandaient si j'étais mariée et comment je pourrais être enceinte, très jeune.

Hugo m'accueillit chez lui avec plus de soulagement que de joie. Il m'avoua qu'il s'inquiétait outre mesure pour ma famille et moi. Sa mère me servit une grande tasse de lait et un croissant que j'avalai avec gourmandise. Elle m'observa longuement et fronça les sourcils. Elle m'adressa un sourire gêné et finit par me demander :

— « Dis-moi, Carmel, si tu es enceinte. J'aimerais savoir, ma fille, si tu es enceinte. »

Honteuse et confuse, je ne pus lui répondre. Je baissai seulement les yeux. Ce geste lui permit de comprendre ma honte et ma confusion. Hugo n'avait pas annoncé à sa famille que j'étais enceinte. J'étais terriblement déçue et plus confuse encore. Je lui lançai un regard des plus meurtriers.

— « Ma mère, il faut que je te dise quelque chose », commença Hugo.

Sa mère mit sa main droite à elle sur le cœur. Les mots étaient inutiles, elle connaissait très bien son fils. Elle comprit qu'Hugo était le père du bébé qui allait naître et cria soudainement :

— « Sainte-Thérèse de l'Enfant Jésus ! Comment mon fils a-t-il pu me cacher cette situation ? Comment peut-on rendre une fille enceinte sans en informer ses parents ? »

Elle remit sa main droite sur le cœur en hochant la tête. Ses yeux restèrent immobiles un instant. Finalement, la mère d'Hugo se retira dans sa chambre pour digérer amèrement cette nouvelle.

Hugo me raccompagna jusque chez mon grand-père qui était absent. Dans ma nouvelle chambre, Hugo m'effleura le bras. Dans mon ventre, le bébé bougea et, dans les draps beiges de mon lit, nous écrivîmes l'histoire de deux corps qui s'aimaient vraiment.

Mon ventre était devenu rond et lourd comme un gros ballon. Je savais que l'accouchement approchait petit à petit. Les lointaines contractions devenaient tellement régulières que, chaque jour, je me disais qu'il allait enfin naître, mon bébé. En fait, il était temps. J'étais tout excitée de connaître son sexe. J'avais catégoriquement refusé de faire une échographie à ce sujet.

Après avoir à peine mangé, je restais avec mon grand-père qui me raconta sa journée. Il était parfois dépassé par les évènements. Il n'admettait pas que nous vivions à une époque où les choses évoluaient à une vitesse vertigineuse. Quand il allait au centre-ville, il se perdait parfois et n'arrivait plus à retrouver les magasins qu'il fréquentait habituellement. Il me parla clairement de son expérience au centre-ville :

— « Même aujourd'hui, Carmel, j'ai failli me perdre. On a fermé la route qui conduit à la boutique de Victor. On la répare encore. Je n'ai pas osé passer parmi les grosses machines qui y travaillent et m'assourdissent. Pourtant, je voyais d'autres personnes y passer à pied. »

Je grinçai des dents. Je venais de sentir une vive douleur intermittente au bas-ventre. Depuis que je vivais à Gacuriro avec mon grand-père, ses amis disaient que ma présence l'avait rajeuni puisqu'il avait la compagnie d'une jeune femme dans la maison. Je lui offrais aussi régulièrement un bon massage, ce qui était bon pour ses nerfs. Or, en ce moment précis, les douleurs m'empêchent de prêter attention aux récits de Muzehe.

— « Pourquoi n'as-tu pas marché à côté d'autres personnes ? », lui demandais-je en essayant de me concentrer sur ce qu'il disait pendant que les contractions reprenaient avec intensité.

Mes lèvres émirent un sifflement plaintif qui attira l'attention de mon grand-père.

— « Oh ! Mon Dieu ! », s'exclama grand-père. « Vas-tu accoucher aujourd'hui ? »

Je hochai la tête. Pourtant. Les contractions devenaient intenses et douloureuses. Je serrais les poings. Le grand-père appela notre voisin qui accepta volontiers de nous conduire à l'Hôpital de police à Kacyiru. Ce voisin conduisait une camionnette et je m'assis sur le siège arrière entre sa femme et mon grand-père. Les secousses sur les routes cahoteuses et le siège usé ne me rendaient pas les choses faciles. En arrivant à l'hôpital, je suais abondamment et je gémissais. Mon corps était tendu comme un arc. Un infirmier me conduisit dans la salle de consultation et m'allongea sur un brancard. Je m'affolai presque parce que, quelque part dans ma tête, le rire cynique de Mathias retentit et je m'agitais.

— « Reste calme », m'ordonna calmement l'infirmier.

Le grand-père et Gakuri, notre voisin, et sa femme, étaient restés dans la salle d'attente. Muzehe avait appelé Jeanne, une des tantes, celle qui était dans mon camp durant le procès avec Mathias. Je regrettai que personne ne soit à mes côtés. Je suffoquai presque quand l'infirmier me toucha. Je me rappelai le docteur Mathias qui m'avait violée sur un brancard. J'étais au bord d'une crise d'anxiété. L'infirmier, allait-il monter sur le brancard comme le docteur Mathias ? Pendant que mon esprit était préoccupé par toutes sortes de questions, deux infirmières entrèrent et l'infirmier annonça :

— « Le travail a commencé. »

La présence de ces deux infirmières me rassura parfaitement. Elles poussèrent le brancard qui coulissait jusqu'à la salle d'accouchement où un médecin nous rejoignit aussitôt. Une infirmière m'ordonna de respirer calmement. Il n'y avait personne que je connaissais dans cette salle. Malgré les contractions douloureuses qui me talonnaient, je n'arrêtais pas de me dire que tout allait bien se passer, que j'étais entre de bonnes mains. Je n'avais jamais imaginé qu'un jour je pourrais donner naissance à un enfant dans un hôpital public où les soins de santé ne sont pas toujours de meilleure qualité. Chez mon père, j'étais habituée à aller me faire soigner dans des cliniques privées où les frais de consultation et de soins médicaux sont généralement très élevés. Ayant quitté la maison familiale, je n'utilisais plus l'assurance maladie de mes parents qui me couvrait, car ma mère avait oublié de me remettre ma carte d'assurance qu'elle avait également confisquée lors d'une de nos disputes.

La poche des eaux étant rompue, ce fut quelques minutes après que mon bébé vint au monde. L'accouchement fut l'expérience la plus douloureuse que mon corps ait connue. Je me doutais qu'il y avait pire souffrance que ça au monde. La douleur pénétra et traversa chaque parcelle de mon corps. Elle perça mes organes, déchira mes entrailles, raidit mes cordes vocales, rendit mes yeux exorbitants, boucha mes oreilles et griffa mes mains jusqu'au saignement. Puis, au bout du compte, mon bébé arriva. Il était là. Le bébé était là, enfin. Il hurlait de toutes ses forces et je m'en étonnai. Je me demandais pourquoi il criait beaucoup, donnant l'impression qu'il pleurait. Pourtant, c'est moi qui avais connu la douleur, l'intense douleur.

Quand le médecin eut coupé le cordon ombilical, le bébé fut enveloppé dans une serviette et on me le tendit. Je découvris alors que j'étais devenue une mère, la mère du bébé qui venait de naître. Désormais, ce bébé avait le droit naturel de pleurer et moi celui de le consoler. C'était un merveilleux garçon. Il paraissait minuscule dans cette serviette, mais très mignon.

— « Sois béni, mon fils », lui dis-je à haute voix.

À voir cette merveille, mon corps fut inondé d'une immense joie et d'une quiétude inouïe. Environ une heure après, Hugo arriva. Il avait été prévenu par mon grand-père. Ce dernier, son voisin et Hugo entrèrent dans la chambre où je me reposais. Les infirmières avaient fini de nous prodiguer les soins nécessaires, au bébé et à moi.

— « Félicitations, mon cœur ! », me dit Hugo très ému. Il regardait le bébé comme s'il le craignait. Enfin, il le prit dans ses bras et plaça son index entre les doigts minuscules du bébé.

— « Tu es mon fils », lui dit-il, après un long silence. Il sourit devant le calme indifférent du nouveau-né.

# La vie à trois

Quelques jours après mon retour à la maison, je continuais à m'aliter, car mon corps était encore faible. Je me levais rarement pour me laver ou saluer les visiteurs. Depuis que j'avais quitté l'hôpital, l'épouse de Gakuri, Louise, m'était d'une précieuse aide. C'est elle qui s'occupait du bébé les premiers jours. Elle arrivait tôt chez nous pour ramasser le linge sale, le tremper dans l'eau chaude et le laver. Elle nettoyait toute la maison de mon grand-père et rangeait ma chambre.

Lorsque je repris un peu de force, je ne manquais pas d'occasions de préparer la pâte de mil et de blé que Muzehe adorait. Après, c'est Hugo qui prit la relève. Son rôle était surtout de veiller sur le bébé pendant que je dormais. Il changeait également les couches du bébé. Cependant, ce qui m'amusait, c'est la manière dont Hugo passait la plupart de son temps à contempler ce bébé. Il ne se lassait pas de le regarder à longueur de journée. Les après-midis, Louise, devenue aussitôt une amie, revenait pour laver le bébé. Le grand-père finit par aménager une autre chambre où Hugo pouvait se reposer chaque fois qu'il en avait besoin.

La mère d'Hugo m'avait visitée à l'hôpital. Elle et son mari vinrent chez mon grand-père. Je m'en réjouis parce que j'avais l'impression que c'étaient eux qui étaient devenus mes propres parents. Ils m'avaient apporté beaucoup de biens, entre autres des couches, des biberons, du linge pour bébé, quelques jouets et une grande quantité de farine. Ils semblaient très fiers de leur premier petit-fils. Les membres de ma famille vinrent aussi nous rendre visite. Le bébé et moi étions sans repos. Chaque fois que les gens repartaient, d'autres venaient nous rendre visite.

Pendant les week-ends, j'étais obligée de m'allonger au salon. Comme je reprenais de la force, c'était généralement sans grande peine que je m'installais au salon pour parler avec nos visiteurs. C'était normal que les gens vinrent nombreux pendant les week-ends parce qu'ils avaient du temps de libre. J'appréciais beaucoup leur présence qui nous montrait, à Hugo, au bébé et à moi, que nous n'étions pas seuls dans la vie. Ma joie fut encore plus grande quand le véhicule de mon père se présenta dans l'allée de la maison de mon grand-père.

— « Merci beaucoup, mon Dieu ! », murmurai-je en voyant arriver toute ma famille chez mon grand-père.

Ils étaient tous là : mon père, Ruth, Fabrice, Alex, Linda et Chris. Ils étaient tous là, sauf notre mère. Je n'osai pas leur demander où elle était pour ne pas les brusquer et les embarrasser de prime abord. Je savais également que ma mère m'en voulait encore et toujours. Elle n'était pas le genre de personne capable d'oublier facilement et de pardonner religieusement les affronts subis. Aidé par Hugo, Chris déchargea le coffre de la voiture qui était rempli et chargé. Je fus émue qu'ils aient apporté l'un des berceaux ayant appartenu jadis à Linda et à Alex. Ils l'avaient repeint d'un blanc méticuleux. Curieusement, je n'avais jamais pensé à acheter un berceau. Peut-être est-ce +parce que mon lit était suffisamment large pour mon bébé et moi. Et puis, je n'avais pas de moyens pour acheter un berceau. En plus, je ne voulais pas que mon grand-père puisse dépenser plus d'argent qu'il n'avait pas, sachant très bien que ses économies étaient maigres et insuffisantes pour lui seul. Pourtant, Muzehe faisait tout son possible pour nous fournir tout ce dont mon bébé et moi avions largement besoin.

— « Comment s'appelle le bébé ? », me demanda fiévreusement Linda. Il le fixait avec une telle curiosité qu'on aurait cru qu'elle le considérait non comme un véritable être humain, mais plutôt comme une poupée ou un jouet. Je finis par lui dire que le bébé se nommait encore « Bébé », en attendant qu'on lui donne un nom.

— « Et toi, quel nom lui donnerais-tu, toi ? », m'empressai-je de lui demander en le regardant dans les yeux. Sans hésiter, il me répondit : « Amanda ».

Je la regardais ahurie pendant que mon père et Ruth riaient aux éclats. Nous ne comprenions pas comment un petit garçon s'appellerait Amanda. Ruth expliqua alors à Linda que le bébé était un petit garçon qui aurait donc un nom masculin. Confuse, Linda pouffa de rire et demanda, furieuse :

— « Et pourquoi refusez-vous ma proposition ? Ma maîtresse a aussi un bébé qui s'appelle Amanda ». Personne ne fit attention à ce que Linda disait. En bonne enfant, elle comprit qu'il ne fallait pas insister, se tut et continua à jouer avec le bras droit du bébé qu'elle tapotait doucement.

Toute ma famille ignorait qu'Hugo et moi avions déjà décidé secrètement de donner au bébé les noms d'Hugo Muhizi Junior. On ne pouvait pas annoncer le nom de l'enfant avant les huit jours exigés par la culture. Hugo venait régulièrement chez mon grand-père. Il était devenu un autre membre à part entière de la maison. Mon grand-père était continuellement enchanté de discuter avec lui. Il aimait dire qu'Hugo était un interlocuteur loquace aux idées savantes et brillantes. Il l'aimait désormais comme son fils. J'avais été étonnée que mon grand-père ait permis à Hugo d'utiliser l'autre chambre vacante de sa maison. Il était pourtant un fidèle conservateur des normes de notre culture et un idéal conformiste au point que je l'imaginais mal tolérer la présence d'un amoureux de sa petite-fille sous le toit de sa demeure. Avait-il été motivé par l'état fragile de la santé d'Hugo et son besoin régulier de repos ? Avait-il juste atteint cet âge où on se rend compte qu'il faut laisser la vie suivre son cours normal ? Un jour, il plut abondamment du matin au soir, ce qui empêcha Hugo de retourner chez lui. Muzehe lui proposa de passer la nuit avec nous. Après avoir guetté la chambre de Muzehe et s'être assuré que sa respiration s'était muée en ronflement paisible, au lieu de dormir dans le lit apprêté pour lui, Hugo vint se blottir contre moi dans mon lit.

— « Tu vois comment tu abuses de l'hospitalité de ton hôte », l'accusai-je en plaisantant. Ce fut la première nuit durant laquelle Junior dormit dans son berceau, laissant la place à son père.

Faisant semblant de ne pas m'écouter, Hugo se mit à penser à sa mort. La naissance de Junior m'avait momentanément fait oublier la maladie d'Hugo. La pensée qu'il mourrait dans un proche avenir me glaça le cœur et le corps. Lui restait-il encore deux ou six mois, une année ou deux pour vivre ? Personne ne pouvait le savoir avec exactitude. Le fait qu'il n'en parlait pas beaucoup me faisait souffrir davantage. J'aurais voulu l'aider à vivre encore et toujours. Je me blottis donc contre lui en continuant à penser à son triste sort.

Les jours passaient très vite, les semaines et les mois aussi. Junior grandissait également très vite. Il était toujours beau et charmant à mes yeux. Il apprit très vite à marcher à quatre pattes, à taper sa cuillère sur la table, à prononcer ses premiers mots. De la fenêtre du salon, j'observais comment mon grand-père et Hugo jouaient avec Junior. Ils le choyaient beaucoup. J'étais très fière de me retrouver devant ces trois mâles que j'aimais désormais le plus au monde.

Quand je vivais dans ma famille, je nourrissais le même amour pour mon père et mes frères. Ce sont eux qui avaient cet honneur et ce privilège dans ma vie. Malheureusement, cela appartenait déjà à un passé lointain. Je m'étais habituée à vivre chez mon grand-père et à l'aimer plus que tout. C'est lui qui m'avait accueillie lorsque ma mère décida un soir de me jeter dans la rue, à la merci de la nature. Chez nous, je vivais sous des ordres précis. On aurait dit une vie de militaire dans une caserne où tout est règlementé d'avance. Chez mon grand-père, j'appris une nouvelle vie, celle de la liberté. Je n'étais plus sous un quelconque ordre. J'avais plutôt le ferme sentiment d'être la maîtresse des lieux, car je ne rendais aucun compte à mon aïeul.

Papa continuait à venir me rendre visite de temps à autre. Parfois, il amenait les jumeaux avec lui pour aller jouer avec leur neveu. Les deux enfants restaient souvent avec nous pendant la journée et le soir, Chris venait les reprendre. Chris n'avait pas fini de décolérer. Il était cependant un peu gêné à cause de la manière grotesque dont il m'avait traitée pendant ma grossesse. J'essayais de le mettre à l'aise pour qu'enfin je retrouve en lui mon confident de frère et complice d'antan.

Mon père versait régulièrement une modique somme d'argent sur le compte bancaire qu'il avait ouvert pour moi à la Banque Populaire de Kigali. Il avait ouvert ce compte à l'insu de ma mère qui refusait toujours de nous rendre visite et de voir mon bébé, son tout premier petit-fils. Lorsque je demandais à mon père pourquoi ma mère ne venait jamais nous saluer, il me répondit brièvement :

— « Carmel, ta mère est très fière de toi et de ton bébé. Seulement, elle n'a pas encore eu le temps de venir vous rendre visite, ton bébé et toi. » Mon papa voulait plutôt me dire :

— « Carmel, ta mère t'aime, mais elle est trop fière et imbue d'elle-même pour venir te rendre visite actuellement. Laisse le temps au temps, les choses finiront par s'arranger entre elle et toi. »

Quand Junior eut huit mois, Hugo tomba gravement malade et s'alita pendant deux semaines entières. Je me sentis coupable de ne l'avoir pas obligé à se reposer suffisamment comme son médecin le lui recommandait. Je ne voulais pas qu'il meure très vite, sans avoir véritablement et pleinement savouré sa paternité. La librairie qui l'employait à mi-temps fut obligée de le renvoyer en raison de ses irrégularités répétées et de son inaptitude quasi congénitale. Privé de tout emploi, il ne pouvait plus me donner de l'argent pour subvenir à mes besoins et à ceux de notre enfant.

Pendant sa maladie, j'allais souvent le visiter et amenais Junior avec moi. Je songeais sérieusement à chercher un travail, même temporaire, avant de reprendre les études universitaires. Hugo était vraiment mourant. Chaque fois que je le visitais, j'avais constamment peur qu'il meure devant moi. Pourtant, je n'étais pas disposée à accepter sa mort.

Laissant Junior chez Hugo, je me rendis au centre-ville lui acheter du lait artificiel. Cet enfant que son père et moi appelions affectueusement « Junny » était d'une gourmandise à faire peur. Je lui avais donné le sein exclusivement jusqu'à six mois. Depuis, je lui donnais des compléments nutritifs parce que le lait maternel ne suffisait plus pour le rassasier. Je voulais que mon fils ait une alimentation de meilleure qualité, mais cela nécessitait beaucoup d'argent. Je connaissais toutes les grandes marques de produits alimentaires complémentaires étant donné que ma mère les achetait régulièrement pour Alex et Linda, quand les deux jumeaux étaient encore très jeunes. Le gros problème pour moi, c'est que je n'avais pas de revenus comparables à ceux de mes parents.

Dans une boutique du centre-ville, je rencontrai Marthe, une de mes tantes maternelles. Elle fut très embarrassée de ne m'avoir pas rendu visite depuis la naissance de Junny. Je l'assurai que ce n'était pas très grave. Notre conversation devint de plus en plus intéressante et joyeuse. Marthe me dit gentiment :

— « Carmel, ton corps n'est même pas déformé. À te voir, on ne saurait pas que tu as été enceinte. Je suis fière de toi : tu es maintenant une femme aux responsabilités multiples. Tu es responsable de ta propre vie, de celles de ton enfant et de son père. Tu n'es plus une jeune fille. Sache-le dorénavant. »

Touchée par ce compliment, je lui souris et elle me sourit également. Elle me parla de son travail et de son fils unique qui étudiait maintenant en Malaisie. Elle s'ennuyait quotidiennement de son absence. À sa place, j'aurais ressenti le même ennui. Après la naissance de Junny et les différents propos que j'échangeais souvent avec d'autres adultes, hommes et femmes sans exception, je commençais à comprendre peu à peu certaines attitudes des parents. C'est le cas de l'attitude possessive de certains parents, dont celle des mères, qui ressemblerait à l'étouffement des enfants. En fait, une mère peut tellement aimer son garçon que l'on croirait qu'elle en est amoureuse. Une autre peut tellement haïr sa fille que l'on croirait qu'elle est sa rivale. Il s'agit là d'un complexe naturel et humainement réel.

Ma tante Marthe et moi, nous nous séparâmes après avoir échangé nos numéros de téléphone. Elle me demanda de lui téléphoner n'importe quand, jour et nuit. Je savais que cela n'arriverait jamais d'autant plus que je la détestais autant que son frère, le docteur Mathias, et sa sœur, ma mère, pour leur sale caractère quasi naturel. Quelques secondes après, je reçus un appel téléphonique de la part de Marthe qui me demanda de revenir dans la boutique. Elle m'expliqua qu'elle cherchait une jeune fille qui pouvait être employée comme une bonne chez un couple européen. L'offre m'intéressait beaucoup, mais je lui promis que j'allais chercher une bonne dans le quartier où je vivais chez mon grand-père. Je lui demandai plus de renseignements concernant le salaire et les heures de travail. Elle me parla sans trop de précision à ce sujet :

— « Je ne suis pas très sûre, mais je crois que ce couple européen paie cent dollars par mois à la bonne. Écoute, si tu es intéressée, rappelle-moi demain. Ce sont des amis, je peux te fournir tous les détails. »

Quand j'arrivai à la maison chez Hugo, celui-ci était assis dans le jardin où il jouait avec Junny qui me tendit les bras en pleurnichant soudainement. Je courus d'abord me laver les mains, avant de le tenir dans mes bras et de l'allaiter. Pendant que Junny tétait, j'annonçai à son père que je pourrai bientôt trouver du travail chez un couple européen :

— « Ma tante Marthe est à la recherche d'une bonne qui travaillera pour un couple européen. Elle m'a demandé de réfléchir à cette offre et de lui répondre au plus tard demain. »

Il se redressa du fauteuil avec un air agressif. L'idée ne l'enchanta guère et il resta sur ses gardes. Il redoutait que je laisse Junior seul pendant que je serai au travail. Cependant, je savais qu'il me laisserait toujours le dernier mot. Je changeai Junny de sein et il s'attaqua à l'autre sein avec, cette fois-ci, plus d'appétit que d'habitude.

— « C'est ça la bonne nouvelle, commençai-je calmement en berçant notre enfant. Tantine Marthe m'a demandé de lui trouver une aide-ménagère pour ses amis européens. Le salaire est très intéressant. Je crois que je peux toujours travailler pour ce couple. »

La respiration de Junny devint apparemment irrégulière et, aussitôt, il s'endormit. Hugo me fixa longuement avant de me demander :

— « Si tu commences à travailler, qui va s'occuper de Junny ? Moi, je suis très malade. Il me sera difficile, sinon impossible de m'occuper de lui et de ma propre santé. » J'intervins directement :

— « Junior a un père et un grand-père. Si toi, tu ne peux pas t'occuper de lui, son grand-père trouvera une solution, je crois, pour ça. Je ne peux pas continuer à demander de l'argent à mon père. Et plus Junny grandit, plus ses besoins grandissent. Je devrais donc couvrir ses besoins à tout prix, sans attendre que quelqu'un d'autre puisse le faire pour moi. »

— « Je te comprends parfaitement, Mel, commença-t-il. Cependant, comme tu as un diplôme des études du secondaire, je ne comprends pas pourquoi tu veux travailler comme une bonne dans une famille. Tu devrais plutôt chercher un travail convenable. »

— « Cesse de philosopher, Hugo, lui dis-je clairement. Le travail convenable n'est pas facile à trouver dans ce pays. Et ce n'est pas toujours évident de trouver un piston dans notre société actuelle où tout le monde court en priorité derrière l'argent. Comme tu ne travailles plus, laisse-moi alors la possibilité d'avoir un emploi pour enfin gagner de l'argent pour notre petite famille, toi, notre enfant et moi-même. Comprends-moi très bien, Hugo, je t'en prie. »

Il hocha la tête en signe d'acceptation. Je lui souris et il me sourit aussi. Dans mes bras et sa tête contre ma poitrine, Junny avait sombré dans un sommeil paisible et profond. Le vent doux faisait danser sa jeune et pauvre chevelure noire sur son crâne. Jusque-là, je ne comprenais pas pourquoi Hugo s'entêtait à vouloir m'empêcher de travailler. Comme il avait été renvoyé de son emploi, avait-il peur de se sentir inutile si je commençais à travailler moi-même ? Était-il jaloux ? Avait-il peur que je le trompe avec quelqu'un d'autre en allant travailler ? Autant de questions qui me talonnaient l'esprit, mais qui demeuraient souvent sans réponses.

# La patronne

— « Carmel, n'as-tu pas vu mes clés par hasard ? », s'enquit madame Hence.

— « Non, madame », lui répondis-je sincèrement.

Madame Hence est ma patronne. C'est une femme d'environ cinquante ans à la chevelure brune parsemée de nombreux fils argentés. Son visage ridé ressemblait à celui d'un bébé et dégageait l'odeur et la douceur du miel. C'est une femme qui inspire confiance au premier abord. Souriante et calme, elle ne me grondait jamais, même si, par erreur, j'avais oublié de faire une quelconque activité ménagère. Cependant, son plus grand défaut, c'est qu'elle avait régulièrement des trous de mémoire. Elle avait de la peine permanente à retrouver ses clés dans la maison. Tantôt elle les oubliait dans sa chambre, tantôt dans la salle de bain, tantôt au salon, etc. Il ne se passait aucun jour sans qu'elle cherche ses clés. Pourtant, elle n'était pas trop vieille pour avoir des trous de mémoire.

Voilà déjà cinq jours que je travaillais chez elle. Et chaque fois, avant de sortir de la maison, elle me reposait la même question sur ses fameuses clés qu'elle n'arrivait pas à retrouver. En dépit de la faiblesse de sa mémoire, madame Hence était d'une gentillesse angélique. Elle me regardait toujours avec respect et dignité. Elle me parlait calmement, me souriait gentiment et me donnait amicalement des commissions ou des tâches de la journée sans sentiment de supériorité. Elle n'avait rien de commun avec ma mère qui me parlait habituellement d'un air hautain et très autoritaire.

Elle retrouva enfin son trousseau de clés tout près de la corbeille à pain sur l'armoire de la cuisine. Avant de quitter la maison, elle me dicta la liste des tâches de la journée que j'écrivis rapidement au crayon sur une feuille de papier. Cela m'aidait toujours à ne rien oublier. Je ne voulais jamais décevoir mes supérieurs par négligence parce que les 150 dollars américains que je gagnerais comme salaire mensuel m'aideraient beaucoup à résoudre certains de mes soucis financiers.

Je travaillais de 7 h 30 à 14 h. Pendant ce temps, je laissais Junior à la maison avec mon grand-père. Fort heureusement, Hugo s'était rétabli. Il s'organisait lui aussi pour garder Junny de temps en temps pendant mes absences. Ainsi, il allait vers 9 h retirer notre fils de chez mon grand-père. Et moi, après le travail, je passais récupérer Junny chez son père pour le ramener chez mon grand-père. Quand je le trouvais endormi ou éveillé, je le portais sur le dos et Hugo nous raccompagnait. Ceci constituait des moments d'harmonie au cours de mes journées.

Mon travail consistait à nettoyer et à ranger la maison. Je frottais le plancher fait de carreaux et passais l'aspirateur sur les parties tapissées. J'époussetais tous les meubles, essuyais les vitres, les fenêtres et les portes. Je faisais les lits et ramassais le linge sale que je lavais dans la machine à laver avant de le repasser une fois sec. Je devais aussi ranger le linge bien plié dans les placards. Je nettoyais également les assiettes, les fourchettes et les ustensiles dans le lave-vaisselle avant de les ranger dans les armoires appropriées. Le couple Hence avait un fils que je n'avais pas encore vu. Chaque jour, j'arrivais chez les Hence après le départ de ce fils le matin. Il ne revenait jamais déjeuner avec ses parents. Au bout de deux semaines, je m'étais habituée aux tâches quotidiennes. Chez les Hence, nous étions une équipe de trois personnes qui travaillaient pour eux : Rassi le cuisinier, Bahati le gardien-jardinier et moi-même.

Enfin, la fin du mois arriva. Nous étions mercredi. Le lendemain, je devais normalement toucher mon premier salaire. Pendant la pause, j'établis une liste de courses à faire. J'avais prévu d'offrir d'abord à mon grand-père une canne et un chapeau. Je comptais acheter ensuite pour Hugo le nouvel album de Ricky Martin. Comme il n'y avait pas de disques compacts CD originaux dans la ville, je demanderais à quelqu'un de graver toutes les chansons de cet album sur un CD. Le reste de mon premier salaire allait couvrir enfin l'achat de quelques jouets pour mon bébé. Je ne prévoyais aucunement de faire des économies avec ce premier salaire. Je devais plutôt gâter mes trois mâles. Je pliai en quatre le papier et mis ma liste sur l'armoire de la cuisine. J'avais passé quarante minutes de ma pause au lieu de vingt. Je me dépêchai de me remettre au travail.

Ce jour-là, Marcelline Hence arriva plus tôt que prévu. Je me culpabilisai un peu d'avoir perdu du temps sans rien faire. Cependant, le regard satisfaisant de ma patronne me rassura. Il était presque 13 h, mais monsieur Hence ne venait pas déjeuner. Madame Hence me dit qu'elle détestait de déjeuner seule. Elle m'invita pour lui tenir compagnie durant son repas. Surprise, j'écarquillai les yeux. J'affichai un sourire incertain. J'avais l'impression d'être ridicule devant cette dame digne d'une excellente éducation. J'acceptai sa proposition, mais avant de la rejoindre à table, j'ôtai le tablier et je gardai les babouches. Je me lavai vite le visage, les bras et les mains et la rejoignis. Elle était en train de se servir de la soupe aux courges comme entrée quand je la rejoignis. Intimidée, je n'osai pas tirer la lourde chaise près de la table. Je m'assis donc un peu à l'écart de la table à manger. Elle me parla de sa matinée avec des mots simples accompagnés de sourires réguliers. Petit à petit, je me détendis. Comme elle savait que j'étais diplômée du secondaire, elle me demanda quels projets j'avais. Je lui dis que j'étais à l'université et que j'avais une bourse du gouvernement pour payer mes études et subvenir à mes besoins.

Elle me parla d'elle-même et de sa famille. Je fus à la fois fascinée, honorée et perplexe, me demandant si j'avais le droit d'être là à côté de cette dame qui était mon employeuse. Je cessai de me poser beaucoup de questions sur elle et sa famille. Elle me demanda de savourer du poisson qu'avait délicieusement préparé Rassi. Ce poisson s'accompagnait de légumes verts et de pommes de terre bouillies avec du riz. Très animée, Marcelline me parla amicalement de sa collection de livres. Je me rappelai qu'en nettoyant la bibliothèque, j'avais remarqué un rayon de livres enfermés derrière une vitre. Je lui demandai s'il s'agissait bien de sa collection.

— « Oui, c'est ça ma collection, me répondit-elle avec fierté et simplicité. J'ai été obligée de les enfermer pour éviter que mon époux ou Brian ne puisse les prêter au risque de les perdre. »

Comme la vitre était verrouillée, je n'avais pas pris la peine de bien regarder les livres de cette collection. Je me contentais de nettoyer l'armoire sans fourrer mon nez partout. Malgré ma brûlante curiosité de feuilleter tous ces ouvrages, je ne pouvais rien faire chez les Hence où je travaillais juste comme une ménagère. Il était presque 14 h. Marcelline, ma patronne, et moi parlâmes aussi des fleurs, de leurs noms en *kinyarwanda* et de leurs multiples qualités. Je jetais fréquemment un coup d'œil sur la montre pour ne pas oublier de retourner chez Hugo et d'y récupérer mon fils.

Le repas fini, je débarrassai la table et plaçai la vaisselle sale dans l'évier avant de la ranger dans le lave-vaisselle. Pendant que je rangeais prudemment les assiettes dans le lave-vaisselle, je me souvins de la liste de courses que j'avais abandonnée dans la cuisine. Il ne fallait pas que ma patronne la voie parce que c'était une partie privée de ma vie. Je me retournai brusquement pour la reprendre. C'était trop tard parce que, venue derrière moi, madame Hence lisait déjà la feuille. Elle leva les yeux vers moi et dit à haute voix :

— « Des couches, des bavettes, de la phosphatine, etc. Pour quoi ? Pour qui ? ».

J'eus envie de lui mentir. Je fus aussitôt choquée de vouloir nier mon propre enfant. J'avais peur de perdre mon emploi. Certaines personnes n'aimaient pas employer les mères célibataires, surtout les jeunes femmes célibataires. Selon ces personnes, il y avait toujours un risque que les jeunes femmes célibataires s'absentent du travail pour répondre aux nombreux besoins, surtout médicaux, de leurs enfants. J'hésitai encore et le regard de ma patronne se fit sévèrement insistant. Alors, je lui avouai en bégayant :

— « C'est pour un bébé, c'est pour mon bébé. J'ai un fils de neuf mois. » Marcelline ouvrit grandement ses yeux par stupéfaction. Elle leva la main pour me couper la parole :

— « Tu aurais dû m'en parler, Carmel. Cela ne sert à rien à vouloir tromper les gens pour qui tu travailles. » Je la revis rougir. Elle quitta la cuisine et retourna au salon. Désorientée, je rentrai honteusement chez Hugo récupérer mon fils avant d'aller chez mon grand-père. Je m'empressai de préciser :

— « Je vous promets que sa présence ne va pas affecter la qualité de mon travail. »

Le lendemain, madame Hence ne me sembla pas en colère. Je dus lui avouer que, la veille, j'avais eu peur d'être licenciée. Ce fut avec le cœur léger que je me remis au travail. Je commençai par nettoyer et arranger les chambres à coucher. Dans la chambre principale, je plaçai un bouquet de fleurs sur une petite table à côté de la fenêtre. Je savais que madame Hence serait contente de le retrouver là-bas. Après, j'entrai dans la chambre du fils que je n'avais pas toujours vu. En chantonnant, j'ouvris la porte et fus surprise d'y trouver de la musique. Je tirai les rideaux et ouvris les fenêtres pour aérer la pièce. J'aimais cette chambre, elle s'ouvrait sur le jardin fleuri. Après avoir fait le lit du fils, je m'accordai le luxe de contempler la beauté des fleurs.

— « Que fais-tu ici, jeune fille ? », murmura une voix profonde derrière moi.

Je sursautai et me retournai brusquement. Un homme en costume d'Adam se tenait là debout, en face de moi, en train de s'essuyer avec une insolente nonchalance. Je me retournai vers la fenêtre, ne sachant pas où regarder. Je lui dis gentiment avec un sourire :

— « Habillez-vous, s'il vous plaît, monsieur. »

L'homme se mit à rire aux éclats. Et d'un air moqueur et condescendant, il s'adressa à moi en ces termes :

— « Qui es-tu pour me donner des ordres dans ma propre chambre ? Je ne te connais d'ailleurs pas. Que fais-tu dans ma chambre à ce moment ? Veux-tu me dire pourquoi tu es ici ? »

Je me dis intérieurement que cet homme se moquait de moi. Par mon tablier, il comprendrait déjà qui je suis dans cette maison et ce que je fais dans sa chambre. Alors, j'insistai :

— « Excusez-moi, monsieur. Je vous dirais tout ce que vous voulez, si vous me rassurez que vous vous rhabillez. Il en va de votre honneur et de votre dignité, dans cette maison. »

Un autre rire s'échappa de sa gorge. L'homme essaya tant bien que mal de le maîtriser. Il m'assura qu'il était rhabillé, mais pas très bien. Je le regardai en face. En fait, il avait juste insolemment noué une petite serviette autour des reins. J'en profitai pour me présenter :

— « Je m'appelle Carmel, je m'occupe du ménage, monsieur. Veuillez m'excuser. »

Je me retirai rapidement de cette chambre. Une fois de plus, l'homme en question me rit au nez lorsqu'il me vit ressortir brusquement. Plus tard, j'appris que c'était Brian, le fils adoptif des Hence. Pour moi, c'était bien la première fois qu'on se moquait de moi autant de fois dans si peu de temps. Ce rire m'énerva profondément. Cependant, je ne voulus pas céder aux envies d'agressivité qu'éprouvent parfois les femmes en face des hommes arrogants qui croient que tout leur est permis dans ce monde. Je me retrouvai seule dans le couloir. Défiante, je relevai la tête et passai l'aspirateur sur le tapis en allant vers le salon que je finis par rejoindre, la peur au ventre. Je me mis à essuyer les vitres, pris intelligemment soin de ne pas salir les rideaux que j'avais tirés plus tôt. Je pris un tabouret et montai dessus pour pouvoir nettoyer les parties des murs au-dessus des rideaux.

— « Comment t'appelles-tu encore ? », me demanda Brian Hence. Je souris et, sans me retourner, je lui dis :

— « Appelez-moi mademoiselle la ménagère, monsieur. Ça serait mieux. »

Je continuais à nettoyer les murs jusqu'aux endroits que ma main pouvait atteindre. Prudemment, je descendis du tabouret. Je faillis tomber quand je remarquai que Brian Hence était adossé au mur près de moi. Il me regardait d'un air amusé. J'eus une forte envie de lui lancer en pleine figure le chiffon sale que je tenais dans ma main droite. Sa chance, c'est qu'il n'était ni Chris ni Hugo sur qui j'allais jeter ce chiffon sans me gêner le moins du monde. Or, dans cette maison, je n'étais qu'une simple employée qui devait obéir aux ordres du propriétaire et à ceux d'autres personnes qui y vivent. Sans mot dire, j'avalai donc ma salive et repassai le chiffon dans l'eau savonneuse avant de remonter sur le tabouret. La présence du fils des Hence, qui me regardait travailler, me mit mal à l'aise malgré moi. Quand je redescendis, il n'était plus là. Un gros soupir s'échappa de ma poitrine. J'eus alors le courage de continuer mon emploi en nettoyant la salle à manger et les alentours de la maison.

Je devais encore nettoyer la salle de bain de la chambre de Brian. Je m'y rendis avec précaution en frappant d'abord à la porte. Je voulais me rassurer si Brian y était et s'il acceptait de me laisser faire mon travail. Heureusement, il m'ouvrit la porte, son portable collé à son oreille gauche. Il discutait avec quelqu'un avec une vive émotion. Je fis rapidement la propreté de la salle de bain et ressortis aussitôt que j'eus fini.

Ce jour-là, en rentrant de son travail, Marcelline me tendit un chèque de 120 dollars pour ma paie mensuelle. Un large sourire illumina mon visage : je venais d'empocher le tout premier salaire de ma vie. Marcelline avait ajouté un surplus de vingt pour cent.

Le temps s'écoulait, mon fils grandissait et mon amour pour lui tout autant. J'avais toujours peur que mon fils ne soit bègue ou qu'il ne se fracture la tête en tombant de son berceau. Cette idée m'obsédait énormément. Dans ma prière, je rendis grâce à Dieu pour mon emploi et je lui confiai le soin de veiller sur mon enfant ainsi que mes moments de soucis et de doutes.

Quand je croisais le regard de mon grand-père le soir, j'y lisais une tendresse illimitée et une muette admiration. J'aurais tellement aimé le remercier pour tout ce qu'il nous offrait, à Junny et à moi. Il s'agissait de son indéfectible amour paternel, de sa rassurante présence quasi permanente, de sa patience incommensurable et de ses précieux conseils. Cependant, je ne savais pas toujours comment lui exprimer toute ma gratitude. Tel que je le connaissais, il me demanderait de me taire et me dirait que ce qu'il faisait pour nous, il le faisait par amour pour nous qui sommes sa progéniture.

Je parvins quand même à lui acheter un chapeau neuf, une canne neuve et de nouveaux ustensiles pour remplacer ceux, usés, qui dataient de l'époque où sa vénérable épouse vivait encore avec lui. À vrai dire, tous les biens que la grand-mère avait laissés avant sa mort étaient toujours là. Or, je voulais que la maison puisse fonctionner comme s'il y avait une autre femme. Cette autre femme, c'est moi qui vivais dorénavant avec mon grand-père. J'étais là et je m'occupais ou supervisais quotidiennement tous les travaux domestiques et ménagers, malgré la présence du domestique. La période où les bonnes faisaient tout pour moi, chez mon père, était donc révolue. Je m'employais aussi à moderniser peu à peu le domicile de mon grand-père.

Je ne m'apitoyais pas sur mon sort. Pour moi, entretenir la maison de mon grand-père me donnait un sentiment d'utilité. Je m'assurais également qu'il ait une alimentation saine et complète. Je ne voulais pas qu'il manque de quelque chose que je pouvais lui offrir, lui dont les besoins étaient vraiment modestes et coûtaient le moins cher possible.

Au travail, j'éprouvais une réelle affection pour Marcelline, ma patronne. Voilà trois mois que je travaillais chez elle. Nos relations étaient devenues amicales. Sans me vanter, j'avoue qu'elle me considérait comme sa fille. C'est pourquoi je ne voulus jamais abuser de sa gentillesse. Sans discussion, la patronne avait augmenté mon salaire de cinquante dollars à ma première paie, ce qui est rare chez beaucoup de supérieurs dans ce pays ou dans ce monde dominé par la course effrénée et folle à l'argent, à l'enrichissement aveugle, illicite ou non.

Quelque temps après, Hugo fit une rechute : il avait recommencé à avoir des crises aigües. Il n'arrivait plus à s'occuper de Junny tout le temps que j'étais au travail. Quand il allait mal, notre fils restait avec Muzehe qui était obligé de rester à la maison. Il s'occupait de lui jusqu'à mon retour. Selon lui, rester avec le petit garçon le rajeunissait. Malgré ses bonnes intentions et ses nobles paroles, cela me gênait outre mesure. Je me levais à 5 h 30 pour me préparer. Vers 6 h 30, je lavais Junior, lui donnais le sein et le laissais avec mon grand-père. Je m'en allais toujours discrètement. Sinon, mon fils pleurait à gorge déployée.

Assise sur la terrasse de sa maison, madame Hence m'interpella :

— « Assieds-toi, Carmel. Dépose ce chiffon. Tu en as assez fait comme ça ».

Rassi, le cuisinier, apporta du jus d'avocat sans sucre. Je servis un verre à la patronne et le cuisinier s'en alla. Marcelline me conseilla de boire du jus. Je n'en voulais pas vraiment. Toutefois, pour ne pas paraître impolie, j'acceptai sa proposition. Et puis, la patronne m'interrogea :

— « Comment va ton fils ? Quel âge a-t-il aujourd'hui ? Quand tu es au travail, qui s'occupe de lui ? As-tu un mari ? J'aimerais bien le savoir, ma fille. »

Spontanément, je lui répondis :

— « Oh ! Il va très bien. Il aura bientôt un an. Il est toujours sous la garde de mon grand-père. Il a un père qui est très malade et qui ne peut pas s'occuper de lui. Et puis, nous ne sommes pas encore mariés, cet homme et moi. »

Marcelline eut les larmes aux yeux. Après s'être calmée, elle me dit :

— « Oui, c'est dur d'élever un enfant seule lorsqu'on est femme. Cependant, après un temps, on s'y habitue et on en fait une routine de la vie. Parfois, on s'en lasse quand l'enfant te réclame, par exemple, ce que tu es incapable de lui donner. »
Elle se tut, puis ses yeux devinrent soudainement mélancoliques. Je lui adressai une grimace, je n'osai pas lui demander ce qu'elle voulait dire par là. Y aurait-il quelque chose que Brian, son fils adoptif, lui aurait demandé et qu'elle n'avait pas pu lui offrir ? Pourtant, son fils, tel que je l'avais aperçu l'autre jour, me semblait comblé. Il est le seul enfant dans cette famille très riche. Pouvait-il en demander encore plus à Dieu et désirer plus que cette aisance dans laquelle il nageait ?

Marcelline se ressaisit vite et me demanda encore :

— « Comment s'appelle ton enfant ? »

Je lui répondis que mon fils s'appelait Junior pour le commun des mortels et Junny pour son père et moi. Marcelline prit son verre et le porta à ses lèvres. Puis, elle s'essuya la bouche avec une serviette en papier. Chacun de ses gestes était d'une telle grâce que j'aurais aimé, à l'instant même, être son enfant afin de jouir, moi aussi, de cette aisance matérielle, de cette richesse qui me rappelait chez moi.

— « J'aimerais le voir un jour ici, tu sais. J'aime beaucoup les enfants », me dit-elle pour me rassurer.

— « Je l'amènerai un jour ici », lui dis-je avec assurance.

Nous nous sourîmes presque timidement. La manière dont cette femme avait pris une place de choix exceptionnel dans mon cœur m'intriguait beaucoup. J'évitais souvent de lui demander des conseils parce qu'elle était juste là au moment où elle voulait et où j'avais besoin d'une mère pour me consoler de ses belles paroles adoucissantes.

La brise du soir fit bouger les cheveux gris et noirs de Marcelline. Je portai soudainement la main à ma bouche. Je regrettai d'en avoir trop dit devant cette dame, une personne que je venais à peine de connaître. Marcelline s'en rendit compte et me calma :

— « Ne sois pas gênée à cause de moi. Je ne te juge pas. Cependant, dis-moi plutôt ce qui s'est passé pour que tu sois mère si jeune. »

D'un geste évasif, je balayai la question. Comme je voyais qu'elle attendait une réponse, je marmonnai :

— « Je suis devenue une mère par choix. C'est mon choix et c'est une longue histoire. »

Marcelline me fit un clin d'œil malicieux et ajouta :

— « Carmel, sache que toutes les femmes du monde ont toujours de longues histoires à raconter. Et la tienne vient tout juste de commencer. »

Elle semblait regarder une fleur imaginaire dans son jardin et, tout à coup, son regard redevint mélancolique. Alors, elle continua à raconter :

— « Quand j'avais rencontré Fernand pour la première fois, je suis tombée subitement amoureuse de lui illico après son premier regard qui m'avait marquée comme un coup de foudre. Son regard me fixait profondément sans me lâcher et moi, je me sentais prisonnière une fois pour toutes. Cependant, comme nous venions de deux milieux différents, il ne m'aimait pas, à vrai dire, parce que j'étais une bourgeoise et lui, un vulgaire commun des mortels. Mon père m'aurait tuée s'il avait su que j'éprouvais une quelconque affection pour un garçon sans rang social. Pourtant, j'étais désespérément amoureuse. Je pouvais même mourir de l'amour que je nourrissais dorénavant pour Fernand. »

Marcelline soupira et, après une pause, elle continua à raconter son histoire :

« Ma mère avait compris que j'étais tombée amoureuse de notre chauffeur. Elle me souriait malicieusement chaque fois qu'elle me surprenait en train de fixer le cou de Fernand pendant nos multiples déplacements familiaux. Une fois, elle me murmura à l'oreille de suivre mon cœur. Quand je me rappelle cet instant, je ressens encore le souffle chaud de sa voix me chatouiller les oreilles.

En plus, Fernand et moi allions à la même université. Lui avait obtenu une bourse du gouvernement, mais moi, ce sont les parents qui payaient tous les frais de mes études. À l'université, Fernand ne m'adressait jamais la parole. Chaque fois que je passais à côté de lui, il inclinait juste la tête pour me saluer. Je me retrouvais toujours interpellée et noyée dans son regard. Je ne le revoyais que lorsqu'il devait me ramener à la maison. Je me rappelle que je quittais chaque jour l'école après les autres pour que personne ne le voie me reconduire. Au fond de notre jardin se trouvait un bungalow où il logeait pour être au service toutes les soirées. Je passais les nuits, suspendue à ma fenêtre, en train de le regarder et de veiller sur lui comme son ange gardien. Je ne quittais la fenêtre qu'une fois la lumière du bungalow éteinte. Dans mon lit, je me mettais à rêver de lui.

Alors un jour, mes parents étaient partis en voyage et ma gouvernante dormait profondément. Je pris un livre et mon courage à deux mains. La tête haute, je sortis et me dirigeai vers le bungalow. Quand Fernand m'ouvrit la porte et posa ses yeux sur moi, j'étais déjà totalement à lui. Voilà mon histoire d'amour avec Fernand.»

Ce jour-là, dit Marcelline, je lui adressai la parole courageusement :

— « Désolée, j'ai l'habitude qu'on m'appelle quand je dois être au service. Un instant, je m'habille.»

Fernand n'avait pas compris. J'entrai derrière lui, en jetant un regard circulaire dans sa chambre à coucher qui était bien rangée. Je le lui dis et il me répondit :

— « Merci beaucoup de ces compliments, Marcelline !»

Il sortit pendant quelques minutes pour aller chercher quelque chose dehors. Quand il revint, j'avais déjà ouvert le livre qui était sur son lit. Je continuais à en feuilleter silencieusement les pages. Après, je lui demandai encore courageusement :

— « Je ne veux aller nulle part. Je voudrais que vous m'expliquiez le chapitre de la dynamique en physique. »

— « Pourquoi est-ce moi qui dois t'expliquer ce chapitre ? », s'enquit-il.

Je me sentis déconcertée et préférai aller tout droit au but sans faire des détours inutiles :

— « Je te le demande parce que je t'aime par-dessus tout, Fernand. Je t'aime, je t'aime à en mourir. »

— « Que me racontes-tu, Marcelline ? », me demanda-t-il déconcerté à son tour.

Il m'ouvrit la porte au nez et me demanda sèchement de m'en aller. Amoureuse de lui, je lui opposai une farouche résistance et je restai là figée comme la hampe métallique d'un drapeau qui défie le vent et la tempête. J'étais écœurée par la brutalité de son geste et son arrogance. Peut-être me prenait-il pour une femme libre qui se laisse plumer par n'importe quel mâle et qui ignore la différence entre l'amour et un simple flirt. Vexée et presque meurtrie, je revins à la charge :

— « Je t'aime, Fernand, je t'aime à en mourir. Je sais que je t'aime, mais sans savoir peut-être pourquoi. »

— « Si c'est par amour pour moi, Marcelline, oublie-moi. Si j'ose effleurer un seul de tes cheveux, je peux tout perdre dans cette maison. Je peux perdre même ma vie, toute ma vie », me confessa-t-il.

Je me moquais complètement de ces barrières sociales qui m'empêchaient toujours d'être heureuse. Je sentais et j'étais convaincue que Fernand me plaisait à me couper le souffle et lui sentait que je lui plaisais moi aussi à lui couper le souffle. Ainsi, je décidai crânement de m'avancer vers lui. De son côté, il effleura audacieusement ma joue gauche d'un baiser chaud. Il resta de marbre. Honteuse, je courus vers la sortie, mais après deux enjambées, il me rattrapa. Nous rentrâmes en catastrophe dans sa chambre où nous nous assîmes dans le lit, nous blottissant l'un contre l'autre. En un seul instant, j'étais sous l'emprise de son regard et de son amour qui m'affolaient et m'ensorcelaient presque en permanence. Fernand me parla alors courageusement :

— « Marcelline, tu es comme la pomme interdite du jardin d'Éden. Si j'ose te croquer, Dieu seul sait le malheur qui s'abattra sur moi. »

— « Non, Fernand, lui rétorquai-je furieuse. Je ne suis pas cette pomme biblique-là. Je suis juste une femme amoureuse de toi parmi tant d'autres. Et comme toute femme, je ne demande qu'à être sincèrement aimée de toi. C'est très simple et parfaitement pratique. »

Ce soir-là, je passai la nuit dans le bungalow, dans le lit de Marcelline et dans ses bras. Nous avions parlé de ma vie pour qu'il me connaisse et de la sienne pour que je le découvre et le connaisse davantage. Et depuis lors, nous nous sommes aimés d'un amour tellement sincère et profond que nous avons même décidé de quitter tout chez nous pour venir à l'autre bout du monde ici au Rwanda.

Les larmes d'émotion avaient silencieusement coulé sur nos joues. C'était incroyable. J'avais l'impression qu'on me racontait l'une des histoires que j'avais lues dans les livres. Pourtant, Marcelline était là, en chair et en os, me parlant d'une portion de sa vie avec passion et enthousiasme. En résumé, je lui avouai :

— « Madame, vous êtes exceptionnellement brave ! Mon histoire est moins légendaire et moins passionnante que la vôtre. J'ai librement choisi d'aimer un garçon qui est gravement malade. C'est lui qui m'a rendue enceinte. Et l'enfant que j'ai est le nôtre, lui et moi. Je savais que c'était la meilleure preuve d'amour à lui offrir avant sa mort. S'il meurt aujourd'hui, je garderai cet enfant comme un heureux souvenir de notre amour à deux. »

Devant mon discours, Marcelline écarquilla les yeux, en guise d'étonnement. À la regarder, on aurait dit une petite fille. Je me rendis compte qu'elle était encore une très belle femme, en dépit de ses 51 ans. Pendant que nous nous admirions l'une l'autre, son téléphone sonna. Elle se mit debout, parla presque en murmurant et revint me dire qu'elle devait aller là où on l'attendait. Elle me dit infiniment merci d'avoir librement accepté de parler avec elle de sa vie, de ma vie. Désormais, une complicité entre elle et moi s'installa dans sa maison où j'étais devenue presque sa confidente.

Après son départ de la maison, je restai songeuse et rêveuse pendant quelques minutes. Je songeais à l'histoire romanesque de la vie de cette femme. C'était franchement fou ce que l'amour pouvait nous faire faire, consciemment ou non. Cette dame aurait pu choisir d'épouser un homme de son rang et serait restée en Europe, mais la voilà au Rwanda avec son prince charmant issu de conditions modestes ! Je regardai ma montre : il était 14 h. J'arriverais un peu en retard chez moi. Je me levai et pris le plateau sur lequel je déposai les deux verres presque vides. J'avais oublié que je n'aimais pas le jus d'avocat, car j'avais continué à savourer le contenu de mon verre. Je quittai la terrasse. Les verres s'entrechoquèrent quand je m'arrêtai net. J'étais surprise de trouver Brian étendu sur le canapé au salon. Sans froid aux yeux, il m'interpella :

— « Alors, madame la ménagère, elle était bien la réunion des dames ?»

Je lui fis une grimace. Je soupçonnai qu'une autre partie de provocation puisse s'engager avec cet homme qui ne me lâchait jamais, chaque fois qu'il en avait l'occasion. Il se faisait toujours un malin plaisir à me taquiner. Parfois, ses propos pouvaient être indéniablement amusants ou cruellement blessants. Je fis un pas en avant. En me regardant la poitrine, il lâcha crûment et ironiquement :

— « J'ai entendu dire que nos sœurs rwandaises avaient des poitrines généreuses et de véritables robinets d'amour. »

J'encaissai mal le choc. Son sourire moqueur aux lèvres me donna envie de lui arracher les yeux. Mon tablier, qui était mouillé, me fit oublier sa remarque sarcastique. Certains jours, je mettais une éponge sous le soutien-gorge pour absorber le lait qui s'échappait de mes mamelles. D'autres jours, j'oubliais de mettre l'éponge et mon tablier en ressortait complètement mouillé. Et chaque fois que j'oubliais de vérifier mes seins, j'étais désagréablement aux prises avec d'énormes surprises. C'est le cas pour ce moment exact. Brian avait ouvert une partie contre moi. Lorsque j'étais vexée dans mon for intérieur, je pouvais être aussi mauvaise qu'une pluie acide. Or, en ce moment, Brian avait ôté son tee-shirt et son torse sauvagement poilu se voyait manifestement très bien. Je le regardai un instant et lui demandai, un air faussement innocent au visage :

— « Vous devez avoir froid, patron. »

Mon visage confus devint pitoyable à voir. Je me mordis la lèvre inférieure comme si je venais de dire une bêtise et je continuai :

— « Comme vous êtes sérieusement velu, n'avez-vous pas cure de cette chaleur africaine ? J'ai entendu dire qu'en Europe, les gens sortent seulement en slip pendant l'hiver. Est-ce vrai que vous sentez la chaleur de l'été en plein froid hivernal ? Ça doit être un supplice d'être une véritable bête à poil, monsieur. »

Mes paroles l'avaient terriblement blessé. Je savais que j'aurais dû me taire dans de pareilles circonstances, mais je me sentis vivante et fière de moi de lui avoir répondu crûment comme le ferait une bergère au berger et vice-versa. La tête haute, je sortis, me rhabillai et rentrai chez moi en passant d'abord par chez Hugo.

— « Les médicaments que je prends ces derniers temps m'affaiblissent beaucoup, me dit Hugo en fixant nos doigts entrelacés. Je ne viens plus souvent vous voir, l'enfant et toi, à cause de mon état de santé qui ne le permet presque plus. Et la plupart du temps quand tu passes chez moi, tu me trouves toujours endormi par manque de force et d'énergie nécessaire. »

Je le regardai droit dans les yeux, la gorge nouée par l'émotion. J'étais contente de le retrouver dans ce beau jardin de sa mère. Je le rassurai qu'il avait énormément besoin de repos pour tenter de récupérer un tant soit peu. Il sourit tristement et me déclara solennellement :

— « Carmel, quand on est condamné à dormir plus de quinze heures par jour, on finit par développer une espèce de phobie du lit. »

## L'anniversaire de Junny

La souffrance d'Hugo devenait difficilement supportable à mes yeux. Mon cœur s'emplit de frustration. Malgré sa souffrance et mon inquiétude quasi permanente, Hugo usa de sa détermination pour me complimenter :

— « Mel, tu as de très jolis doigts. Le sais-tu, au moins ? »

Je lui souris en signe d'encouragement et le remerciai vivement de cela. Il ajouta :

— « C'est vrai, tout est beau en toi, Mel : tes yeux sont adorables comme ceux d'un veau dans l'enclos. Ton sourire angélique me fait toujours rêver comme de la douce musique. Ton nez aquilin me chatouille souvent les joues comme un éperon. La douceur de ton corps annonce la grandeur de ton cœur. Tu as tout, Mel, pour séduire un homme et l'apprivoiser. »

— « Ça, ça dépend de l'œil de l'observateur », répliquai-je. Flattée et émue jusqu'aux larmes, je lui dis d'arrêter ses compliments dont le portrait louangeur me représentait comme un ange parfait. Pourtant, j'avais aussi mon sale caractère dont il ne voulait pas parler. Il en est ainsi des hommes quand ils sont amoureux d'une femme, ils vantent outre mesure leurs qualités. Au lieu de se taire, Hugo reprit la parole et continua à me peindre :

— « Mel, tu sais que j'aime toujours glisser mes doigts dans tes cheveux soyeux et lisses comme ceux d'un bébé. »

Je lui demandai de cesser au moins de parler de moi pour que nous puissions parler d'autres choses. Si ce n'était pas lui qui m'étalait autant d'éloges, je pourrais déjà m'en aller de là. Je le serrai tendrement dans mes bras, lui donnai un gros baiser pour le calmer. Je sentis son cœur battre comme une horloge contre le mien.

Enfin, je me souvins que Junior allait avoir une année. Je comptais organiser une petite fête pour son anniversaire. Et j'inviterai ma famille, celle d'Hugo, de Marcelline et quelques voisins. Mercredi, en me rendant au travail, je ne pensais qu'aux dépenses nécessaires pour la fête : les aliments à cuire, les boissons, les décorations et les cadeaux de Junny. Quand j'arrivai chez Marcelline, toute la famille était déjà partie au travail. Je nettoyais les armoires et me disais que je devrais m'organiser pour nettoyer aussi à fond la maison de mon grand-père. Cette maison devrait être parfaitement propre pour l'anniversaire de Junny. Je donnai libre cours à mon imagination. Je m'imaginai comment la fête se déroulerait. J'étais surexcitée comme une puce et je ne cessai d'y penser tout le temps. Je tirai de la poche de mon jean la liste des courses à faire et j'y ajoutai un cadeau pour mon grand-père. Je mis le bout de papier dans l'armoire. J'y trouvais un autre papier. Je fus confuse parce que Marcelline ne laissait rien traîner dans ce tiroir. Curieuse, je le dépliai et trouvai qu'il s'agissait d'une facture d'un Gillette, un rasoir ordinaire et d'une eau de toilette. Le nettoyage terminé, je me rendis dans le jardin avec un sécateur et un couteau. Je m'appliquais à couper assez de fleurs pour les trois bouquets que je comptais faire. Je me mis également à couper les feuilles mortes et à arracher les mauvaises herbes. En rentrant à midi à la maison avec son mari, Marcelline me trouva en train faire le travail et me parla d'un ton amical :

— « Voyons, Carmel, tu aurais dû enfiler une paire de gants. Et puis, ce n'est pas à toi de t'occuper de ce genre de travail. Ce travail doit être fait par un homme. Nzaba est là pour ça. »

Je compris sa remarque, mais au fond de moi-même je me moquais plutôt d'elle. En Afrique, en effet, nous avons l'habitude de toucher la terre avec les mains nues. Cela ne nous cause jamais de désagrément. Moi, j'aime tellement les fleurs que m'en occuper constitue pour moi plus une source de joie qu'une corvée.

— « Ça ne me dérange pas », lui dis-je comme réponse à sa préoccupation.

Je me levai en nettoyant mes mains pleines de boue. Après, je la regardai et lui annonçai :

— « Au fait, samedi c'est l'anniversaire de Junny. Nous ferons une petite fête en son honneur. Si vous avez le temps, bien sûr, vous êtes toujours la bienvenue chez moi. Vous pourrez venir accompagnée de quelqu'un si vous le souhaitez. »

Elle me coupa la parole et s'exclama :

— « Une année, ça passe vite ! Bien sûr que je viendrai. »

Elle cueillit une marguerite qu'elle porta à son mari qui s'était assis sur la terrasse. Elle lui sourit et lui aussi lui sourit. Les yeux dans les yeux, il lui embrassa les deux mains. Je ne pouvais pas détacher mes yeux de leur scène d'amour. Je me dis que Marcelline avait fait le bon choix en épousant Fernand. Derrière eux, Brian me regardait jalousement comme si je lui appartenais déjà. Furieuse contre moi-même, je baissai les yeux parce que Brian avait dû lire l'expression d'émerveillement sur mon visage. En allant vers le robinet pour me laver les mains, je me demandais si, moi-même, j'avais fait le choix qu'il fallait en faisant un enfant avec Hugo. Je ne prenais pas le temps de le regretter vu que les dés étaient déjà jetés. Une petite voix intérieure me disait qu'avoir Junny était le choix le plus difficile, mais le meilleur de toute ma vie. Son père ne serait plus là pour m'embrasser, les deux mains de Junny me berceraient toujours et pour toujours.

Fernand et Marcelline déjeunaient tranquillement sur la terrasse. Ils formaient un vrai couple d'amoureux harmonieux. Fernand était toujours très calme et inspirait la confiance même des personnes qui le voyaient pour la première fois. J'entendis une voix chanter dans le vestibule. Je m'y rendis. Brian était là. Il balançait sa tête de gauche à droite tout en chantonnant. Il me lança un regard moqueur et me taquina :

— « As-tu cru qu'il y avait un fantôme dans la maison ? Pourquoi es-tu venue si précipitamment ? »

Son air amusé me donnait envie de sortir mes griffes. Cependant, je ne pouvais rien lui dire de mal en présence de ses parents qui, j'en étais convaincue, allaient vite intervenir pour le défendre contre moi ou me défendre contre lui, ce qui ne serait pas bon à mes yeux. Brian ouvrit subitement la bouche et voulut sortir un des sarcasmes dont il détenait seul le secret. Plus vite que le purent mes jambes, je m'éloignai de lui. Je ne me sentais pas d'humeur à accepter son humour noir. Je me rendis dans la petite chambre où je rangeais mes affaires et mes habits. J'enfilai une jupe en coton noir et un chemisier en V rouge corail. Je dénouai mes tresses. Elles me faisaient encore mal : on me les avait faites il y a seulement deux jours. Autour du cou, je plaçai le collier de perles que m'avait offert Ruth. Je mis un baume à lèvres et sortis. En arrivant devant la porte, je souris, malgré les babouches que je portais encore et dont je me couvrais les pieds pendant le travail. J'enfilai alors ma paire de ballerines rouges. Marcelline me vit et me demanda si j'étais encore là. Je lui dis que je venais de terminer ma journée. J'en profitai pour lui annoncer qu'un certain monsieur John Orne avait téléphoné. Il voulait parler ou à Marcelline ou à son mari.

— « John Orne ?, s'enquit-elle en portant une main sur sa poitrine. Qui est John Orne, ma foi ? »

— « Je ne sais pas, madame, mais il m'a aussi laissé un numéro par lequel vous pouvez le joindre », lui expliquai-je.

Je lui indiquai comment j'avais griffonné ce numéro dans un calepin près du bottin téléphonique. Elle n'en revenait toujours pas. Elle n'arrivait pas à identifier ce fameux John Orne, mais elle put difficilement me dire :

— « Merci beaucoup, au revoir et à demain ! »

Je pris mon sac. Je voulais repartir le plus vite possible. Je ne voulais pas savoir la suite de cette histoire étant donné que ma patronne en était visiblement émue, embarrassée et désorientée. Je ne l'avais jamais vue dans cet état psychologique. Marcelline appela son fils et lui conseilla :

— « Brian, viens un peu. Es-tu sur le point de partir ? Raccompagne Carmel chez elle. C'est sur ton chemin. Tu pourras la déposer chez elle. »

— « Ma mère, tu me parles de mademoiselle la ménagère ? », lui dit-il avec plaisanterie.

Sa mère le regarda sévèrement. Elle lui fit une grimace et un geste qui voulaient lui signifier qu'il devrait toujours apprendre à respecter tout le monde dans la vie. On ne sait jamais où l'on va dans la vie et avec qui l'on parle. Après s'être fait doucement sermonner par sa mère, Brian s'approcha poliment de moi et me suggéra de monter dans la voiture à la droite du chauffeur qu'il était. Je le suivis machinalement vers la voiture. J'étais un peu gênée d'être ramenée chez moi dans la voiture de mes employeurs. Je montai quand même sur le siège arrière, contrairement à la volonté de Brian qui me priait de monter et de m'asseoir à sa droite.

— « Mets-toi devant, à ma droite, s'il te plaît. Je ne veux voir personne derrière moi. Installe-toi devant. En arrière, tu risques de me poignarder à mon insu », expliqua Brian qui devint de plus en plus provocateur.

Je finis par changer de place en obtempérant aux conseils du conducteur. Cependant, quand nous arrivâmes sur la route principale, je lui dis sans réserve :

— « Tu peux me déposer ici, à l'arrêt du bus. Je prendrai bientôt un bus. Je n'aimerais pas vous indisposer. »

Faisant fi de ma suggestion, il m'adressa plutôt un sourire tellement gentil que j'oubliai ma proposition. Il m'encouragea ensuite à nouer la ceinture de sécurité. Il mit de la musique et nous restâmes silencieux pendant notre trajet. À tout moment, je lui indiquais mon itinéraire avec la main droite jusque chez mon grand-père.

Dans la brise du soir de samedi, les invités arrivèrent l'un après l'autre pendant que les enfants jouaient dans le jardin. Les boissons étaient déjà servies. Certains petits garçons jouaient au ballon chacun de leur côté. Après avoir bu de la limonade, chaque enfant transforma son gobelet en plastique en un ballon qu'il jetait dans l'air du pied droit et qu'il ramassait aussitôt de la main gauche. Ces mouvements se répétaient continuellement de façon qu'un vacarme ininterrompu de coups de pieds multiples s'entendait du jardin. D'autres enfants sages étaient en train de grignoter des friandises.

Hugo s'occupait des grandes personnes pendant que je surveillais les enfants. Les adultes n'étaient pas aussi nombreux que je le pensais. Il y avait juste les parents d'Hugo, notre voisin Gakuri et sa femme et deux vieux amis de Muzehe. Cependant, tous les enfants du voisinage étaient venus fêter le premier anniversaire de Junny. C'était un bel après-midi ensoleillé. Ruth avait organisé un barbecue dont la spécialité faisait sa réputation. À la cuisine, ma sœur aînée était un véritable cordon-bleu. Je pouvais dormir sur mes deux oreilles, car elle s'assurait de la qualité du repas comme une professionnelle. Elle était venue le matin chez le grand-père pour s'occuper convenablement de travaux culinaires, à l'occasion de cette fête. Elle avait grillé de la viande de bœuf, de porc, de chèvre et du poisson frais avec des bananes plantain et des pommes de terre. Elle avait aussi servi deux variétés de salade qu'elle avait soigneusement préparées et décorées. J'attendis qu'on termine de manger pour servir le dessert, un gros gâteau multicolore apporté par Marcelline, ma patronne. Je découvris par surprise un autre gâteau dans une boîte en carton. J'appelai Hugo pour en savoir plus. Je fus intriguée par son embarras. Après mon insistance, il se décida à m'expliquer un tout petit peu :

— « Mel, je ne pouvais quand même pas refuser ce gâteau. Je m'excuse de tout mon cœur. C'est ta mère qui me l'a donné pour notre enfant et d'autres enfants invités à la fête. Elle m'a appelé pour me demander si les enfants pouvaient l'apporter. Je sais que cela pourrait te contrarier, mais comprends-moi très bien. Je n'ai rien sollicité à ta mère. C'est elle qui m'a appelé au téléphone pour aller retirer ce gâteau et l'apporter ici. J'ai même insisté pour que ta mère vienne aussi à la fête. Je pense que tu me comprends très bien. N'en fais pas un cas, s'il te plaît. »

Avant que je ne réagisse à ses explications, Hugo se sauva comme une flèche qui refuse d'obéir à l'archer. Je compris qu'il ne voulait pas me contrarier pour une histoire qu'il n'avait pas créée. Quand je retournai au salon, j'apportai le gâteau de Marcelline et allumai une bougie sur ce gâteau et une autre sur le second gâteau. Comme Junior ne connaissait pas le rituel, Linda et Alex soufflèrent l'une et l'autre une bougie à sa place. Quand je levai enfin les yeux, je fus ahurie de retrouver ma mère qui discutait avec Marcelline. J'hésitai longtemps avant d'aller la saluer. Elle vint vers moi, m'ouvrit grandement ses bras et m'embrassa de toutes ses forces. Ma fierté m'empêchait de lui faire un geste désagréable devant mes convives. Or, tout le monde n'attendait que ça. Je me précipitai donc dans les bras de ma mère que j'embrassai. On aurait dit deux amoureux qui se retrouvaient après bien des années. Je reconnais incontestablement que cela ne nous a pas été du tout facile de vivre séparées, l'une de l'autre. Elle me manquait désespérément, de même que je lui manquais cruellement. La journée se termina en douceur, dans la joie et dans l'enthousiasme de cette fête que les photos immortalisèrent.

# Le coma d'Hugo

Nous étions dimanche après-midi. Juste une semaine après l'anniversaire de Junior. Hugo était venu chez mon grand-père nous rendre son habituelle visite quotidienne. Il avait pris le déjeuner avec nous et avait bavardé avec Muzehe. Une fois le repas terminé, celui-ci était parti nourrir ses vaches. Junny s'endormit dans mes bras. Je l'amenai dans son berceau. Quand je revins de la chambre, Hugo s'endormit aussi et je lui dis :

— « Hugo, tu ne vas pas rester là comme ça. M'entends-tu ? Réponds-moi. »

Il ne répondait pas. Je compris qu'il avait encore perdu connaissance. Je décidai de le conduire difficilement dans la chambre afin qu'il se repose un moment dans mon lit. Je ne le quittai pas d'une semelle. Je me mis à prier pour lui. J'oubliai cependant que le long chemin de croix, qui avait commencé depuis son hospitalisation, ne faisait que continuer pour lui et pour moi. Depuis quelque temps, je savais qu'Hugo vivait cruellement des moments intenses de pertes de connaissance. Lui-même, sa sœur et sa mère me le racontaient souvent. Or, pour moi, c'était la première fois que j'y assistais, que je le voyais réellement dans l'inconscience. J'étais terrifiée. Mon grand-père n'était pas à la maison où je me trouvais seule avec Hugo et Junny. Je résistai contre les larmes qui n'arrêtaient pas de m'aveugler la vue, en le suppliant :

— « Hugo, réveille-toi, je t'en prie. Ne crois-tu pas avoir assez dormi ? Réveille-toi, s'il te plaît. »

En dépit de mes supplications, Hugo restait inerte, les yeux fermés. Je plaçai une main sur son cœur pour m'assurer qu'il battait toujours. Je sentis effectivement son cœur battre, ce qui signifie qu'il y avait toujours un fil de vie en lui. Junny, qui faisait sa sieste, finit par se réveiller en pleurant à cause de mes propres pleurs. Je fus envahie de désespoir, de terreur, de peur panique. Je restai assise, incapable de faire un geste. Très abondantes, mes larmes se versèrent sur Junny qui pleura davantage. Mon enfant hurlait vraiment de colère. C'est comme s'il avait pressenti que quelque chose d'anormal arrivait à son père et à moi. Je lui tendis les bras. Il ne demandait que ça. Je le berçai sur mon épaule en chantonnant pour lui une berceuse. Il se calma. Le ramenant sur mes genoux, je me rendis compte qu'il avait les yeux grandement ouverts. Il me sourit. Séduite par l'innocence de son sourire, je lui souris également. Son regard naturel me réconforta. J'eus la certitude que mettre Junior au monde fut le meilleur choix et le véritable cadeau de ma vie.

Je portai Junny sur le dos et regagnai la chambre où Hugo dormait. Je m'assis sur le bord du lit, pris la main de celui-ci que je caressais doucement. Cependant, cette main était froide, très froide. On dirait un lamantin qu'on vient de pêcher le matin. Je m'adressai encore à Hugo pour le supplier de se réveiller :

— « Hugo, réveille-toi, mon cœur, mon amour. Junny te dit bonjour. Il est avec moi à côté de toi, réveille-toi vite. L'enfant veut te sourire, réveille-toi vite, Hugo, mon amour, mon cœur. »

Il resta silencieux. J'attendis. Sur mon dos, Junny commença à s'agiter. Je me levai du lit. Je fis quelques pas dans la pièce en tapotant le derrière de Junny en lui souhaitant de se rendormir. Au lieu de se rendormir, Junny grogna fortement. Cela me signifiait qu'il voulait descendre. J'insistai en le berçant, mais en vain. Une heure était déjà passée depuis qu'Hugo était tombé dans les pommes. Une heure au cours de laquelle je vivais la pire des angoisses.

Je déposai Junny par terre et il commença à marcher à quatre pattes, inconscient du tourment dans lequel sa mère se trouvait. Il se levait de temps à autre en s'appuyant sur un objet. Il fit le tour du lit où son père était allongé. Il laissait traîner sa bave partout. Il tapait sur le lit en répétant un chapelet de mots incompréhensibles. Il glissa dans sa bave et, sans aucune résistance, il tomba. La gorge de Junny laissa sortir un cri profond. Je compris qu'il s'était vraiment fait mal, mais mes bras n'arrivèrent pas à le consoler. Cependant, je me dis qu'une bonne tétée ferait l'affaire.

Je m'assis sur le lit, remontant le polo vert que je portais. Je dégrafai mon soutien-gorge. Mon fils prit possession du sein et le contact me fit frissonner. Au fur et à mesure qu'il tétait, sa douleur se calmait progressivement. Au même moment Hugo se réveilla, il déclara d'une faible voix :

— « Mel, tu es une bonne mère. »

Mes yeux se remplirent de larmes. Je détestais qu'elles trahissent mes sentiments et mes émotions d'inquiétude, de peur et de désespoir. Ce fut tout de même un soulagement pour moi. Hugo se réveilla finalement de son coma et s'assit sur le lit. Il me donna un si long baiser que mon cœur battait deux fois plus vite que d'habitude dans ma poitrine. Nos lèvres se lâchèrent après. J'appuyai mon front contre le sien. Je me sentais plus amoureuse que jamais. Et j'évitai de penser à ce que je deviendrais après sa mort. Je lui avouai toutefois en lui mordillant le lobe de son oreille gauche :

— « Je t'aime, Hugo. Je t'aime à en mourir, mon amour. Mon cœur peut se briser si je te perds un jour. »

Il me sourit avec gentillesse et m'avoua :

— « Je t'aime aussi, Mel. Je t'aime beaucoup. Mon cœur peut lâcher si je te perds un jour. »

Junny se rendormit, Hugo m'aida à le déposer prudemment sur le lit à côté de lui. Hugo se rendormit également, un bras autour de son fils. Je les observai tous les deux un instant et tirai les rideaux pour empêcher les rayons de soleil de pénétrer dans la chambre.

Lundi matin, je retournai au travail comme d'habitude. Quand j'entendis la sonnerie du téléphone retentir, je courus et décrochai le combiné :

— « Allo ! C'est bien la demeure d'Hence. J'écoute. »

— « Allo ! Ici, John Orne » me répondit une voix masculine à l'autre bout du fil. La communication fut interrompue sans que je n'en sache ni pourquoi ni comment.

Chaque fois que je bavardais avec Marcelline, elle me posait beaucoup de questions sur ma vie. Elle voulait que je lui parle d'Hugo. Je lui avais dit qu'Hugo était très malade et mourant, à cause d'une tumeur cancéreuse au cerveau. Une vive douleur s'empara de mon cœur et me bloqua presque la respiration.

— « Il faut que j'y aille, que je retourne rapidement à la maison », marmonnai-je.

En rentrant chez mon grand-père, je fus surprise d'y rencontrer ma mère. Je fus doublement contrariée, malgré moi, en raison de l'aisance avec laquelle elle discutait avec mon grand-père et du fait qu'elle portait Junny sur ses genoux. Je lui arrachai l'enfant de ses bras sans ménagement. J'amenai celui-ci dans ma chambre. Ce n'est pas parce que ma mère était venue se réjouir avec nous le jour de l'anniversaire de son petit-fils que je devrais balayer d'un revers de la main tout le ressentiment que j'éprouvais envers elle. Je déposai Junny dans son berceau en lui donnant quelques jouets pour le distraire. Je jetai le sac sur le lit, ôtai mes chaussures. Je respirai longuement en prenant tout mon temps. Je m'étendis sur le lit, les bras et les jambes écartées, pour me détendre.

Malgré mon retrait du salon, les rires sarcastiques de ma mère me dérangeaient par-dessus tout. Je fus très énervée par sa présence. Ses rires ne faisaient qu'empirer ma nervosité. Ma mère était dans la maison de mon grand-père où le domestique lui avait même servi du thé dans ma tasse.

En raison de ma fureur, les larmes remplirent mes yeux. Cette fureur ravivait les souvenirs de l'époque où ma mère m'avait chassée de la maison de mon père comme un chien dans un jeu de quilles. Je me rappelai qu'à cette époque, j'étais enceinte et sans expérience. Je me rappelai comment elle me proposait d'avorter. Je me rappelai encore comment elle voulait me marier à un garçon que je ne connaissais que de nom. Je ne voulais plus entendre parler de ces souvenirs douloureux.

Je me rappelai aussi de ma triste image lorsque le docteur Mathias, mon oncle maternel, m'avait ligotée sur le brancard dans son cabinet médical, avant de me violer, impuissante, devant son sadisme démoniaque et sa méchanceté diabolique. Et, entretemps, où était ma catholique de mère pour me défendre devant ces atrocités ? Où était-elle pour me comprendre et me défendre quand l'inspectrice de police doutait de moi et de ma véracité face au viol dont je fus victime ? Et Chris, mon fameux frère aîné, qui méprisait Hugo. Où était-il pour défendre sa sœur bien aimée en proie à toutes ces vicissitudes de la vie ? Et Ruth, ma sœur aînée, toujours silencieuse et, peut-être, indifférente à mon sort. Où était-elle pour me comprendre d'abord et plaider ensuite ma cause ? Tout ce monde familial, où était-il ? Ignorait-il que c'est dans les moments pénibles qu'on a le plus besoin de l'amour de ceux qu'on aime ? Venait-il ici pour assouvir la curiosité ou par remords véritables ? Voilà autant de questions qui talonnaient mon esprit et ne permettaient pas de pardonner facilement à ma mère, à mon frère et à ma sœur. Je n'arrivais assurément pas à tolérer leur lâcheté face à mes malheurs.

Un rire amer s'échappa de ma gorge à cause de la présence de ma mère qui était toujours là, comme si rien ne s'était passé. Elle continuait à parler de je ne sais quoi avec mon grand-père. Sous le coup de la colère, je me levai d'un bond et portai une robe courte pour provoquer ma mère. Je voulais la punir, ne serait-ce qu'en la contrariant. J'étais personnellement convaincue que j'étais pourvue d'un cœur plus maternel que le sien d'autant plus que j'avais l'intime certitude que je ne chasserai jamais mon enfant de ma maison, quelle que soit la situation.

Je pris le téléphone de mon sac et composai le numéro d'Hugo qui me répondit au quatrième appel. Je fis quelques pas en direction du miroir de la vieille garde-robe. Je ne vis que ma propre image : une fille à moitié habillée, aux tresses en désordre avec un portable collé à l'oreille. Je parvins à dire à Hugo que ma mère était revenue chez mon grand-père. Il comprit que cette présence impromptue ne m'enchantait guère. Dans un jargon que nous comprenions seulement lui et moi, je parvins aussi à lui signifier mon indignation de revoir ma mère porter mon bébé et de la rencontrer en train de prendre son thé dans ma tasse préférée. Enfin, je lui dis que je voulais à tout prix la chasser de la maison de mon grand-père.

Face à mon désarroi, Hugo me suggéra calmement :

— « Mel, comprends-moi très bien. Ne t'emporte pas contre ta mère. Tu devrais plutôt te détendre et aller la rejoindre au salon. Quoi qu'elle te dise, évite de te mettre en colère. La colère, dit-on, est toujours mauvaise conseillère. Elle détruit tout sur son passage. Elle ne construit rien de bon, dans la vie des humains. T'emporter contre ta maman ne servira à rien. En revanche, cela ne ferait qu'empirer ta haine contre elle et ta famille. Sois donc sage, retourne au salon pour retrouver ta mère et ton grand-père. Parle-leur, à tous les deux, dans le calme, le respect et la dignité. »

Convaincue et fascinée par la profondeur et la sagesse des conseils d'Hugo, je baissai les yeux du miroir. Je promis à Hugo de faire de mon mieux. Je donnai une tétée à Junny en lui caressant le nez pour l'endormir. Lorsque les paupières du petit garçon se fermèrent, je le déposai au centre de mon lit et le couvris chaudement. Je n'avais plus besoin de chasser ma mère de chez mon grand-père. Je voulais tout au moins qu'elle s'en aille tout simplement. Je sortis de ma chambre sur la pointe de mes pieds nus. Avant de pénétrer dans le salon, je respirai profondément, très profondément. Le cœur lourd, je traversai le salon et rejoignis la cuisine. Je me servis un verre d'eau et y trempai mes lèvres en rassemblant le courage de retourner en face de ma mère. Comme si mes jambes étaient paralysées ou clouées sur place, je ne bougeai pas.

— « Carmel, viens t'asseoir un peu à côté de nous. Nous avons quelque chose à te raconter », me proposa mon grand-père dont la voix était de plus en plus cordiale et conciliante.

— « J'arrive tout de suite, Muzehe », lui dis-je précipitamment par respect.

Je joignis le geste à la parole. Je m'installai dans le fauteuil le plus éloigné de celui de ma mère. Je pris une telle position que je lui tournai le dos et fis face à mon grand-père qui me demanda le premier :

— « Carmel, comment ta journée s'est-elle passée ? »

— « Ma journée s'est très bien passée, mon grand-père. Je fais toujours de mon mieux pour que tout puisse très bien marcher à mon travail, ici à la maison et partout où la vie me mène, *Sogokuru.* »

Je serrai clandestinement les poings en voyant du coin de l'œil ma mère boire une gorgée de thé dans ma tasse. Après sa gorgée, ma mère déposa la tasse sur la soutasse que je n'utilisais jamais. Elle déclara à mon grand-père que j'avais toujours su bien travailler à la maison chez nous. À l'entendre ainsi parler, je lui rétorquai non sans une pointe d'insolence :

— « Carmel avait toujours su bien faire des gaffes, n'est-ce pas ? Si Carmel se comportait très bien à la maison, pourquoi l'as-tu expulsée, ma mère ? Dis-moi pourquoi. »

Dans mon for intérieur, je regrettai aussitôt de lui avoir ainsi parlé sans me rappeler ma récente promesse faite à Hugo. Cependant, l'assurance avec laquelle ma mère parlait me rendait presque malade. Mon grand-père s'indigna de mes paroles et me foudroya immédiatement de son regard amer et dur. De la main, je tentai de lui faire un geste réconciliant qui ne servit malheureusement pas à grand-chose. Un silence lourd et gênant se fit dans le salon. Je me demandai brusquement si j'étais vraiment obligée de rester là. Je voulus me retirer du salon, mais une voix intérieure me ravisa. Mon grand-père se racla la gorge, releva les yeux vers moi et me parla vertement :

— « Carmel, ta mère est venue t'annoncer une bonne nouvelle. Je lui laisse le temps et la liberté de l'annoncer elle-même. » Ma mère se racla la gorge à son tour et déclara :

— « Carmel, nous nous sommes réunis tous en famille et avons décidé, à l'unanimité, de te pardonner pour tout ce qui s'était passé. À partir d'aujourd'hui, tu es libre de retourner à la maison de tes parents retrouver ta famille, ton père, tes frères, tes sœurs et moi-même. Tu es libre de revenir à la maison avec Junior, bien sûr. Ton père et moi avons fini par comprendre que nous n'avons pas, comme d'autres parents d'ailleurs, toujours raison en voulant toujours bannir nos enfants de la maison. De bons parents doivent souvent et presque toujours savoir fermer les yeux sur les erreurs et parfois les fautes de leurs enfants. C'est cela le message que toute la famille m'a chargée de venir t'annoncer au plus vite. Tout le monde t'attend chez toi avec ton enfant qui est le bienvenu dans ta famille. Enfin, nous avons tous honte d'apprendre que notre fille peut travailler comme une ménagère dans une famille. Or, ce ne sont pas les gros moyens qui manquent chez nous. C'est une véritable honte dans la famille. »

Je faillis éclater de rire. J'avais l'impression d'avoir entendu les mêmes mots, les mêmes paroles de la part de ma mère. Ma colère remonta d'un pouce. Je souris de ma naïveté parce que je m'étais lourdement trompée du motif de la visite de ma mère chez mon grand-père. Au fond, j'avais espéré qu'elle venait au moins me demander pardon pour m'avoir chassée de notre maison et m'avoir abandonnée au moment où j'avais le plus besoin d'aide et d'affection familiale.

Or, ce qui la motivait semblait plus me dissuader de retourner travailler pour elle à la maison que d'y retourner et y vivre paisiblement ma vie comme d'autres filles de mon âge chez leurs parents. Elle ne se rappelait même plus que c'est son frère qui m'avait sauvagement violée dans son cabinet médical et que je devrais continuer à porter ce lourd tribut sur ma conscience tout le reste de ma vie comme une plaie incurable. Je fus autant déçue que toute ma colère s'évanouit. Je sentis une grande tristesse m'envahir. Un froid survenu de nulle part me fit frissonner le corps entier. Je me retournai vers cette femme, ma mère, envers qui j'avais témoigné de mon adoration enfantine et de toute mon affection juvénile. Une mère que j'avais vraiment respectée toute ma vie durant et qui, maintenant, ne m'inspirait plus confiance. Je ne savais plus quel type de sentiments sa présence m'inspirait, entre la haine, le mépris, la colère ou la pitié.

Grâce aux conseils d'Hugo, je résolus alors de ne plus la haïr ni la mépriser, en dépit de son comportement maussade. Pour le dire autrement, toute ma vie durant, elle resterait ma mère qui m'avait portée pendant neuf mois dans son ventre et qui m'avait nourrie de son sein. Donc, j'éprouvais toujours de la pitié pour ce cœur dur que la maternité n'avait malheureusement pas transformé en un océan de tendresse. J'en voulais terriblement à ma mère.

## Le retour au bercail

Je m'étendis sur le lit à côté de Junny. Le battant de la porte s'ouvrit. Je soulevai la tête et fus surprise de voir ma mère dans l'entrebâillement. J'avais un peu réussi à ne pas lui parler très fort, mais ma patience et ma tolérance envers elle commençaient à fondre. C'est comme si j'avais un venin à cracher, un fardeau sur le cœur dont il fallait me décharger. À côté de ma tête, Junny dormait paisiblement. La conception de cet enfant était l'unique source du conflit qui m'opposait à ma mère. Et moi, je ne regrettais rien parce que Junny, c'était une merveille pour moi.

— « Carmel, fais tes bagages et suis-moi à la maison. Le plus vite possible serait le mieux. Ta comédie a duré presque deux ans. Tu en as certainement assez et nous en avons assez en famille ! C'est assez ! », m'intima furieusement ma mère.

— « Ma mère, je ne reviens pas chez toi. Je ne reviens plus dans ta maison », lui répondis-je lentement.

— « Carmel, comment peux-tu me parler ainsi, ma fille, comme une insolente ? Raisonnes-tu encore convenablement ? Es-tu devenue une mauvaise graine ? », s'indigna-t-elle.

Toute la colère que j'avais réussi à maîtriser revint. Je m'indignai à mon tour, tremblante de colère :

— « Mère, est-ce de cette façon qu'une maman s'adresse à sa fille ? Si je suis une mauvaise graine, puis-je alors dire que je viens certainement d'un mauvais arbre que tu es. »

Me traiter d'insolente n'était pas la meilleure approche pour faire comprendre à ma mère ce que je ressentais. Je me rassis sur le lit et lui dis sérieusement :

— « Pardonne-moi, ma mère, d'avoir un esprit indépendant. Je suis différente de ce que tu voulais comme fille. Combien de fois nous as-tu abandonnés à nous-mêmes ? Nous avons toujours accepté tes choix et nous avons longtemps marché sur tes pas, selon ta volonté inébranlable. À vrai dire, nous n'avons jamais eu de choix dans la maison de notre père, ta maison à toi, que tu gères comme tu veux. Nous n'avons eu que tes choix, dans notre vie ! »

Elle fut très étonnée, essoufflée, abasourdie et abattue par mes durs propos que je continuai :

— « Mère, combien de fois nous as-tu demandé notre avis dans la maison que tu gères comme ta propre maison ? Les habits que nous portons, les couleurs que nous préférons, la nourriture que nous mangeons au quotidien, qui les choisit, sinon toi-même ? Quel genre de mère es-tu quand tu ne donnes jamais de compliments à tes enfants ? Quel genre d'enfants veux-tu que nous soyons quand tu as accaparé égoïstement notre vie que tu gères comme tu veux ? »
Je pris une grande inspiration. Elle m'entendait parler sans rien dire. Alors, j'ajoutai comme pour l'assommer :
— « Il fallait nous apprendre à écouter notre instinct, à écouter cette petite voix qui nous guide. Nous encourager, nous dire des mots gentils. C'est capital dans l'éducation des jeunes enfants comme nous. »
Ma mère était de plus en plus étonnée et effarée. Elle était toujours assise dans le vieux fauteuil derrière la porte. Pendant que je parlais, mes larmes m'empêchaient de bien lire ses émotions sur son visage. Le ton fort de ma voix réveilla Junny qui se mit à pleurer. Au lieu de le consoler, je continuai à débiter mes idées :
— « Tu es décidément une mauvaise mère. Tu ne respectes jamais tes enfants, tu ne les écoutes jamais. Quand tu veux entrer dans nos chambres, tu ne frappes jamais à la porte pour nous prévenir. En plus, tu as toujours une raison inébranlable pour te justifier dans toute situation. Crois-tu que tu as toujours raison dans toutes les situations de la vie ? D'autres personnes, si jeunes soient-elles, ne peuvent-elles pas avoir également raison ? »
Junny s'approcha de moi en rampant à quatre pattes. Lorsqu'il découvrit que j'étais fâchée, il me mit la main devant la bouche pour me calmer. Je lui souris tristement en le chatouillant pour le faire rire. Il rit à gorge déployée. Son rire m'incita à continuer à parler :
— « Les enfants ont besoin d'une mère qui les chatouille, qui rit avec eux, qui les console, qui les guide, qui les aide, qui se met à leur place, qui les fait raisonner, etc. Ils ont besoin d'une mère qui les aide à comprendre les difficultés de la vie. »
Je poussai un profond soupir, car c'était la première fois de ma vie que ma mère m'écoutait. C'était ma première victoire sur

sa colère et son autoritarisme. C'était, du moins sans exagérer, un premier pas vers notre réconciliation. Alors, j'ajoutai encore :
— « Ruth, Chris, moi et les autres avons besoin d'une mère. Ce n'est pas parce qu'il nous en faut une pour le plaisir de l'avoir, mais une qui soit notre guide et non notre tyran. Mes frères et ma sœur ne te l'ont jamais dit par peur de représailles. Tu pourrais toujours chercher à te venger, mais ils attendent te le dire un jour pour que tu puisses changer de caractère et de comportement. Nous avons besoin d'une mère, non pas qui croit qu'elle nous a comblés pour nous avoir acheté des chaînes de stéréophonie dans la maison, des plus beaux habits à porter au quotidien, des repas copieux dans des restaurants les plus chics de la capitale rwandaise. Nous avons toujours besoin de la tendresse maternelle que tu n'incarnes pas malheureusement dans notre maison. Et tant que tu n'auras pas manifesté envers nous cette tendresse maternelle dont nous avons énormément besoin, je te rassure que je ne reviendrai pas dans ta maison. »

Ma mère m'observa et me demanda d'une voix calme que je ne lui reconnaissais pas :
— « Est-ce donc ainsi que tu me vois, Carmel ? Suis-je vraiment comme une mère rude sans cœur, qui ne se soucie pas du bonheur de ses enfants ? »

J'évitais de répondre à la question pour lui épargner une nouvelle description. J'en avais assez de lui parler. Je venais de lui dire l'essentiel de ma colère. Je préférai donc me taire puisque, après tout, elle n'était pas un démon pour que je continue à la blesser dans son amour-propre. Elle reprit la parole et continua à se lamenter d'une voix presque brisée :
— « Carmel, j'ai donné l'essentiel à mes enfants. J'ai tout fait pour vous. Après mes études de licence, j'ai arrêté mes études pour me marier. Je voulais être quelqu'un, décrocher une maîtrise en économie, gérer une grande entreprise et puis penser à me marier après. Je voulais avoir seulement deux enfants dans ma vie, une vie que j'aurais moi-même organisée et gérée. Tu ne sais peut-être pas à quel point c'est épuisant pour une mère de mettre au monde des enfants les uns après les autres, sans répit et sans aucune décision. Après une nuit blanche à cause d'un enfant malade, crois-tu que c'est facile pour une mère d'aller encore travailler au bureau ? Et au travail, crois-tu que c'est vraiment facile

de gérer tous les dossiers face parfois aux subalternes frustrés et jaloux ? »

C'était la première fois que ma mère me parlait de sa vie avant notre naissance chez son mari, notre père. Je devenais de plus en plus compatissante. J'osai donc lui demander ce que notre père pensait de toute cette situation :

— « Carmel, quand nous nous sommes mariés, ton père et moi, nous nous connaissions à peine. À cette époque, les mariages étaient toujours arrangés par les parents, les tantes, les oncles, maternels ou paternels. C'est leur décision qui comptait. Le jeune homme et la jeune fille devaient s'y soumettre. Il n'y avait pas d'exception ni d'échappatoire. Ton père était aussi malheureux que moi. Il était amoureux d'une autre fille, mais il a abandonné parce que nos parents venaient de décider de nous marier. Après le mariage, il s'est réfugié derrière le masque de silence total et d'indifférence parfaite. »

J'étais choquée d'apprendre pour la première fois cette histoire ahurissante de l'union de mes parents. Je secouai la tête. La douleur de ma mère me toucha profondément même si je ne voulais pas le lui montrer. Je compris que notre destin était scellé dans cette union où il n'y avait pas eu véritablement d'amour. Mon père aimait donc une autre fille qui aurait pu être la mère d'autres enfants avec lui. Il finit quand même par épouser ma mère parce que ses parents et ceux de ma mère avaient décidé de les marier. C'est la règle du jeu de la vie qui nous mène où elle veut, comme elle veut. Notre destin était donc bien scellé sur la base d'un choix non pas de nos parents, mais de celui de leurs parents qui les avaient mariés non pas par amour, mais pour leur propre intérêt égoïste. Cependant, les femmes et les hommes peuvent parfois décider d'orienter leur vie vers où ils veulent aller, même si, au bout du compte, ce n'est pas toujours leur volonté qui finit par se réaliser. Ils ont donc intérêt à ne pas croiser les bras et attendre moutonnement que le destin s'impose sur les projets.

Après quelques minutes de réflexion, je regardai ma mère qui réfléchissait aussi, à sa façon, et lui demandai candidement :

— « Pourquoi n'as-tu donc pas divorcé de notre père quand tu as fini par comprendre qu'il ne t'aimait pas réellement ? Est-ce par respect de tes parents que tu n'as pas voulu le faire ? »

Ma mère se frotta le menton, se gratta l'oreille gauche, écarquilla ses beaux yeux et me cracha sa vérité :
— « C'est à cause de vous, mes enfants, que je suis restée fidèle à votre papa. Certes, je devais d'abord respecter la volonté de mes parents pour ne pas compromettre mon avenir. En désobéissant aux parents, je risquais culturellement de subir leur malédiction et je n'aurais guère de bonheur dans ma vie. Ensuite, quand j'ai compris que votre père ne m'aimait pas à proprement parler, c'était déjà trop tard. Vous étiez déjà nés vous tous, à l'exception des jumeaux. Tu comprends très bien comment il m'était difficile de vous abandonner chez votre père. Je serais partie ailleurs, il aurait pris une autre femme, car il en a les moyens, et c'est vous qui auriez souffert de votre belle-mère. »

Elle se tut encore un moment avant de continuer sa réflexion. J'en profitai alors pour la raisonner, à ma façon :
— « Donc, si je te comprends très bien, tu as préféré continuer de vivre avec ton mari, malgré son désamour pour toi, pour faire plaisir à tes parents et à tes enfants. Cette décision reste naturellement raisonnable et compréhensible. Cependant, au lieu de continuer à porter cette lourde croix toute ta vie durant, pourquoi n'as-tu pas cherché une solution alternative pour tenter de bien orienter ta vie autrement ? Je pense à la création d'une situation qui provoquerait notre père et l'obligerait à divorcer de toi. Ne vois-tu pas comment ton insatisfaction dans le mariage a bouleversé et continue de bouleverser toute ta vie et celle de tes enfants. Certes, notre père a de l'argent dont nous profitons tous, toi la première ; mais l'argent est-il amplement nécessaire et suffisant pour nous rendre très heureux ? »

— « Et moi, si je te comprends très bien, tu croyais déjà avoir ton destin en mains. C'est pourquoi tu as décidé de déshonorer ta famille en couchant avec ce garçon malade qui n'a même pas d'avenir. Lorsqu'il va décéder, comment vas-tu vivre avec ton enfant ? Ce garçon, a-t-il pensé aux dépenses courantes de cet enfant quand lui, son père, sera décédé ? »

Une vague de tristesse envahit mon cœur. Je croyais que ma mère et moi étions sur la même longueur d'onde émotionnelle. Je me sentais donc incomprise et je revins immédiatement à la charge en protestant :

— « Non, ma mère. Non, ma cause n'était pas un défi contre le destin. Hugo était mon seul ami qui m'avait vraiment aimée et comprise. Et moi, je l'aimais aussi. Or, pour moi, le seul cadeau qu'une femme puisse offrir à un homme qui l'aime et qu'elle aime, c'est un enfant. Dans le cas de mon amour envers Hugo et de son amour envers moi, Junny est un vrai cadeau d'amour et d'adieu. Je préfère sacrifier l'honneur des parents que de sacrifier mon propre bonheur. Le monde sera toujours ingrat, quoi qu'on fasse. Autant se satisfaire soi-même en priorité que de s'occuper du bonheur des parents qui ont déjà fait leur vie. Toute personne est et reste le boulanger de sa vie, l'artisan de son propre bonheur. »

Ma mère me regarda profondément en attendant de formuler une réponse qui expliquerait mieux ma « cause ». Je lui souris sans joie. Je me retournai vers mon fils qui était couché, étonnamment calme, à côté de mon bras. On aurait dit qu'il suivait attentivement mon récit et celui de sa grand-mère. Ma mère et moi étions très différentes. Je m'expliquais cela par nos âges respectifs, par le conflit latent de nos générations très diamétralement opposées sur les principes à respecter dans la vie. Je n'ai jamais choisi d'être une fille de joie, une prostituée, une vraie coureuse de jupons. J'ai aimé un seul garçon et je n'aimerai que celui-là. Je n'ai jamais sexuellement vagabondé. Jamais.

Comme ma mère ne me répondait plus et que j'étais lasse d'être en face d'elle, je me levai. Quoi que je lui dise, elle ne me comprendrait pas. Je me dirigeai vers la fenêtre et appuyai le front contre la vitre. Je me dis au fond de moi-même que j'avais agréablement et amoureusement couché avec Hugo et que Mathias m'avait désagréablement et méchamment violée.

Me retournant vers ma mère, les larmes inondaient mon visage. Je lui demandai alors de s'en aller. Elle était venue me demander d'abandonner mon emploi et de retourner dans ma famille. Selon elle, continuer à être femme de ménage nuirait beaucoup à sa réputation de femme excessivement riche et convenable. J'avais mal, plus mal que jamais. Je haïssais ma mère, je les haïssais tous dans ma famille.

Quand ma mère fut repartie, je verrouillai la porte du salon de peur qu'elle ne réapparaisse. J'étais bouillonnante de rage à cause de ses commentaires sur Hugo. Je pris ma tasse, la serrai fort et la jetai violemment contre le mur où elle se brisa avec fracas en plusieurs petits morceaux. Mon grand-père, qui raccompagnait ma mère, fut alerté par ce bruit. Il accourut dans la maison. Épouvanté, il ouvrit les bras vers le ciel et me regarda. Comme je continuais à pleurer, il ne dit mot et me laissa sangloter un moment dans ses bras. Quelques minutes après, je me calmai. Mon grand-père desserra ses bras et me tendit un mouchoir qu'il gardait toujours dans la poche droite de son pantalon. Je pris ce mouchoir et m'essuyai les yeux et les joues. Je me mouchai ensuite bruyamment. Mon grand-père me conduisit dans ma chambre et m'ordonna de me reposer. Il me couvrit des pieds aux épaules et prit Junny dans ses bras. Il m'informa que deux de ses vaches venaient de vêler. Je l'en félicitai avant qu'il s'en aille à la ferme. Il me sourit et s'en alla avec Junny. Je tirai les rideaux et mis de la douce musique afin de m'endormir.

Deux heures plus tard, je fus réveillée par un Hugo qui était revenu chez mon grand-père fatigué et mouillé jusqu'aux os. Dehors, il pleuvait abondamment. Hugo me réveilla donc et alluma la lampe. Je mis une main sur mon visage pour fuir la lumière qui m'aveuglait. Mis à part cette lumière aveuglante, je me sentais parfaitement bien. Les propos que j'avais échangés avec ma mère m'avaient fatigué les nerfs. Hugo vint s'asseoir à côté de moi sur le lit et se pencha pour m'embrasser et me demander en me caressant les joues :

— « Comment vas-tu, ma petite sirène dorée que j'adore ? »
Avant que je lui réponde, il me dit bouche contre bouche :
— « Je suis le filet qui te repêchera et te ramènera à la vie. »

Après ses courtes paroles pleines d'amour et de philosophie, je l'embrassai et lui racontai, en détail, mon entretien avec ma mère. Hugo me réconforta de son mieux et décida de passer la nuit avec moi, dans ma chambre, chez mon grand-père. Celui-ci ignorait qu'Hugo me rejoignait souvent la nuit pendant qu'il s'endormait profondément.

Plus tard dans la nuit, Hugo me dit confidentiellement :
— « Je suis chanceux de t'avoir, Mel. Tout en toi me complète quand nous faisons l'amour : ta respiration, tes cheveux dans mes yeux, tes soupirs, tes conversations, tes joies, tes colères, tes espoirs et tes déceptions. »

Hugo aimait me faire ce genre de déclarations. J'en étais chaque fois émue. Je lui souris dans la nuit et lui dis cordialement :
— « J'ai autant de chance de t'avoir que tu en as de m'avoir, mon amour. Mon monde est beau et magnifique parce que tu en fais partie. Parfois, je me demande ce que tu ne m'as pas donné, Hugo. »

Je me blottis confortablement contre son torse nu quand il m'annonça, après un petit temps de réflexion :
— « Mel, je ne t'ai pas mis une bague au doigt. Tu rêvais d'une robe de mariée dont la longue traîne irait jusqu'à la porte de l'église. Il est temps que nous y pensions. Tu dois avoir ta bague sur ton annulaire et moi la mienne sur le mien. Tu dois aussi porter ta robe dont la longue traîne ira jusqu'à la porte de l'église. »
— « Oh ! Hugo, tu m'as déjà donné ton cœur, lui répliquai-je sincèrement. Il n'y a pas de plus belle bague ni de plus longue robe de mariée que ça. Hugo, que vaut une robe de rêve, si la mariée n'est pas heureuse ? Dis-moi, Hugo, à quoi serviraient une belle bague ainsi qu'une jolie et longue robe si la mariée et le marié ne s'aimaient pas ? »

## Au chevet du père de Marcelline

— « Vous n'avez pas tort », disait Marcelline. Je fus très surprise d'entendre une voix parler dans cette maison que, d'ordinaire, je trouvais calme et silencieuse.
— « Ah ! Ma fille, tu es là ! », s'exclama Marcelline en me voyant. Elle était d'humeur joyeuse. La famille Hence était réunie autour de la table à manger. Apparemment, toute la famille finissait de prendre le petit déjeuner. Une fine fumée s'échappait encore des tasses de thé et de café. Je fus très contente d'arriver généralement à l'heure, ce qui témoignait de ma ponctualité aux yeux de mes employeurs. Exceptionnellement, je n'arrivais en retard que quand mon fils était malade. Marcelline se leva, s'essuya la bouche avec une serviette en papier, vint vers moi, me prit le bras, m'entraîna dans le salon et m'annonça :
— « Il a accepté, je n'y crois pas encore. Je suis toute excitée, Carmel. On part ce vendredi. Nous allons en profiter pour prendre des vacances. »

Depuis mon arrivée ce matin, j'avais remarqué que Marcelline, ma patronne, était très contente. Cependant, je n'arrivai pas encore à comprendre ce qu'elle m'annonçait. J'étais de plus en plus confuse et dus l'interrompre en lui demandant par curiosité :
— « Mais de quoi s'agit-il, madame ? »
— « Pardon ! Carmel, te rappelles-tu monsieur Orne qui a récemment appelé au téléphone et qui voulait me parler ? » J'acquiesçai d'un signe de la tête.
— « Eh bien ! Ce monsieur voulait m'annoncer que mon père était sur le point de mourir et qu'il me réclamait. Cela fait deux semaines que je supplie Fernand de me laisser me rendre au chevet de mon père. Et, enfin, il est d'accord aujourd'hui. Il m'accorde la permission d'aller au chevet de mon papa. Il y a de quoi me réjouir, non ? »

Fernand, le mari de Marcelline, avait finalement accepté de rencontrer son pire ennemi, le papa de sa femme. Cela devrait être dur pour lui, mais faisable par amour pour sa femme. Fernand et Marcelline partiraient donc dans quatre jours. J'appris, par surprise, que Brian resterait au Rwanda. J'étais un peu contrariée de rester avec lui à cause de son arrogance qui m'exaspérait en quelque sorte. Je me décidai à ne considérer que ses qualités en négligeant ses défauts.

Une semaine était déjà passée depuis le départ des Hence. Je restais donc avec le fameux Brian. Je me rendais à la résidence des Hence une fois tous les deux jours. Brian m'avait facilité la tâche. Il avait insisté pour que je ne vienne plus travailler chaque jour. C'était un cadeau à ne pas refuser parce que je continuais à bénéficier de mon salaire en entier et j'avais suffisamment de temps à passer avec Hugo et Junior.

La santé d'Hugo se dégradait de jour en jour. Il me le cachait réellement. Il ne voulait pas que je sache qu'il souffrait, ce qui me frustrait toujours. Je voulais pourtant partager sa souffrance avec lui, mais il s'entêtait à vouloir me protéger comme une gamine en évitant de m'en parler.

— « Carmel, Carmel, Carmel », chantonnait Brian Hence dans la maison.

Il m'arrivait parfois de penser que Brian était fou en répétant mon nom comme ça. Or, je savais clairement que je l'aimais bien. Il me rappelait mon grand-frère, Chris. Tous les deux étaient dotés d'une nature provocatrice. Cependant, combien de temps s'était-il écoulé sans que je revoie mon frère, Chris ? Comment avais-je fait pour me passer de lui ? Pendant que je me posais ces questions, la voix de Brian me ramena à la réalité :

— « Quel âge as-tu, Carmel ? »

— « J'ai dix fois le vôtre », lui répondis-je en me moquant de lui.

Il secoua frénétiquement la tête. Il insista et je lui expliquai calmement :

— « Savez-vous que, dans ma culture rwandaise, on ne demande à une femme ni son nom ni son âge ? »

Brian ricana et riposta, les yeux pleins de malice :

— « Quelles sont les chances de connaître la femme rwandaise si l'on ne doit pas lui demander son nom et son âge ? Et puis, depuis quand te définis-tu comme une femme ? »

— « Brian, comment voulez-vous connaître la femme rwandaise quand vous vous moquez déjà de mes seins ? Savez-vous que les seins d'une femme, qu'elle soit rwandaise ou non, constituent l'un des attributs de sa beauté et de sa féminité ? Votre question est-elle aussi déplacée qu'elle sous-entend autre chose ? »

Brian s'approcha de moi comme pour m'intimider. Je ne bougeai pas. Je ne le craignais pas et j'attendais qu'il dise encore une bêtise pour me fâcher certainement contre lui. Comme il ne répondait pas, je compris qu'il attendait un autre moment pour continuer notre conversation. Je le quittai pour aller vaquer à mon travail de ménage.

Brian recevait régulièrement du courrier de sa mère. Chaque semaine, sa mère lui envoyait une lettre dans laquelle elle en glissait aussi une pour moi. Je me demandais pourquoi sa mère continuait d'utiliser cette vieille méthode de lettres sur du papier, alors que tout le monde écrivait actuellement des courriels ou des messages SMS sur les téléphones portables partout.

Brian me suivit à la cuisine où je faisais le ménage et me dit en se lamentant :

— « Je ne sais pas ce que tu as donné à mère. Elle est plus proche de toi que je ne l'ai été durant 28 ans dans notre maison. »

— « Avec vos sarcasmes, il est bien normal que beaucoup de gens, même vos parents, se méfient de vous », lui répliquai-je avec ironie.

Cependant, au fond de moi-même, j'étais très surprise d'apprendre que sa mère était plus proche de moi que de lui. Marcelline écrivait que son père était très souffrant et que sa mère en était très affectée. À part cela, elle me disait que c'étaient des retrouvailles familiales très chaleureuses. Fernand serait reçu et traité avec respect et dignité comme un vrai gendre. Selon Marcelline, elle et son mari avaient enfin la bénédiction parentale de leur union, plus de 30 ans après ! Elle venait de recevoir officiellement le titre de duchesse qu'elle avait perdu et dont elle se moquait éperdument. En bas de ma lettre, en post-scriptum, elle avait écrit en grands caractères : « J'ESPÈRE ÉNORMÉMENT QUE TU PRENDS BIEN SOIN DE MON FILS ET QUE NOUS NOUS REVERRONS BIENTÔT. »

J'étais capable de bien prendre soin de Brian, car j'étais déjà une mère. Je saurais donc m'occuper de n'importe quel fils, mais Brian me donnait du fil à retordre. Nous étions vendredi et je n'avais pas travaillé. Hugo était rentré chez lui. Je m'ennuyais sérieusement de lui quand Brian appela. Inquiète, je lui demandai

si tout allait bien parce que, d'habitude, il ne m'appelait jamais. Il me rassura :
— « Pardon, Carmel, de te déranger. Demain, je suis invité dans une fête chez les Kittern. J'ai donc besoin d'une cavalière. » Je me rendis donc chez les Hence où je retrouvai Brian en train de chercher, en vain, l'agenda dans lequel étaient notés les numéros des familles amies. Je lui indiquai la place où l'agenda était rangé. Il rit nerveusement et me dit :
— « Je pensais à toi, Carmel. C'est toi ma cavalière. »
— « Moi, votre cavalière, Brian ! », m'enquis-je franchement étonnée. Brian, ne me dis pas que nous irons dans une soirée profusément grandiose où se rencontrent toutes les filles convenables et respectables de Kigali. Ces filles qui attendent de tomber, comme par enchantement chacune, sur un prince charmant. Pourquoi m'invites-tu, moi ? Ces filles sont-elles déjà toutes prises ce soir ? »
— « Pour moi, Carmel, tu es plus que convenable. Tu es aimable et respectable, Carmel. »
Mon cœur faillit s'arrêter de battre. Je me dis que Brian Hence me faisait sérieusement marcher. Je lui dis qu'il était peut-être tombé sur la tête dans la journée ou qu'il avait bu un verre de trop pour ainsi déraisonner. Il me jura par tous les saints que c'était la dernière pensée qui lui traversait l'esprit. Son ton calme et sérieux me confirma qu'il ne plaisantait pas.

Je lui expliquai et lui avouai que j'avais le père de mon garçon qui n'allait peut-être pas accepter de me laisser participer aux soirées. Brian me rassura que je pourrais venir avec lui à la fête parce que, selon lui, notre présence ne poserait aucun problème chez les Kittern. Je le quittai donc en lui disant sincèrement :
— « Merci, Brian, de la confiance que vous me témoignez. Je vais réfléchir et je vous réponds demain après en avoir parlé à Hugo. Bonne nuit, Brian. »

Aussitôt arrivée chez mon grand-père, j'appelai Hugo. Comme je lui avais parlé de Brian et qu'il connaissait Marcelline, il accepta cette invitation sans poser de questions. Le lendemain, Brian était silencieux et poli. Quand je le taquinais, il riait nerveusement. Je compris qu'il n'était pas d'« humeur à badiner ». Je me concentrais sur mon travail et continuais à nettoyer les

portes et les fenêtres couvertes d'une légère couche de poussière à l'extérieur. Brian se rapprocha encore de moi et me demanda :
— « Veux-tu que je te supplie, Carmel ? Je voudrais savoir si ton ami a accepté de venir avec nous à la fête chez les Kittern. » Je levai un sourcil et lui souris. Je me remis à mon travail et lui dis de me laisser d'abord le terminer avant de continuer nos bavardages. Il ne répondit pas. Et moi, j'évitai de me retourner pour ne pas rencontrer son regard. J'éprouvais une réelle affection pour ce garçon d'origine ougandaise. Je savais, dans mon cœur, qu'il prenait et occupait peu à peu une place de choix comme celle que je réserve exclusivement à mes bons et fidèles amis. Après un moment, je me retournai curieusement. Je voulais savoir s'il était toujours sur place. Je fus surpris de constater qu'il était toujours là debout en train de me regarder travailler et d'attendre ma réponse pour son invitation. Il prit un chiffon et se mit aussi à essuyer une porte-fenêtre.

Brian affichait l'air le plus amusé. Je dus utiliser un ton autoritaire pour lui demander d'attendre que je finisse mon travail avant notre conversation au sérieux. Mon attitude ne l'impressionna pas pour autant. Il attendait toujours sa réponse. Il semblait vraiment s'amuser davantage. Je l'informai que le père de mon fils avait accepté son invitation. Il jeta le chiffon qu'il avait en mains dans le seau rempli de l'eau qui l'éclaboussa sur le coup. Malgré cela, il s'essuya joyeusement les mains sur son jean comme un petit garçon qui passe simultanément de la tristesse à la joie et vice-versa.

Brian rit aux éclats. Il fit un pas de danse en tournoyant. Je ne pus m'empêcher d'éclater de rire franchement. Brian était tellement amusant par moment. Il s'arrêta net de danser, me prit par la main, me tira violemment par le bras, me poussa dans la maison, m'entraîna dans sa chambre dont il referma immédiatement la porte à clé. Je n'eus pas le temps de protester. J'étais paralysée. Les souvenirs de l'oncle Mathias me revinrent comme un flash aveuglant. Il me traînait ensuite vers sa chambre et me fit asseoir sur le lit. Entre-temps, j'entendis une voix ferme au fond de moi me dire que, cette fois-ci, j'allais me défendre si quelque chose de médiocre arrivait encore. Subitement, je me rendis compte que le vase plein de fleurs était à portée de ma main. Il ouvrit le placard, plaisantant. Intriguée, je lui demandai, d'un ton sérieux, si je devais me déshabiller ou non. Il me répondit sans se retourner, en fouillant dans une boîte en carton, que j'en aurais bien besoin. Je sursautai au comble de l'intrigue. Il sortit de la boîte en carton un emballage qu'il me tendit. Je pris donc l'emballage et lui lançai un regard interrogatoire. Par un signe de tête, il me demanda de voir moi-même. Il y avait une robe légère, soyeuse, rosâtre pâle. Un profond soupir de soulagement s'échappa de mes narines. Déroutée, je lui lançai un second regard inquisiteur. Je n'osai ni accepter cette robe ni la refuser. Je n'arrivais pas à comprendre pourquoi il m'offrait une si belle robe. Je lui expliquai comment ma poitrine ne me permettrait pas de porter une robe très légère comme celle-là. Brian ne comprenait pas lui-même où je voulais en venir. Je lui confiai que j'avais un fils que j'allaitais. Il fut désorienté par cette précision et se passa la main dans ses cheveux qui se réarrangèrent naturellement. Il ne comprenait pas pourquoi je ne lui avais pas parlé de toute cette affaire auparavant. Il croyait que j'allais lui dire sincèrement que j'avais un fils d'un an, que son père avait le cancer du cerveau et qu'on se querellait tout le temps ? Il rit, un peu gêné, réfléchit un court instant et me suggéra :

— « Alors, Carmel, on fait un traité de paix et chacun raconte à l'autre toutes les énigmes de sa vie. »

Je souscris à sa proposition, mais je ne voulais pas dépasser les limites. Je ne savais pas pourquoi les Hence me favorisaient et j'en avais peur. Je rappelai à Brian que j'étais juste leur employée. Je le remerciai du cadeau qu'il venait de m'offrir. Je lui souris gentiment. Il insista pour que j'essaie la robe. Je regardai le temps sur ma montre. Il fallait que j'aille voir Junny. En me levant, je lui tendis une main conciliante et, pour le rassurer, lui dis :

— « J'accepte que nous deux arrêtions désormais de nous quereller. Je voudrais que nous soyons deux véritables amis. »

Il accepta ma proposition et me serra chaleureusement la main pour me dire au revoir.

À la maison, je pris une douche après avoir nourri Junny. Je portai la robe rosâtre que Brian venait de m'offrir. Elle me plaisait, mais ne me convenait pas parce qu'elle ne dessinait pas clairement les courbes de mon corps. Je pris la précaution de glisser les éponges absorbantes sous mon soutien-gorge. Hugo me trouva magnifique. J'omis décidément de lui dire la provenance de la robe. J'avais peur de le contrarier, voire de semer le doute dans son esprit à propos de mon amitié avec Brian. Le soir, ce dernier vint nous chercher en voiture vers 19 h chez mon grand-père. Hugo fit enfin connaissance de Brian. Je craignis qu'Hugo se montre méfiant devant cet « étranger » qui m'avait invitée dans une fête d'une famille que lui seul connaissait. Par chance, tout se passa dans une atmosphère détendue et conviviale. Hugo et Brian se parlaient franchement comme s'ils se connaissaient depuis longtemps, ce qui me mit du baume au cœur. Nous arrivâmes chez les Kittern où nous fûmes chaleureusement accueillis. Pendant toute la soirée, nous nous étions bien amusés. Nous dansâmes comme des fous. Hugo amusa tout le monde par sa danse traditionnelle d'Intore. Il démontra comment la flexibilité de son corps s'harmonisait très bien avec le rythme de la musique traditionnelle rwandaise. Plus tard, deux jolies filles tournèrent autour de lui. Je vis comment Hugo flirta avec elles. Je les laissai se flatter et se séduire. Je savais au fond qu'Hugo n'appartenait qu'à moi et à moi toute seule.

# L'hommage à Hugo

Trois ans plus tard, le lundi 14 janvier, à 15 h 28, l'irréparable arriva. Hugo venait de rendre inopinément l'âme. Pleurs inouïs, longues lamentations, sanglots déchirants et toutes sortes de manifestations possibles de la douleur et du chagrin faisaient tellement écho dans mon âme profonde qu'ils m'aidaient fatalement à accompagner le cercueil contenant le corps d'Hugo. La majorité des gens portaient des couleurs vives claires, à l'exception de quelques hommes en costumes sombres. Hugo avait insisté pour que son enterrement se fasse de manière faste. Certaines femmes chantaient des cantiques pendant que d'autres répétaient des litanies de prières sans se fatiguer. La foule silencieuse était triste.

En dépit de leur amour manifeste envers Hugo, la plupart des gens se réconfortaient de le voir ainsi s'en aller, lui, qui avait atrocement souffert de sa maladie principalement durant les derniers jours de sa brève vie sur terre. Pour eux, sa mort constituait une véritable délivrance pour un repos éternel qu'il méritait. Le long cortège funèbre qui accompagna Hugo à sa dernière demeure nous rappelait que la mort est là en permanence pour le commun des mortels, qu'elle frappe celui ou celle qu'elle veut, quand elle veut, où qu'elle veuille frapper et comme elle veut.

Au cimetière de Remera où repose depuis le corps d'Hugo, le cercueil fut d'abord déposé sur deux bancs en bois. Le pasteur prononça quelques mots tirés d'un livre conçu pour la cérémonie. À l'aide de deux cordes, on fit descendre solennellement le cercueil dans la tombe. Tout autour, des gens silencieux regardaient tristement cette sinistre cérémonie. J'étais devenue comme une branche d'arbre sèche immobile pour toujours. Accroché aux pans de mon *umushanana*, une tenue traditionnelle des femmes, Junny m'obligea de me baisser et me demanda :

— « Ma mère, pourquoi ces gens mettent-ils mon père dans un gros trou ? »

Malgré mes explications et malgré ses quatre ans, Junny ne comprenait pas ce qui se passait. J'avais beau m'évertuer à lui expliquer comment son père était mort de maladie dont il avait longtemps souffert, mon enfant ne comprenait rien du tout de toute cette macabre cérémonie. Pour le calmer, je lui dis et lui répétai simplement et calmement :

— « Rappelle-toi toujours une phrase. Il s'en va au ciel, mon lapin, il s'en va au ciel. »

Je lui pressai l'épaule pour qu'il ne pose plus de questions. Effrayé, il s'accrocha davantage à ma jupe. Quand on remonta les cordes, j'eus envie de me jeter dans la fosse macabre, dans l'ardente envie de partir avec Hugo et de rester avec lui pour toujours. Cependant, la main de Junny, autour de ma jambe, me confirmait que, moi, j'appartenais toujours à cette terre des vivants. Et que je le veuille ou pas, mon fils, qui venait de perdre son père, avait donc plus que jamais besoin de sa mère.

À tour de rôle, les membres de la famille et les amis proches jetèrent des fleurs au-dessus du cercueil. Il s'agissait de pétales de plusieurs variétés de fleurs. Et chaque personne en prit une poignée et les lança dans la tombe. Il y avait comme cinq paniers contenant ces pétales. La mort dans l'âme, j'observai toutes ces personnes dont les visages étaient inondés de larmes et meurtris par le chagrin. J'en connaissais certaines, mais d'autres m'étaient peut-être inconnues. Devant ce deuil, nous étions tous proches les uns des autres parce que nous étions unis par le même lien d'amour envers Hugo. Ce sentiment nous animait tous, du moins, c'est ce que je croyais.

Des visages continuèrent à défiler devant moi. Mes yeux s'éclaircirent quand je vis ma propre famille rendre un dernier hommage à Hugo. Secs depuis l'aube, mes yeux n'avaient plus la force de pleurer. Ils se remplirent de larmes, non pas celles du chagrin, mais celles de la reconnaissance. Le plus beau soleil qui brillait n'était pas le lever du vrai soleil de cette sinistre journée, mais plutôt celui de voir tous ces gens réunis pour une même cause noble, le dernier hommage à Hugo. Ce jour-là, tous ces gens furent ma vraie famille. Le même sang rouge coulait dans nos veines. Ce fut un lien indestructible. Je voulais donc toucher chacun de ces gens, leur parler et leur dire toute ma gratitude. Je voudrais revivre heureuse avec cette vraie famille, même un court instant.

Après les funérailles, nous nous rendîmes chez les parents d'Hugo pour le *Gukaraba intoki*, c'est-à-dire le lavage des mains après avoir été au cimetière. Je m'assis à côté de ma famille. Les gens qui avaient connu Hugo parlèrent de lui, comme un brave et généreux garçon. Certains arrivèrent à nous faire rire en racontant certaines anecdotes de sa vie. Mon père se leva. Je craignis qu'il ne fasse de scandale en évoquant publiquement ma relation avec le pauvre Hugo. Il prit le microphone, s'éclaircit la gorge et parla :

— « Les hommes naissent, grandissent et, en vieillissant, ils ont leurs propres enfants. Ainsi va la vie. J'ai connu ce jeune garçon, je l'ai vu grandir, je l'ai vu devenir un homme. Je vous assure que si je ne croyais pas en lui, je ne l'aurais pas laissé traîner avec ma fille ».

Mon père se tut et me regarda. J'essayai de soutenir son regard, mais le courage me manqua. J'avais déployé beaucoup d'efforts toute cette journée-là, des efforts titanesques. Après un moment, mon père reprit la parole :

— « Ce garçon ne m'a jamais déçu. En ce moment même, je ressens cette douleur à laquelle on ne s'habitue jamais, cette immense douleur de perdre un être cher, de perdre un fils. Et je voulais que vous sachiez dorénavant que je suis le plus honoré de tous. Je suis le grand-père de son fils. J'en suis très fier et très honoré. »

Il prononça la dernière phrase dans un chuchotement, sa voix se brisa presque et il remit le microphone au maître de cérémonie. Il fournit un effort surhumain de peur de laisser couler ses larmes, car au Rwanda, « *Amarira y'umugabo atemba ajya mu nda* », aucun homme ne montre sa douleur en public. Il se moucha bruyamment. Le père d'Hugo vint lui serrer fortement la main. J'aurais voulu embrasser mon père pour sa bravoure et la sobriété de son discours. Je restai donc assise, moralement et psychologiquement apaisée.

La semaine du deuil passa lentement. Heureusement pour moi, Martine et Brian s'occupèrent de la plupart des activités. J'allais chaque jour chez Hugo et certains soirs, je restai assise à côté du feu qu'on allumait dans la période de deuil. Je restai là à fixer les flammes affaiblies par la fraîcheur de la nuit. Bien que chaudes, ces flammes ne m'apportaient aucune chaleur au corps.

De même que rien ne pouvait me consoler, ainsi personne ne pouvait me réconforter. Et à force de fixer les flammes, un soir, j'eus l'impression qu'Hugo était bien là au milieu du feu. Les autres personnes, à côté de moi, dormaient. Je fus la seule à voir Hugo dans les flammes vers lesquelles j'avançai la main, espérant le toucher. Ma main était tellement froide qu'un peu de chaleur me fit du bien. J'étais convaincue qu'Hugo était là près de moi, avec moi. La porte du salon s'ouvrit et une main m'arracha à contrecœur de la contemplation du feu. C'était Brian qui me mit, autour des épaules, un pagne multicolore avec des oiseaux bleus.

— « Quelle heure est-il ? », demandai-je à Brian.

— « Il est 4 h 16 », répondit Brian après avoir éclairé et consulté sa montre.

Cette heure précise me rappelait une autre nuit au cours de laquelle Hugo et moi avions été heureux. Cette coïncidence de l'heure me rassura et me persuada qu'Hugo était tout près. Il fallait que je le dise à quelqu'un. Brian me regarda silencieusement avec une grande attention. Je ne savais pas par où commencer et ce que je devais lui dire exactement. Il croyait peut-être que j'étais devenue folle. C'était à peine croyable pour lui. Il hocha la tête et retourna à l'intérieur. Je savais qu'il était devenu un grand ami d'Hugo. En mémoire de son ami, il se démenait pour être utile à mon enfant et à moi.

Cependant, ma petite voix intérieure me disait que c'était particulièrement pour moi. Je me rappelai qu'au début de notre amitié et, surtout, après la fête chez les Kittern, il m'avait avoué qu'il s'était réellement épris de moi. Toutefois, il avait rapidement compris que c'était Hugo qui était mon amour et ma grande préoccupation au quotidien. Brian l'avait compris une fois pour toutes de façon que, lui et moi, ne reparlions plus jamais profondément de sa passion pour moi. Par contre, notre amitié en fut ragaillardie. Ainsi, Brian s'était comporté en bon ami ces dernières années.

Après la mort d'Hugo, les nuits furent pour moi les moments les plus difficiles à supporter. Je poussais souvent de longs soupirs, suffoquais bruyamment et éclatais en sanglots. Certaines nuits, mon grand-père venait me consoler. D'autres, j'étouffais mes sanglots dans mon oreiller de peur de tourmenter mon grand-père. Une nuit, je me levai, quittai ma chambre sur la pointe des pieds et rejoignis mon fils qui dormait dans la chambre réservée aux visiteurs. Cette chambre était mitoyenne à la mienne et Hugo l'occupait souvent pour ses multiples repos chez mon grand-père. Comme Junny dormait profondément, je m'endormis à ses côtés.

À l'aube, je me réveillai en sursaut, le corps entier trempé de sueur. Je venais de faire un horrible cauchemar dont je ne parvins pas à me rappeler. Mon cœur battait tellement fort qu'il me faisait mal. Avec une main, je le pressai pour diminuer son rythme. J'essayai sans succès de me rendormir. Lasse, je me levai et me dirigeai vers le vieux placard où restaient quelques habits ayant appartenu à Hugo. Je pris deux de ses chemises et les serrai entre les mains. Lentement, je les approchai de mon nez et je les reniflai. Ces deux chemises gardaient encore intacte l'odeur du défunt. Je ne les avais plus lavées depuis la dernière fois qu'Hugo les avait portées avant sa mort. J'eus la ferme conviction qu'Hugo était là très proche de moi. Tout mon esprit se replongea dans les souvenirs.

Quelques jours après, j'obtins une réponse favorable du gouvernement qui venait de m'octroyer une bourse d'études. J'avais pourtant suspendu mes études à cause de la grossesse. Je repris donc mes études de biologie à l'Institut Supérieur des Recherches scientifiques. J'étais passionnée par la biologie et j'étais persuadée d'avoir fait un bon choix. Ayant un horaire modérément chargé, je pouvais très bien jouer mon double rôle de mère et d'étudiante. Je ne travaillais plus chez les Hence. J'avais démissionné trois mois après leur départ en Europe. Brian et moi étions restés de bons amis. Nous nous fréquentions de temps en temps et notre amitié était parfaitement solide.

Junny venait d'avoir quelques mois de plus quand je retournai à l'université. Les premiers jours semblaient très difficiles à cause de mon adaptation à la vie étudiante. Je m'apercevais souvent comment mes condisciples chuchotaient régulièrement je ne sais quoi derrière mon dos. Malgré cela, je parvins quand même à me créer deux amies : Esther et Tédine. Nous étions dans la même classe et avions la bonne habitude de réviser nos cours ensemble. Mes deux amies logeaient dans l'un des dortoirs de l'établissement. Elles partageaient une chambre dans laquelle je me reposais quand j'avais du temps de libre. J'avais beaucoup de chance parce que mon grand-père s'occupait de Junny. Je ne pouvais pas me permettre d'engager une nounou pour s'occuper de mon fils ni l'amener à la crèche, ce qui me coûterait énormément cher. Certes, j'avais fait de petites économies, mais la bourse mensuelle de 25 000 francs rwandais que le gouvernement m'octroyait était très modeste.

J'étais souvent inquiète d'entendre certains étudiants murmurer des choses à mon sujet. De même, certains professeurs hochaient gravement la tête en reconnaissant mon identité. Comme j'étais réservée, je n'arrivais pas à parler de ma vie à mes nouvelles amies, Esther et Tédine, qui ne me posaient pas de questions à ce propos. J'attendais que notre amitié se consolide pour me confier et m'ouvrir petit à petit à elles. Un soir, je décidai de rester réviser mes cours à la bibliothèque du campus. Je n'avais pas prévenu mes deux amies de ma présence tardive au campus. Avant de rentrer, je passai dans leur chambre pour leur souhaiter une bonne nuit. Je les surpris au milieu d'une conversation :

— « Mathilde m'a dit que Carmel a un mari, un amant et un enfant », rapportait Tédine.

— « Elle sait collectionner des hommes, cette bonne Carmel, renchérit Esther. Je me demande comment elle fait pour satisfaire un mari, un amant et comment elle fait pour concilier son rôle de mère et d'étudiante. Il faut être Carmel pour faire tout cela. Elle doit avoir des nerfs solides, cette Carmel. »

Je sursautai en entendant mon nom. Et Tedine continua :

— « C'est Carmel qui a fait révoquer un professeur d'anatomie de l'Université nationale du Rwanda, il y a près de trois ans. Elle a littéralement séduit ce professeur qui a fini par être accusé de viol sauvage. C'est donc une parfaite femme provocante, Carmel. »

Mes deux amies éclatèrent de rire. Je n'osai pas faire un seul geste, j'étais choquée par leurs propos. J'attendis un moment avant de frapper à la porte. Esther vint ouvrir la porte. Nous nous saluâmes sommairement. Les deux étaient troublées de me voir là. Elles ne comprenaient pas pourquoi je me retrouvais encore au campus à cette heure tardive. J'affichai un faux sourire sur les lèvres, leur expliquai que je révisais mes cours à la bibliothèque et leur souhaitai une bonne nuit, avant de m'en aller à la maison de mon grand-père.

Deux jours plus tard, j'appris par Robert, un autre condisciple, que le docteur Mathias, qui enseignait l'anatomie à l'Université nationale du Rwanda, venait souvent tenter de séduire des filles dans mon campus. À cause des accusations multiples de viol dont il était accusé, il avait été renvoyé de l'Université nationale du Rwanda et du Centre hospitalier universitaire de Kigali où il travaillait. Il avait également réussi à fuir hors du pays par la complicité de certains de ses amis. Les professeurs qui affichaient de l'hostilité à mon égard au campus étaient également ses amis. La rumeur courait donc dans tout le campus. Je ne pouvais pas en vouloir à Esther et à Tédine dans leurs cancans qui résultaient sûrement de la rumeur. Il fallait que je leur dise finalement la vérité.

L'année universitaire suivante, j'entrai en deuxième classe et Junny commença l'école maternelle. Il fallait que je m'occupe activement. À l'école comme à la maison, j'en avais besoin pour empêcher mon esprit de ne penser qu'à Hugo. C'est ainsi que je réunis les filles de ma classe. Nous étions 18 ; je leur demandai de placer les chaises de manière à faire un cercle. Cela nous faciliterait la communication. Nous disposions d'une heure et demie de temps libre. J'appréhendais légèrement la curiosité de leurs regards. Nous nous connaissions déjà toutes. C'était inutile de nous présenter les unes aux autres.

Je décidai alors de leur parler courageusement de moi, de mon adolescence tranquille, de mes bons et mauvais amis du secondaire, d'Hugo et de notre indéfectible amitié. J'en profitai pour leur expliquer, avec force détails, son incurable maladie dont il a atrocement souffert et les différentes rechutes qu'il avait vaillamment vécues. Face à cette atroce réalité, je leur démontrai comment j'avais pris la décision la plus importante de ma vie, en choisissant d'avoir un enfant avec lui. Je leur parlai aussi des circonstances douloureuses et tragiques dans lesquelles j'avais été sauvagement violée, de ma relation tumultueuse avec ma famille et avec ma mère en particulier.

Par cette occasion, je voulus que les étudiantes présentes et moi puissions créer un cercle d'amies, d'échanges et de partage d'idées. Cela aiderait la majorité des filles rwandaises encore victimes silencieuses de la méchanceté des hommes à prendre enfin conscience de leur dramatique situation et à s'en sortir une fois pour toutes.

Après ma longue parole, Mathilde parla au nom du groupe :

— « Avant tout, merci beaucoup de nous réunir ici et surtout de nous donner une explication sur toutes les rumeurs qui couraient à ton sujet. Je sais que le viol, dans notre culture, est un sujet délicat et un tabou. Au Rwanda, la coutume interdit aux filles et aux femmes de dévoiler le fond de leur cœur. Cependant, le monde dans lequel nous évoluons actuellement nous impose d'être de plus en plus ouvertes et de parler clairement des sujets jadis tabous, entre autres, notre féminité, notre sexualité, nos expériences heureuses et douloureuses. Ton histoire, Carmel, peut nous aider à sauver toutes les filles et les femmes qui souffriraient encore de la supériorité masculine aveugle et aveuglante. »

Dans le regard abasourdi de cette assistance exclusivement féminine, je parvins à lire un mélange de crainte et d'intérêt. Personne ne savait par où commencer, moi non plus. La sexualité demeurait un tabou dans beaucoup de pays d'Afrique, dont le nôtre. Cependant, il est important, et cela s'impose aujourd'hui, que les filles et les femmes s'éveillent, s'émancipent en bousculant, sans froid aux yeux, nos habitudes séculaires qui apparaissent obsolètes et incompatibles avec le monde moderne. Nous devons avoir le courage d'accepter de changer certains traits démodés de notre culture. L'acte de parler, quand il est sincère et vrai, aide à sauver des êtres et des âmes meurtris. Nous nous fixâmes un nouveau rendez-vous dans deux jours. Nous voulions prendre un temps nécessaire de recul et de réflexion avant de nous engager dans une démarche commune et militante.

Les garçons revinrent en classe. Les cours reprirent selon l'horaire du jour. À la fin de la journée, je rentrai chez mon grand-père. J'hésitai beaucoup avant d'oser parler de notre projet à d'autres personnes, dont mon grand-père. C'était un projet encore embryonnaire. Les gens avaient vraiment peur de parler d'eux-mêmes, d'être jugés ou incompris. Moi, j'avais toujours eu une oreille attentive pour écouter les idées d'autres personnes. J'écoutais facilement mon frère, Chris, et mon ami, Hugo, quand il était encore vivant.

Vendredi suivant, je m'installai d'avance dans le bosquet où les filles de notre classe devaient se retrouver à 16 h. Je surveillai constamment ma montre. Il était déjà 16 h 11. Je continuais à guetter leur arrivée, mais en vain. Je me sentais de plus en plus ridicule avec mon classeur posé sur mes genoux. Je me demandais si j'étais mieux placée pour aborder courageusement l'histoire de la vie de bien des filles et des femmes dans ce pays où l'égoïsme et l'arrogance des hommes s'étaient incrustés dans les mentalités et les consciences depuis de millénaires. La vie des gens constitue un sujet généralement intense d'émotions riches, pauvres, vives et malheureuses.

J'avais préparé un questionnaire dont je regrettai d'avoir imprimé beaucoup de copies. Je relus les questions que je connaissais déjà par cœur : avez-vous déjà échangé un baiser avec un garçon ? Avez-vous déjà eu des rapports sexuels avec un garçon ? Avez-vous été l'objet d'avances déplacées ? Avez-vous été victime d'un viol ? Avez-vous déjà eu un enfant ? Avez-vous déjà avorté ? Pendant que je relisais mes questions, les filles de ma classe arrivèrent enfin. Soulagée de les voir arriver les unes après les autres, je leur souris triomphalement. Elles m'expliquèrent qu'elles s'étaient attardées à cause d'une querelle musclée entre deux garçons de notre classe. J'attendis un peu pour que leurs esprits se calment.

Mes condisciples me demandèrent comment je comptais diriger les activités. Honnêtement, je n'avais pas de plan précis à ce sujet. Cependant, j'espérais qu'une fois réunies, nous y parviendrions ensemble. Nous parlâmes d'abord de banalités de la vie et, petit à petit, l'aisance et l'assurance adéquates à notre rencontre s'installèrent dans le groupe. Je distribuai les questionnaires. À la lecture des questions, je découvris que mes condisciples en étaient visiblement émues, légèrement brusquées.

Je les rassurai en disant qu'il n'y avait aucun mal à parler de notre sexualité entre nous. Nombreuses sont celles qui se posaient des questions secrètes sans pouvoir les formuler à haute voix. La plupart affichaient de la crainte dans leurs regards. Elles n'étaient pas prêtes à se livrer et redoutaient de se confier pour finalement être trahies. Je les comprenais. Nous devrions attendre le moment idéal. Je restais convaincue que le partage d'idées était le premier moyen d'affronter les problèmes auxquels étaient confrontées la majorité des jeunes filles et des femmes dans nos pays.

— « Nous allons commencer par des sujets très simples », annonçai-je d'un ton enjoué.

Je leur demandai de me dire combien avaient été victimes d'avances inopportunes. Elles levèrent spontanément la main. Ce geste présagea donc un bon début dans notre démarche commune et militante. Nous parlâmes ensuite des circonstances ayant entouré ces avances inopportunes. Sabine, une fille de taille impressionnante et d'humeur toujours joyeuse, nous raconta qu'elle avait été agressée par un homme dans l'escalier d'un immeuble dans le centre-ville de Kigali. Ce quidam lui avait touché les fesses lorsqu'il montait derrière elle. Sabine avoua qu'elle était embarrassée, ne savait pas quelle attitude adopter, mais finit par presser ses pas pour échapper à cet individu. Pour Sabine, nous n'avions pas de raison d'appréhender de parler de la sexualité. C'est notre droit le plus naturel parce que nous sommes souvent victimes de la barbarie des hommes dans ce domaine. Chacune donna son opinion à ce propos.

Pour Madeleine, la sexualité, ce sont les rapports intimes dans un couple marié afin de procréer. Plusieurs ne souscrivirent pas à cette définition, car la sexualité ne concerne pas que les personnes mariées. Pour Josée, c'est une méthode que Dieu nous a donnée pour l'aider à créer d'autres hommes. La plupart des chrétiennes de la classe approuvèrent cette définition. Les non-croyantes s'y opposèrent parce que beaucoup de personnes qui vivent leur sexualité ne sont généralement pas mariées selon les lois des Églises. Et pour Caroline, c'est l'épanouissement entre deux corps attirés l'un par l'autre. Un autre groupe soutint cette définition. D'autres s'y opposèrent d'autant plus que certaines femmes subissent la sexualité sans être attirées par les hommes qui abusent d'elles.

Selon Marie, c'est le témoignage entre deux personnes qui s'aiment. Enfin, Justine dit que la sexualité se pratique au lit. Cette dernière opinion fit rire tout le monde parce que la plupart des participantes désapprouvèrent cette définition, en raison de la diversité des endroits où la sexualité se vivait et se pratiquait au quotidien.

Les définitions de la sexualité étaient donc abondantes et variaient d'une fille à l'autre, selon leurs convictions et leurs expériences. Nous échangeâmes nos idées dans un climat dominé par l'humour et le sérieux. J'avais le sentiment d'être utile dans ce groupe puisque j'avais trouvé un moyen d'empêcher mon esprit de se morfondre de la mort d'Hugo et des ragots sur ma vie privée. De même, je parvins à convaincre peu à peu toutes les filles de ma promotion de parler ouvertement de leur sexualité sans arrière-pensées, sans remords. Avant de nous quitter, nous nous promîmes de nous retrouver une semaine plus tard.

Un mois s'écoula. Notre cercle s'élargissait de jour en jour. Chaque fille du groupe en invitait une autre et le cercle continuait à s'agrandir. Trois mois plus tard, nous étions une cinquantaine de filles. Nos responsabilités s'accroissaient. Certaines filles s'occupaient de négocier et de trouver une salle libre au campus pour nos réunions. D'autres s'employaient à choisir le sujet de nos différents débats, au moment où d'autres encore dirigeaient efficacement les activités du jour. Nous n'avions aucun statut et cela ne m'inquiétait pas outre mesure. Un jour, les discussions prirent une autre tournure, les filles acceptèrent de parler d'elles-mêmes.

C'était devenu un cercle de solidarité. Nous étions toutes assoiffées du soutien que nous nous apportions les unes aux autres. Nous ne ressentions plus la peur d'être trahies. Nous étions devenues une petite famille. Le doyen de la faculté des sciences vint nous rendre visite parce qu'il avait entendu parler de notre association. Il nous conseilla de parler officiellement de notre action aux autorités de l'institut. Peu de temps après, une commission de quatre personnes vint nous visiter et nous évaluer. Nous fûmes autorisées à exercer légalement nos activités à l'Institut supérieur de recherche scientifique.

Très tôt le matin, Junny bougea dans le lit. Il n'était pas couvert. Je remontai la couverture jusqu'à ses épaules. Tout en passant un bras autour de ses côtes, je priai Dieu pour que mon fils ait un sommeil paisible.

— « Ma mère ! Réveille-toi », me dit Junny en me secouant les fesses.

— « Qu'est-ce qu'il y a, Junny ? », demandai-je d'une voix encore endormie.

— « Je t'ai servi le thé ! », répondit-il.

Il venait de me tirer d'un sommeil profond. Je lui en voulais. Je me dis qu'un petit-déjeuner au lit valait toujours la peine avant qu'on se réveille. Junny était si attendrissant. Il était déjà sorti quand je me redressai. Je bus une gorgée du thé qui était plus qu'amer. Junny m'avait apporté ses biscuits. J'étais trop émue de le voir agir ainsi. Par son geste, je compris que je n'étais plus toute seule dans la vie. J'avais un fils capable de m'apporter désormais de la nourriture au lit et de prendre soin de moi.

J'allumai la radio qui était toujours branchée à une prise. La journaliste animait une émission sur le réchauffement climatique. La voix rauque de l'écologiste, qui critiquait les politiques du gouvernement dans la gestion des crises écologiques, me séduisit. Je suivis l'émission avec intérêt, mais je changeai de chaîne quand l'écologiste se mit à parler de l'écosystème.

— « Qu'est-ce que la crise logique, ma mère ? », me demanda Junny avec une ferme curiosité.

— « La crise écologique », lui dis-je avec précision. Je n'arrivai pas à comprendre comment lui expliquer ce phénomène scientifique, lui qui n'avait que quatre ans. Devant mon hésitation, Junny conclut :

— « Laisse tomber, ma mère. Mon père savait très bien expliquer des choses plus que toi. Sais-tu qu'il me manque beaucoup. Dis-moi quand il reviendra du ciel pour nous voir. »

— « Ton père ne reviendra pas, Junny. Il ne reviendra pas. Les morts ne reviennent jamais. Ton père me manque aussi énormément. Et rassure-toi que je sais aussi bien faire des choses que lui lorsqu'il était vivant. »

Pour le lui prouver, je me mis à jouer au ballon avec lui. Je savais jouer au ballon, même si, parfois, j'avais des gestes maladroits.

Un samedi, je préparai Junny. Nous nous rendîmes chez les parents d'Hugo. En fin de semaine, les élèves n'allaient pas à l'école. Les membres de la famille d'Hugo étaient là, présents. Ils nous accueillirent convenablement. De retour à la maison le soir, nous retrouvâmes mon grand-père seul assis au salon dans le noir, en train d'écouter des nouvelles à la radio. Joyeux de le revoir, Junny l'embrassa, mais mon grand-père grommela. Je devinai qu'il aurait voulu qu'on patiente jusqu'à la fin du bulletin d'information pour lui parler. J'allumai l'interrupteur, jetai mon sac à main dans un fauteuil et m'assis dans un autre. Junny préféra les genoux de son arrière-grand-père. Il joua avec sa barbe blanche et lui demanda :

— « Quand mon père va-t-il revenir du ciel ? Il m'avait promis qu'on jouerait ensemble pendant les vacances. Peut-on aller revoir mon père bientôt ? »

Malgré ma réponse à ce sujet, Junny revint à la charge en reposant les mêmes questions à mon grand-père. Les larmes remplirent mes yeux. Mon grand-père me secourut en lui disant :

— « Junny, tu le reverras ton père quand tu seras grand. Pour le moment, ta mère et moi, on peut bien jouer avec toi. »

Les deux se retournèrent vers moi. Je hochai la tête en gratifiant mon grand-père d'un sourire reconnaissant. Le lendemain, un dimanche, nous nous rendîmes chez nous après la messe, Junny et moi. Nous y rencontrâmes ma mère. Junny courut vers elle et se jeta dans ses bras. Moi, je me contentai de lui tendre la main. Nous nous étions assises sur la terrasse où ma mère me dit, en désignant Junny qui jouait seul dans le gazon :

— « Il ne ressemble pas à son père. »

— « Il ne lui ressemble pas parfaitement, mais il a quelques traits de lui. Sa façon de froncer les sourcils d'étonnement, ses longs sourcils et ses oreilles légèrement décollées rappellent exactement son père », décrivis-je mon fils à ma mère.

— « Carmel, je suis très fière de toi, ma fille, me dit ma mère en regardant Junny. Tu incarnes vraiment mon rêve. Quand j'étais jeune, j'avais ta détermination ; mais le courage de m'imposer m'avait sérieusement manqué. Toi au moins, tu as défié mon autorité. Je t'ai traitée exactement comme l'aurait fait ma mère contre moi. Toi, tu as gagné ton pari sur moi. Tu es une battante. Si je t'ai chassée de la maison, c'est juste par simple fierté. Toutefois, rassure-toi que j'avais sérieusement eu honte après t'avoir chassée de la maison sans même savoir où tu allais. Tu as gagné mon respect, Carmel, ma fille bien aimée. »

Elle continua à parler. Toute ma colère avait disparu depuis longtemps. Je retrouvai donc ma mère, calme, rassurante et compatissante. Je la compris mieux ce jour-là qu'avant. Ce n'était pas facile pour moi de me rebeller et de me passer de l'aide de mes parents pendant plusieurs années. J'avais abandonné l'aisance matérielle de mes parents pour aller vivre parfois dans la précarité chez mon grand-père. Je le reconnais et le regrette amèrement. Cependant, il fallait passer par cette étape de la vie, car si le grain ne meurt pas, il ne germera pas. Ma mère arrêta de parler. Elle était mon modèle. Elle s'était battue pour nous et nous ne manquions de rien. Je savais qu'elle nous avait aimés de tout son cœur, de tout son mieux. Elle n'était pas très expressive, mais elle nous aimait. Les choix qu'elle nous imposait dans la vie étaient ceux qu'elle jugeait les meilleurs pour nous, selon son expérience. Astrid Kayitesi aimait donc ses enfants. Et je ne voulais plus qu'elle ait le sentiment d'avoir échoué l'éducation qu'elle nous donnait. Ce n'est pas facile d'être une mère. Il n'y a pas de règles strictes à suivre pour jouer à la perfection le rôle de mère. Et moi, je regrette d'avoir hâtivement, peut-être, jugé ma mère. Aujourd'hui, je comprends qu'il fallait prendre en considération qu'elle était un être humain, une mère parmi tant d'autres, avec ses qualités et ses défauts. Spontanément, une idée me vint à l'esprit :

— « Veux-tu reprendre tes études, ma mère ? »

Elle me regarda, ahurie, et me cria :

— « Es-tu devenue folle, Carmel ? Excuse-moi, c'est impossible. Je suis très vieille pour les études, ma fille. »

Je lui affirmai qu'il n'était jamais trop tard pour faire quelque chose dans la vie. Les hommes et les femmes de son âge étudiaient. Désormais, il n'y avait plus des barrières qui empêchaient les personnes âgées d'entamer les études universitaires. J'étais consciente que ma mère âgée de 48 ans se sentait vieille au fond d'elle-même. Or, il ne lui restait que deux ans pour qu'elle obtienne une licence en économie. Il fallait seulement deux ans pour que le grand rêve de ma mère se réalise. Je lui donnai mon point de vue, lui expliquai à quel point ça serait tellement rapide qu'on n'aurait même pas le temps de s'ennuyer d'elle. Mon père avait un bon travail. Donc, ma mère pouvait envisager de démissionner et de retourner aux études en s'inscrivant dans l'un des programmes du soir. Je vis un brin de lumière dans les yeux de ma mère comme si l'espoir lui revenait.

Deux mois plus tard, en mars, ma mère obtint, grâce à Brian, une inscription à l'Université de Makerere en Ouganda. Tout excitée, elle vint me voir et entra dans ma chambre sans frapper. Elle m'assura qu'elle ne se rabaisserait jamais en frappant à la porte de ses enfants. Je lui souris fièrement en disant qu'elle ne changerait jamais. Je me rendis compte qu'il était plutôt grand temps pour moi de l'accepter telle qu'elle était.

Lorsque ma mère entra dans ma chambre, je grondais Junny qui ne voulait pas enfiler la paire blanche de chaussettes que j'avais soigneusement choisies pour lui à l'occasion de la fête scolaire de la fin du second trimestre. Junny s'imposait. Il voulait porter des chaussettes banales ayant une grosse tête de Mickey imprimée sur les côtés. Après avoir exposé le problème à ma mère, elle mit fin à notre querelle en me lançant un regard malicieux et dit :

— « Carmel, il faut parfois laisser les enfants faire leur choix, ma fille. »

# Le cadeau magique

Enfin, ma mère avait raison et Junny avait raison. Il n'y a que moi qui ne comprenais pas pourquoi mon fils voulait à tout prix porter les chaussures de son choix. À l'école maternelle de Junny, on aurait dit qu'on célébrait l'anniversaire de Mickey plus que la fête scolaire de fin d'un trimestre. Tous les écoliers portaient la marque Mickey : sur leurs tee-shirts, sur leurs mallettes, sur leurs chaussures, sur leurs chaussettes. Ceux qui la portaient sur leurs tee-shirts avaient grandement ouvert leur uniforme pour que la fameuse inscription Mickey soit bien visible. L'intervention de ma mère avait permis à Junny de porter ses chaussettes que moi je qualifiai de « banales ». Autrement dit, c'est mon fils qui serait traité d'écolier banal dans son école.

La directrice prit la liste et appela chaque élève à qui elle remit son bulletin scolaire trimestriel avec un cadeau parce que tous les écoliers avaient été excellents. Comme cadeau, chaque écolier reçut un livre de coloriage. Chaque parent avait acheté et remis ce livre à l'école sans en informer son enfant. Pour tous les écoliers, ce livre était un cadeau magique. Les notes de Junny avaient chuté, mais il pourrait passer de classe s'il améliorait considérablement ses notes au cours du trimestre suivant. Il avait été déstabilisé par la mort de son père. Et durant le dernier trimestre, j'aidais régulièrement Junny de mon mieux. Lui et moi, nous répétions ses cours et faisions ses devoirs. Je l'encourageai et à la fin de l'année scolaire, il avait de bons résultats.

De mon côté, je ne pouvais pas monter de classe pour avoir suspendu certains de mes examens à la suite du décès du seul homme que j'avais et qui m'aimait. Je devais passer ces examens en seconde session avant de monter en troisième année. En somme, je devais passer cinq examens. Je les passai avec ceux qui avaient échoué. Nous formions une équipe et les autres m'aidèrent énormément étant donné que nous révisions nos cours ensemble. Nous nous serrions les coudes. Après les examens, je pris des vacances bien méritées. Je passais mes journées avec Junny et parfois avec mon grand-père. Je donnais mon temps à mon fils, le gâtais et le couvrais indéfiniment de toute ma tendresse. Mieux encore, je jouais toujours au football avec lui dans le jardin, sous l'œil admiratif de Muzehe.

Toutes les nuits, j'avais renoncé à dormir avec Junny à cause de rêves étranges qui m'agitaient souvent. J'avais peur de le réveiller. Il n'y avait nulle part où je pouvais fuir ma solitude. Malgré la peur de ma solitude, je regagnais habituellement ma chambre et m'allongeais dans mon lit. Je pris l'une des chemises d'Hugo et en fis ma chemise de nuit. De cette façon, je le sentais là m'envelopper, me serrant contre lui, me murmurant des mots tendres à l'oreille. L'odeur d'Hugo se dissipait lentement, sa dernière trace s'envolait ainsi. Là, je pouvais enfin dormir, m'endormir jusqu'au petit matin.

Un soir, Junny et moi regardions le fameux dessin animé *Les célèbres Simpson*, quand mon grand-père m'informa :

— « Carmel, ton téléphone sonne dans ta chambre. »

Je bondis et accourus vers ma chambre. Pendant les vacances, je laissais mon téléphone dans ma chambre, car je ne recevais pas autant d'appels que pendant l'année scolaire. En regardant sur le petit écran, je lis le nom de Brian, qui s'affichait.

— « Bonsoir, Carmel ! Comment vas-tu ? », me dit-il.

En lui souriant, je lui dis chaleureusement :

— « Brian, quelle belle surprise pour moi de m'avoir appelé ! Mon grand-père, Junior et moi sommes tous bien portants. Je joue régulièrement au football avec Junior. Je suis devenue une vraie championne de football. Toi, on dirait que tu avais disparu dans la nature. On n'entend plus parler de toi ! Que s'est-il passé ? »

Brian rit aux éclats et me répéta qu'il était très occupé par le travail. Il me demanda s'il pouvait passer me voir à la maison. Il n'était que 18 h 35. Ce n'était pas tard pour le recevoir. Quelques minutes après, Brian arriva, l'air visiblement fatigué. J'avais soupçonné qu'il travaillait intensivement pour rattraper le temps passé au chevet d'Hugo et durant la période de deuil. Brian était très bon et serviable. Il amenait Hugo chez lui où ils jouaient au billard des nuits entières. Brian lui tenait souvent compagnie et rendait son agonie moins solitaire, moins pénible. Il s'était démené pour les funérailles d'Hugo. Mon grand-père et Junny étaient toujours heureux de le recevoir à la maison.

Brian causait approximativement en *kinyarwanda* avec mon grand-père et Junny, ce qui leur permit de se lier déjà d'amitié. Leurs conversations étaient aussi drôles qu'intéressantes. Tous essayaient de se comprendre tant bien que mal. Brian jouait avec le petit garçon aux jeux vidéo qu'Alex avait prêtés à Junny. C'étaient des jeux vidéo de dernier cri. J'étais vraiment nulle dans ce genre de jeu. Lorsque nous étions des enfants, les jeux vidéo n'étaient pas courants en Afrique en général et au Rwanda en particulier. Junny était ravi de jouer avec Brian, un adversaire doué et redoutable. Celui-ci partagea une dernière bière avec mon grand-père avant de prendre congé. Je le raccompagnai jusqu'à sa voiture. Il déverrouilla la portière et s'installa derrière le volant. Il m'ouvrit la portière opposée à la sienne. Je le regardai, très étonnée, et lui demandai si nous allions quelque part. Il me dit simplement qu'il ne voulait pas que je puisse avoir froid.

On ne pouvait pas avoir froid au début de juillet. Le soleil caniculaire de la journée brillait de toutes ses forces. Je me moquai de lui et de sa proposition avant de monter quand même dans la voiture.

— « Tu as une meilleure mine », me dit-il en me dévisageant intensément. Il hocha la tête en continuant de me regarder tristement.

Intimidée, je fixai un point invisible au-dessus de son épaule.

— « Qu'as-tu prévu pour les vacances ? », me demanda-t-il fiévreusement.

— « Je n'ai rien prévu d'extraordinaire, mais je compte profiter pleinement des vacances pour m'occuper de Junny. J'ai envie de rester avec lui tout le temps », lui dis-je avec emphase.

Brian hocha encore la tête. Au même moment, je lui demandai encore :

— « Au fait, tu as offert de la bière à mon grand-père et des céréales à Junny. N'as-tu rien prévu pour moi ? Cherches-tu à corrompre mes hommes ? »

Il me sourit encore et dit en jurant :

— « Je ne ferai jamais rien de mal derrière ton dos. Et puis, qu'est-ce qui te dit que je ne t'ai rien apporté ? »

Mon cœur battait plus vite. Je me sentis doucement ravie. Il ouvrit la boîte à gants de sa voiture, prit une enveloppe et me la remit. Je posai sur lui un regard interrogateur. Il me pria d'ouvrir cette enveloppe. Je fus agacée de constater que mes doigts tremblaient légèrement. J'ouvris l'enveloppe. Elle contenait une carte de séjour à l'Hôtel Angora. Émerveillée, je me mis à le regarder avec une grande admiration. Brian venait de m'offrir une semaine de vacances dans un endroit paradisiaque. C'était plus que je ne pouvais m'imaginer.

Il découvrit l'expression de malaise sur mon visage. Il me demanda de réfléchir à ce séjour et de ne pas penser à Junny ni à Muzehe. Il me dit que j'avais besoin d'être moi-même, de me reposer après tout ce qu'il y avait eu, dans la solitude la plus totale pour me ressourcer. Il me rappela la mort d'Hugo et me suggéra d'être en meilleure forme pour mon fils. J'avouai qu'il savait parfois me convaincre et regrettai que Brian, le querelleur, ait disparu au profit de cet homme nouveau et attentionné. Je me sentis désarmée. Il aurait été impoli pour moi de refuser un tel cadeau. En plus, Brian était mon ami. Il n'avait aucune arrière-pensée, et ne cherchait que mon bien-être.

Une semaine et quatre jours plus tard, je montai dans un bus pour l'Hôtel Angora. Laissant tout derrière moi, je n'avais qu'un sac contenant mes affaires personnelles. Dans le bus, nous étions à peu près une vingtaine de personnes à embarquer pour l'Hôtel Angora situé sur une colline dominant le lac Kivu dans l'ouest du pays à Kibuye. La plupart des gens regardaient défiler le paysage devant leurs yeux et ne parlaient qu'en se montrant les endroits distinctifs. Je regardais aussi, mais sans rien voir, car je me battais contre le flot de culpabilité que je ressentais pour avoir accepté de me rendre dans cet hôtel, abandonnant presque mon fils derrière moi.

J'étais installée au fond du bus. Du regard à travers le rétroviseur, le chauffeur commença à flirter avec moi. Je n'étais pas douée pour ce genre de jeu. J'avais une conscience qui me torturait suffisamment de façon qu'il ne m'était pas possible de penser à autre chose. J'enfonçai les écouteurs de mon baladeur dans les oreilles. J'écoutais les chansons mélancoliques de l'album d'Hélène Ségara. Je maximisai le volume pour que la musique couvre le son de mon esprit. Le seul résultat que je recueillis fut un bourdonnement. J'arrêtai un peu la musique et mes oreilles restèrent assourdies un moment. Je tournai mes yeux vers le paysage verdâtre des collines qui s'offrait à moi. Il faisait un peu frais. C'était normal parce qu'on avait quitté Kigali à 6 h du matin. Notre bus roulait à vive allure, ce qui augmentait le courant d'air. Je me dis que si Hugo avait été présent, il m'aurait discrètement tenu la main, ce qui m'aurait réchauffée mieux que dix tasses de thé chaud. Alors, je me permis de croire qu'il était là. Ce n'était plus le garçon souffrant et grabataire, mais plutôt mon meilleur ami de tous les temps. Je conversai avec lui dans ma tête, me moquant des gens comme on l'aurait fait ensemble. Réconfortée, je ris. Ramenant le regard à l'intérieur du bus, je croisai celui du chauffeur et mon sourire se figea. Il me souriait bêtement et je me sentais agacée. Je pris mon sac de voyage et le mis fermement sur mes cuisses pour m'assoupir.

L'Hôtel Angora était un lieu paradisiaque. Il était au milieu de la forêt pleine de merveilles de Nyungwe, dans le coin tranquille de Rebero où l'on pouvait apercevoir en basse altitude le lac Kivu. Ce nom simple et élégant le désignait comme un héritier. La chaleureuse bienveillance des employés lui donnait l'impression d'être une reine. J'avais envie d'y rester pour l'éternité. Dans le hall, la standardiste nous remit les clés suspendues à des léopards taillés en bois où étaient gravés les numéros de chambre. J'occuperais la chambre 17. Alors, je balançai la clé dans ma main. Le chiffre 17 ne correspondait à aucune date dans ma tête. Aucun malheur n'y était associé. Je pensais que ce chiffre était mon porte-bonheur. Une fille en tenue de travail m'accompagna jusqu'à la chambre qui allait être la mienne pendant une semaine.

Au passage, elle me montra les restaurants animés, la salle de cinéma et une petite discothèque. Dans ma chambre, je déposai le sac et me laissai lourdement tomber sur le lit. Je recommençai le mouvement trois fois.

Après la longue route qui serpentait autour du lac, je me sentais nauséeuse. J'eus un léger vertige et décidai de dormir un peu. Je me dirigeai vers la fenêtre pour fermer les rideaux. J'ôtai précipitamment mes chaussures et mon jean. En gardant le tee-shirt, je me glissai entre les draps.

Je me réveillai à 16 h. Bien que le vertige soit passé, j'eus une faim de loup. Je bâillai en étirant les bras et me frottai les yeux pour chasser le sommeil qui alourdissait encore mes paupières. Je pris le catalogue déposé sur la table de chevet. Je le feuilletai pour voir l'heure à laquelle le dîner était servi. Je pris mon téléphone portable de la poche de mon jean qui gisait au pied du lit et constatai que ma mère m'avait appelée. Zut ! J'avais oublié de dire à tout le monde que j'étais bien arrivée. Vu l'état dans lequel j'étais arrivée, il en valait la peine d'attendre. Mon estomac qui gargouillait me rappela qu'il fallait m'en occuper. Je ne pouvais pas aller demander le déjeuner à 16 h 30 le jour de mon arrivée. Je me sentis timide. Sur la commode où reposait le téléviseur, on voyait en bas une cafetière. Je m'approchai et tirai la planche mobile. Je découvris également une tasse et un bocal en porcelaine contenant de petits sachets de lait en poudre, de sucre blanc, de thé, de café et des cure-dents.

Je pris la bouilloire et la remplis d'eau dans la salle de bain. Cette salle était d'une propreté méticuleuse et d'un blanc étincelant. Pendant que l'eau chauffait, j'appelai ma mère. Elle me gronda un peu de n'avoir pas appelé plus tôt. Après mes explications, elle se calma. Je lui décrivis comment l'hôtel était magnifique. En réalité, je ne lui appris rien de nouveau parce qu'elle y avait déjà séjourné plusieurs fois. Je lui recommandai de veiller jalousement sur Junny, de lui dire que je l'aimais et qu'elle m'appelle au moindre problème. Ma mère se moqua de moi. Elle ne comprenait pas pourquoi moi, sa fille, pourrais me permettre de lui apprendre la manière de garder un enfant.

Sans rien me promettre, elle raccrocha. Je ne m'inquiétais pas parce que je savais que mon fils était entre de bonnes mains et en excellente compagnie de Linda et d'Alex qui l'adoraient.

Frissonnant de plaisir, je sortis du bain. Ma mine affreuse avait disparu. Je m'enveloppai dans un peignoir rosâtre qui portait l'insigne de l'hôtel et sortis. Je ramassai le sac à côté de la porte d'entrée. J'ouvris le placard pour y ranger mes affaires. J'y découvris un bouquet de fleurs. Je ne comprenais pas pourquoi il était caché dans un placard. À côté du vase bleu-marine se trouvait une carte dans une enveloppe que j'ouvris. La carte portait l'inscription suivante : « J'espère que la chambre 17 sera un havre de paix pour toi. » Elle n'était pas signée, mais je reconnus bien l'écriture zigzagante de Brian. Je l'appelai aussitôt. Je lui assurai que la chambre me plaisait. Il me dit qu'il s'apprêtait à escalader le Kalisimbi, ce volcan le plus culminant du pays. Il y était avec ses amis.

J'enduisis mon corps d'une lotion et enfilai une culotte blanche et un chemisier noir. Je sortis et la porte se verrouilla elle-même. J'avais attendu jusqu'à 19 h 30 pour aller chercher à manger. L'odeur des menus couvrait le premier restaurant. Elle me chatouilla les narines et je poussai la porte. Certaines têtes se levèrent pour me regarder. Comme personne ne me connaissait, on m'oublia aussitôt. Je cherchai des yeux une table libre. La plupart des gens étaient assis en groupe et me donnaient l'impression de me connaître. Intimidée, je m'assis à une table isolée. Un serveur s'approcha de moi et prit ma commande. Ses yeux me fixaient en attendant que je lui donne une réponse.

Après avoir dégusté avec appétit le plat principalement composé d'*isambaza*, les petits poissons frais du lac Kivu, je bus une tasse de thé chaud. Je me trouvai vraiment drôle d'avoir mangé toute seule à côté d'autres personnes. De retour dans ma chambre, je constatai qu'il n'était que 20 h 20. C'était trop tôt pour dormir. Junny me manqua. Je pris un pull et sortis. Je me rendis sur une terrasse. La piscine miroitait sous l'effet de l'éclairage. Je m'assis sur une chaise longue. L'air lacustre montait et me couvrit de sa fraîcheur. Peu de temps après, je commençai à éternuer. Je me rendis dans la petite salle de cinéma où il y avait de l'éclairage. Il n'y avait personne. J'avais envie de regarder un film. Je m'avançai vers les appareils. On avait deux choix : le téléviseur ou le projecteur.

Je choisis de regarder *Safe Harbour*, un film inspiré du livre de Danielle Steel que j'avais lu. Le film était tellement émouvant que j'avais les yeux rougis de larmes. À la fin, je me levai pour aller dormir. J'enfilai un long tee-shirt, me brossai les dents et me mis au lit en remerciant le Seigneur. Je posai la tête sur l'oreiller et mes yeux se posèrent sur une photographie que j'avais apportée. Il s'agissait de la photo d'Hugo avec Junny. Cette photo datait d'à peu près une année et demie et immortalisait à jamais ma modeste famille. Mon cœur se serra douloureusement en raison des souvenirs qui me revinrent à l'esprit.

Après mon magnifique séjour dans cet hôtel, je retournai au campus où j'étudiais. Esther, qui s'était volontairement occupée du secrétariat du club, me tendit une liste de personnes présentes. Nous étions 78 dont 11 garçons. Le nombre de ces derniers était encore remarquablement inférieur, mais c'était déjà un pas de plus parce que les garçons n'étaient pas concernés au début par nos débats sur la sexualité. Certains avaient des croyances erronées qu'ils racontaient et professaient mieux que les filles. Je nourrissais l'espoir que ces quelques garçons, fortement acquis déjà à notre cause, devraient nous aider à en sensibiliser d'autres.

Cette réunion était plus spéciale dans la mesure où le doyen de la faculté de biologie était notre illustre invité. Il était accompagné de deux autres professeurs, dont le renommé docteur Raité, l'un des grands savants de l'UNICEF. Ce professeur nous offrait le cours de microbiologie. Cette visite nous avait été annoncée la veille. Les filles s'étaient donné corps et âme pour arranger et décorer la salle de réunion. Elles avaient soigneusement rangé les tables et les chaises dans un plan rectangulaire, en laissant deux allées libres dans deux angles opposés. Des fleurs multicolores ornaient la table réservée à nos trois invités d'honneur.

Derrière, les chaises étaient munies d'écritoires. J'avais méticuleusement choisi et porté un tailleur élégant et des bijoux discrets. J'avais peur, car j'étais très impressionnée par la présence de nos professeurs. Cependant, je savais pertinemment que le moment était venu pour nous, filles et femmes, de prouver que nous menions une campagne sérieuse pour prévenir l'ignorance des hommes et des femmes ainsi que l'abus sexuel dont les femmes sont habituellement et culturellement victimes et, par ricochet, la transmission des maladies sexuellement transmissibles, dont le VIH/SIDA.

Je me levai et me rendis dans l'une des allées. Je pris le microphone et le tapotai pour m'assurer que le son sortait bien. Je me raclai la gorge et dis :

— « Bonjour, monsieur le doyen, bonjour, messieurs les professeurs, bonjour, chers condisciples, bonjour tout le monde. C'est un grand honneur pour le club et une énorme fierté pour moi de vous compter parmi nous, ce matin. Nous nous réjouissons grandement de votre visite qui va certainement vous permettre de comprendre comment notre club fonctionne et quels sont nos objectifs pour un avenir harmonieux des jeunes garçons et des jeunes filles dans notre pays. Nous allons partager avec vous ce que nous avions préparé dans notre agenda. »

L'assistance acclama fortement mon introduction comme si j'étais devenue une oratrice politique attitrée. Cette hilarité générale chassa en moi la tension que je ressentais au début. J'attendis un peu avant de continuer. Je parlai brièvement du club, qui avait commencé voilà plus d'une année. J'expliquai comment, au début, nous n'étions que 19 filles d'une même classe. Cependant, au fur et à mesure que nous sensibilisions les gens, le club s'était élargi à 72 membres, répartis dans six cercles de partage ayant chacun une douzaine de personnes. Je présentai le comité et l'on applaudit fortement Robert qui était le premier garçon à s'inscrire officiellement sur la liste des membres du club. Robert était le vice-coordinateur du club et le responsable de notre campagne de sensibilisation et d'élargissement.

Je passai la parole à Robert et je me rassis. Le docteur Raité me serra la main. Je lui souris, très honorée. La voix de Robert me ramena à la réalité et me rappela ce qu'il m'avait dit auparavant. La responsabilité du club était devenue tellement exigeante que je lui avais proposé de me remplacer un moment pour m'occuper de mon fils, Junny, qui avait besoin de moi. Robert n'avait rien voulu entendre. Il me fit comprendre que j'étais effrayée par la vitesse à laquelle le club se développait. Il me conseilla de ne pas fuir un obstacle sur mon chemin, mais plutôt de l'affronter. Pour lui, les filles se sentaient plus en sécurité avec moi à la tête du club qu'avec un garçon comme lui. Après Robert, chaque cercle de partage parla en résumé de ses activités hebdomadaires.

À tour de rôle, les responsables des différents cercles parlèrent et se sentirent fiers d'être écoutés. Je me réjouissais surtout des liens de fraternité qui se tissaient davantage chaque jour entre nous. Certaines personnes arrivaient désormais à se confier à nous sans crainte d'être trahies. D'autres prenaient des confidents particuliers. J'avais cinq de mes collègues qui m'avaient confié leurs histoires. Ainsi, Claudia, orpheline et pauvre dès le bas âge, avait avorté parce qu'elle ne savait pas qui était le père de son enfant entre l'homme marié qui l'entretenait à l'époque et son petit ami. Elle n'avait pas voulu avoir un enfant à charge et perdre son statut de jeune fille. De même, Éric avait été sexuellement violé par une bonne depuis l'âge de quatre ans jusqu'à huit ans.

Notre grande fierté était que, depuis la création du club, aucun membre n'avait porté de grossesse non désirée, qu'aucun n'avait été sujet ni objet d'abus sexuel. Ceux qui avaient été sexuellement harcelés avaient été moralement soutenus et matériellement aidés par d'autres membres. Et comme le disait notre slogan : « Quoi qui te soit arrivé, quoi qui t'arrive, tu n'es pas seule, il faut en parler et que ça cesse. »

Esther alluma le projecteur. Monique dirigea le débat. Elle était un génie de l'informatique et maîtrisait les astuces de l'ordinateur. Le texte qu'elle projeta était sophistiqué. Le titre, écrit en grands caractères était : « La vision de la vie ». Monique enseigna aux jeunes présents d'avoir une grande vision de ce qu'ils veulent faire de leur vie. Elle insista sur les filles en particulier. Elle nous encouragea à être nous-mêmes, à devenir des meneuses et des dirigeantes de notre avenir, à connaître nos préférences et à apprendre à choisir. Pour elle, rien ne garantit la facilité dans la vie. Elle nous rappela comment notre culture était ancrée dans nos coutumes qui nous invitaient toujours à la soumission totale à nos supérieurs, qu'ils soient parents, tuteurs, enseignants, maris ou toutes les grandes personnes. Sans nécessairement désobéir aux grandes personnes, particulièrement aux parents, Monique incita les jeunes à se prendre en charge en évitant que les parents continuent de tout décider pour les enfants. Enfin, pour Monique, les jeunes doivent exposer leurs projets aux grandes personnes, se faire aider et guider par leurs bons conseils. Ils devraient aussi apprendre à être financièrement indépendants de leurs parents. Bref, le seul moyen d'y arriver, selon Monique, est de travailler assidûment, sans relâche parce que la liberté ne se ramasse pas, mais s'acquiert.

Après, le doyen et les deux professeurs prirent la parole à tour de rôle. Ils nous donnèrent des suggestions et des mots d'encouragement pour que notre club aille toujours de l'avant. Le docteur Raité accepta de devenir le mentor pour certains membres du club. À la fin, je remerciai tout le monde et un tonnerre d'applaudissements s'ensuivit.

Depuis ce jour-là, la plupart des étudiants de l'ISRS devinrent membres de notre club. Le doyen de notre faculté en devint membre d'honneur. Les deux professeurs acceptèrent de nous soutenir financièrement. Ainsi, grâce au doyen, nous étions dorénavant considérés comme l'un des clubs légalement actifs dans notre institut et partout au pays.

Je me souvins de ma riche expérience d'une semaine à l'Hôtel Angora. Elle fut magique, cette semaine, et passa tellement vite que j'eus envie de ralentir le cours du temps. J'étais réellement détendue. Je fus étonnée que, toute ma vie durant, je n'aie jamais été seule pendant une semaine entière. Et être seule, moi-même, me remplissait d'une paix intérieure que je n'avais jamais connue. Je m'écoutais, et je m'émerveillais de découvrir la femme que j'étais devenue sans m'en rendre compte. Je m'amusais seule à longueur de journée. Je profitai de cette portion de beauté que la vie m'offrait. J'avais laissé de côté Junny, ma mère, mon grand-père, Brian et même Hugo.

Toute ma vie, je l'avais consacrée au bien-être des autres, mais là, je m'accordais juste une parenthèse. J'osai apprendre à nager. Et je m'amusais à le faire parce que le maître-nageur me faisait gentiment la cour. Il était intrigué de me voir toute seule au milieu de cette nature. C'était un beau garçon qui, dans d'autres circonstances, pourrait m'ensorceler puisque je ne cédais pas à ses avances. Je n'étais plus la fille que les jeunes garçons pourraient facilement manipuler et tromper. Je me sentais donc une femme mûre et une mère responsable. J'avais profondément aimé un autre homme que j'aimais encore. Or, plus j'apprenais à nager, plus je m'amusais.

Ma mère nous avait interdit de nager. Elle avait toujours peur que ses enfants se noient. Comme les avances de Ngoga, le maître-nageur, devinrent insistantes, je dus écourter mes séances d'apprentissage et retourner à l'intérieur de l'hôtel. J'avais envie de parler à Junny, de m'assurer vraiment qu'il allait bien. Même si le séjour était réjouissant, j'allais quand même passer une semaine sans voir Junny. Il me manquait.

Le soir au restaurant, je pris une serviette de table et m'essuyai discrètement. Les autres compagnons de ma table ne se rendirent pas compte de mon changement d'humeur parce qu'ils étaient tellement absorbés par « l'art culinaire italien ». Nous fûmes momentanément interrompus par l'entrée d'un groupe de gens tout bruyants. Ils s'assirent à quelques tables derrière mon dos, tout au fond du restaurant. J'enviai leur jovialité et j'aurais follement voulu me joindre à eux. Je me concentrai sur mon assiette de lasagne aux épinards, mais mon appétit s'était envolé avec les souvenirs d'Hugo. Les rires rebondirent. Amusée malgré moi, je me retournai carrément. Je sursautai en apercevant Brian Hence dans ce groupe. Je ne voyais que son dos. Brian était animé et gesticulait comme d'habitude. Marmonnant une excuse, je quittai le restaurant, escortée par l'hilarité contagieuse des amis de Brian.

Tard dans ma chambre, un coup discret fut frappé à la porte. Il ne fallait pas être sorcier pour savoir qu'il s'agissait de Brian. Je jetai un coup d'œil et ouvris la porte.

— « Salut ! », me dit Brian chaleureusement.

— « Salut Brian ! », lui dis-je précipitamment.

Je m'effaçai pour le laisser entrer.

— « Es-tu surprise de me voir ce soir dans cet hôtel dans ta chambre ? », m'interrogea Brian.

Je lui avouai que je l'avais aperçu au restaurant, il y a quelques minutes, et que je n'avais pas voulu l'interrompre pendant qu'il parlait avec un groupe d'amis. Il me précisa qu'il expliquait l'origine de la Statue de la Liberté à ses amis. C'est un des monuments américains les plus populaires qui se dresse à l'entrée du port de New York. Avec ses 46 mètres sans le piédestal, ce monument témoigne de l'amitié du peuple français envers le peuple américain. C'est un important symbole de la liberté des hommes dans le monde, particulièrement pour les millions d'immigrants qui débarquèrent à New York, au début du vingtième siècle, en quête de la liberté et d'une vie meilleure. Après ses explications, Brian me demanda :

— « Alors ? Te plais-tu ici ? Te sens-tu vraiment en sécurité ? »

— « Brian, je t'assure que cet hôtel, c'est le paradis sur terre », lui précisai-je.

— « C'est l'impression que j'ai eue la première fois quand je suis arrivé ici, il y a deux ans. Cette beauté sauvage et ce calme idyllique séduiraient n'importe quelle âme », ajouta-t-il.

Nous nous sourîmes et nous nous accordâmes sur ce constat. Il me dit qu'il passait ses vacances avec ses amis. Ils venaient d'escalader le volcan Kalisimbi jusqu'à son pic, à plus de 5 000 mètres. Ils venaient alors goûter au charme de l'Hôtel Angora jusqu'à la fin de la semaine. Brian me confia :

— « Depuis l'adolescence, je n'avais plus fait d'aventure avec mes amis. Cette fois-ci, je me suis laissé emporter par la frénésie juvénile et voilà où elle me conduit. Je suis réellement fatigué et j'ai les pieds enflés. »

Je ris aux éclats. Je le remerciai vivement de m'avoir donné l'occasion de venir séjourner dans ce somptueux hôtel. Je lui fis un massage des pieds et des jambes avant qu'il se rende dans sa chambre. Je restai éveillée, perplexe par le trouble qu'il faisait naître en moi. Cette nuit, je ne pus dormir qu'au petit matin. Le lendemain à 13 h, pendant le déjeuner, Brian me présenta ses amis :

— « C'est Carmel, une grande amie. »

— « Enchantés de te rencontrer, Carmel », dirent ses amis en chœur.

Après de larges sourires amicaux et chaleureux, nous nous mîmes à table. Brian me servit un verre de vin rouge. Pierre, un des amis de Brian qui paraissait comme l'aîné du groupe, regarda Brian et le taquina :

— « Oh ! La vache ! Hence, hier tu m'as convaincu qu'Abraham Lincoln était aux commandes pendant la guerre de Sécession lorsqu'il avait affranchi les esclaves. Et pour joindre l'utile à l'agréable, je crois que tu ne vas pas nous convaincre qu'il n'y a rien entre toi et Carmel, Brian. »

Brian le foudroya d'un regard furieux et les autres baissèrent les yeux, gênés. Sans me gêner moi non plus de cette question, et comme pour détendre l'atmosphère, je leur demandai comment leur aventure s'était passée sur le sommet du volcan Kalisimbi. Quelques minutes après, tous reprirent la parole en même temps, se taquinèrent, rirent aux éclats jusqu'à notre séparation le soir.

Ce soir-là, Brian frappa rageusement sur la porte de ma chambre et entra sans y être invité. Je le regardai, très ahurie. Il était sérieusement en colère et vint vers moi à côté du lit. Il me déclara solennellement :

— « Je suis amoureux de toi, depuis la première fois que tu as levé la tête en me défiant. Ton esprit me hante depuis ce jour-là, même si tu as refusé de t'offrir à moi. D'habitude, les femmes que je rencontre sont spontanées. Elles s'offrent à moi aux moindres avances. Ta grâce naturelle me disait toujours que tu n'étais pas juste une fille de ménage. Tu as une intelligence hors pair qui te permet de manier aussi bien les langues que ton chiffon de nettoyage. Tu as les qualités de la femme de mon rêve. Carmel, j'ai appris à aimer ton bien et ton mal. Je t'ai chassée de ma mémoire tant de fois, en vain. C'est pour cela que je suis aujourd'hui fâché, très fâché contre mon impuissance de contrôler mes sentiments d'amour fou et inouï envers toi. Cependant, je regrette d'être incapable de jouir de ton amour alors que nous sommes souvent l'un à côté de l'autre. C'est une torture que ton attitude me cause dans mon cœur, dans mon âme et dans mon corps. »

Je m'approchai de lui, posai la main sur son épaule droite et, de grosses larmes aux yeux, je lui déclarai :

— « Brian, tu as une grande place dans mon cœur. Je sais que tes sentiments sont indépendants de toi et que tu ne veux pas remplacer Hugo dans mon cœur. Cependant, ses souvenirs restent encore tellement frais et vivaces dans mon esprit qu'il faudrait du temps, assez de temps, pour que je sois libre de t'aimer une fois pour toutes. On ne sait jamais vers où l'amour nous mène. »

Nous nous serrâmes dans les bras l'un contre l'autre. Je le lassai s'assoupir dans mon lit. Je baissai la photographie d'Hugo. Je me retournai vers Brian et passai un bras autour de ses larges côtes. À midi, nous rentrâmes à Kigali.

En mars, plus de dix mois s'écoulèrent après le départ de Brian en Suède où il avait momentanément rejoint ses parents. Plus d'une année après la mort d'Hugo, j'étais en troisième année de terminale, j'entamerais la quatrième avec un temps de pratiques professionnelles pour enfin obtenir ma licence.

À la fin de l'année universitaire, une autre vie nous attendait, différente de celle que j'avais connue. Mon grand-père m'avait fait comprendre qu'Hugo était parti pour toujours et que la vie devrait continuer, sans lui, excepté dans la mémoire. Sans aucun doute, Hugo restait cet ami fidèle, cet amoureux inoubliable et ce combattant inégalable pour la survie. Et je ferais tout pour qu'il reste le père mémorable de notre fils.

Les paroles sages et confidentielles de mon grand-père venaient de me rassurer. J'étais enfin un peu libre d'oublier en quelque sorte Hugo et pleinement libre d'aimer Brian qui m'avait discrètement demandé de l'épouser. Notre mariage était prévu dans deux semaines après notre arrivée en Suède. J'avais refusé la traditionnelle cérémonie de la dot qui, pourtant, aurait culturellement comblé tout le monde.

En revanche, je voulais une union simple, discrète et calme. Dans le bout de chemin parcouru avec Hugo, j'avais tellement appris, grandi et gagné en maturité que je n'hésitais plus à décider de ce qui me convenait. Toute la famille était triste de nous voir partir, Junny et moi, pour l'Europe, pour la Suède, pour rejoindre mon futur mari, Brian. Nous nous rendîmes donc en Suède et promîmes à ma famille, particulièrement à mon grand-père, de revenir aussi souvent que possible en visite.

Je reçus une lettre de vœux du club « Jeunesse, défends-toi », mon club. Les membres me souhaitaient une bonne chance et de meilleurs vœux pour mon futur mariage. Il y avait une multitude de signatures de membres très influents, car il n'y aurait pas suffisamment de place pour tous les membres. Un bout de papier avait été glissé dans l'enveloppe. Il était écrit par Tédine : « Ils n'ont pas voulu que je l'écrive sur la carte, mais nous te remercions du fond du cœur. Nous, les filles d'abord et les garçons ensuite, avons finalement compris qu'il est toujours important de défendre nos pensées, de compter sur nous-mêmes et surtout de travailler pour faire avancer notre vie vers où nous désirons, évidemment sans trop nous éloigner de notre culture. Ça, c'est grâce au club, c'est grâce à toi. Et j'avais besoin de te le dire. »

# FIN

**L'HARMATTAN ITALIA**
Via Degli Artisti 15; 10124 Torino
harmattan.italia@gmail.com

**L'HARMATTAN HONGRIE**
Könyvesbolt ; Kossuth L. u. 14-16
1053 Budapest

**L'HARMATTAN KINSHASA**
185, avenue Nyangwe
Commune de Lingwala
Kinshasa, R.D. Congo
(00243) 998697603 ou (00243) 999229662

**L'HARMATTAN CONGO**
67, av. E. P. Lumumba
Bât. – Congo Pharmacie (Bib. Nat.)
BP2874 Brazzaville
harmattan.congo@yahoo.fr

**L'HARMATTAN GUINÉE**
Almamya Rue KA 028, en face
du restaurant Le Cèdre
OKB agency BP 3470 Conakry
(00224) 657 20 85 08 / 664 28 91 96
harmattanguinee@yahoo.fr

**L'HARMATTAN MALI**
Rue 73, Porte 536, Niamakoro,
Cité Unicef, Bamako
Tél. 00 (223) 20205724 / +(223) 76378082
poudiougopaul@yahoo.fr
pp.harmattan@gmail.com

**L'HARMATTAN CAMEROUN**
TSINGA/FECAFOOT
BP 11486 Yaoundé
699198028/675441949
harmattancam@yahoo.com

**L'HARMATTAN CÔTE D'IVOIRE**
Résidence Karl / cité des arts
Abidjan-Cocody 03 BP 1588 Abidjan 03
(00225) 05 77 87 31
etien_nda@yahoo.fr

**L'HARMATTAN BURKINA**
Penou Achille Some
Ouagadougou
(+226) 70 26 88 27

**L'HARMATTAN SÉNÉGAL**
10 VDN en face Mermoz, après le pont de Fann
BP 45034 Dakar Fann
33 825 98 58 / 33 860 9858
senharmattan@gmail.com / senlibraire@gmail.com
www.harmattansenegal.com